拯救与逃离

卡夫卡《乡村医生：短故事集》解读

张翼　高玉◎著

浙江工商大学出版社
ZHEJIANG GONGSHANG UNIVERSITY PRESS
·杭州·

图书在版编目（CIP）数据

拯救与逃离：卡夫卡《乡村医生：短故事集》解读 / 张翼，高玉著. — 杭州：浙江工商大学出版社，2024.9
ISBN 978-7-5178-5990-1

Ⅰ.①拯… Ⅱ.①张… ②高… Ⅲ.①卡夫卡（Kafka, Franz 1883-1924）—短篇小说—小说研究 Ⅳ.① I521.074

中国国家版本馆 CIP 数据核字 (2024) 第 072418 号

拯救与逃离

卡夫卡《乡村医生：短故事集》解读
ZHENGJIU YU TAOLI
KAFUKA《XIANGCUN YISHENG: DUAN GUSHI JI》JIEDU

张翼 高玉 著

策划编辑 郑　建
责任编辑 高章连
责任校对 林莉燕
封面设计 胡　晨
责任印制 祝希茜
出版发行 浙江工商大学出版社
　　　　　（杭州市教工路 198 号　邮政编码 310012）
　　　　　（E-mail：zjgsupress@163.com）
　　　　　（网址：http://www.zjgsupress.com）
　　　　　电话：0571-88904980，88831806（传真）
排　版 杭州浙信文化传播有限公司
印　刷 浙江全能工艺美术印刷有限公司
开　本 710 mm × 1000 mm　1/16
印　张 16.75
字　数 186 千
版 印 次 2024 年 9 月第 1 版　2024 年 9 月第 1 次印刷
书　号 ISBN 978-7-5178-5990-1
定　价 68.00 元

序

本书由我和张翼合作完成，是在他的硕士学位论文的基础上修改而成的，他主笔，我主要是总体把握和提出修改意见。

我的卡夫卡阅读经历是一个复杂而曲折的过程。我最早在大学时很偶然地读到他的《城堡》，起初并没有很深的印象，对整个阅读过程也没有特殊的记忆，当时只觉得这是一部简单的小说，没有觉得看不懂，至少没有觉得很复杂。后来我在一个小说选本上读到了卡夫卡的名作《变形记》，虽然很震撼，但老实说我当时并不觉得这篇小说特别伟大。再后来，我自己购买了三卷本《卡夫卡文集》，当我回头再读《城堡》时，我的想法发生了很大的变化。我不再觉得这是一本简单的书，而感觉它就像一本我从来没有读过的新书，对小说主题、人物形象、叙述方式和结构等都有了全新的理解。关于《城堡》的阅读经历，我后来还写了一篇名为《我是如何读〈城堡〉的》的小文，发表于湖南《书屋》杂志 2019 年第 8 期。

我始终认为，外国文学对中国当代文学产生了很大影响，尤其是作为西方现代派文学先驱的卡夫卡的作品。不熟悉外国文学，就很难把握中国当代文学。所以对于当代文学专业方向的学生，我建议他们多读一读西方现代派的作品；而对于外国文学专业方向的学生，我又建议他们多了解中国当代文学，尤其是余华、莫言、残雪等先锋派作家的作品。后者常常会被忽视，但我认为它们同前者一样重要，主要原因在于，通过了解深受西方现代派文学影响的中国作家的作品，研究后者从前者那里汲取了哪些经验、是如何汲取这些经验的，能够帮助我们更好地理解和把握西方现代派文学。这其实是一条屡试不爽的有效路径。

　　从 2003 年开始，我在比较文学与世界文学专业招收硕士研究生，当时给学生开设了"现代西方小说研究"课程，主要是和他们一起研读卡夫卡的作品。张翼是我在比较文学与世界文学专业指导的硕士研究生，最初他交给我一篇课程论文，从中看出其基础不差，外语也不错。可能是受到我的影响，他对卡夫卡很感兴趣，这促使他选择将卡夫卡作为硕士学位论文的研究课题。张翼在硕士毕业后，继续跟随我攻读博士学位，我建议他把之前的论文拿出来好好修改一番，并对他说了很多我的想法和意见，其中有很大一部分被他吸收采纳，于是就有了这本书。

　　本书主要解读卡夫卡的《乡村医生：短故事集》。实际上，直到本书定稿，国内尚未出版严格意义上的《乡村医生：短故事集》译本。首先，国内大多数卡夫卡作品选本（包括最具权威性的中译本《卡夫卡全集》）在收录这本集子时省略了原有的副标题，从而引发了许多误解。比如，有人就因此把这本集子误认为是同名单篇作品，这显然不准确。其次，各种中译选本打乱了这本集子中原定的篇目顺序，在一定程度上影响了读者对整本集子的理解和价值判断，从而使读者对卡夫卡诗学的理解产生了不小的偏差。此外，"短故事集"这个副标题是我们根据德文原版补译的。之所以要强调这一点，是因为卡夫卡所谓的"短故事"与我们以往从英美文学中迁移过来的"短篇小说"概念并不等同，个中差异对于我们理解卡夫卡诗学相当重要。总之，本书正是以上述几点为突破口，对卡夫卡的这本短故事集做整体性解读，试图找到理解卡夫卡文学世界的恰切方式。

《乡村医生：短故事集》共包含 14 篇作品，其中令我印象最为深刻的无疑是同名作品《乡村医生》。与《变形记》那样以现实的笔法写荒诞有所不同，《乡村医生》是以荒诞的手法写现实，但要进一步解读该作品其实并不容易，而要对包含这篇作品在内的整本集子进行整体性解读就更有难度。好在张翼对卡夫卡一直保持着非常浓厚的兴趣，他参照卡夫卡作品的德文原版，通读了标准英译本和各种中译本，又收集和研读了许多外文资料，在这个过程中对卡夫卡有了一些新的认识。

张翼目前已通过了博士学位论文的开题，他选择继续研究卡夫卡。我相信，修改书稿的整个过程对他而言既是鼓励也是鞭策，对他进一步理解卡夫卡应该很有帮助。

高　玉

2024 年 6 月 10 日于浙江师范大学

前　言

　　"卡夫卡是谁"这个提问，在文化研究如火如荼的阶段一度成为一个热门问题，并由此成为卡夫卡被经典化的重要方式。如今这个问题鲜有人再提起，这意味着文化研究范式在卡夫卡研究中已结出硕果，卡夫卡因此被归入了世界文学"经典作家"的行列。卡夫卡是20世纪的德语作家，生前在德语文学圈子小有名气，死后声名鹊起，被誉为欧洲文坛的"怪才"，西方现代派文学的宗师和探险者。奥登甚至称他为"我们时代的但丁、莎士比亚、歌德"。

　　若从1904年卡夫卡开始撰写《一场战斗纪实》算起，卡夫卡的写作生涯仅持续了20年。在这20年间，卡夫卡的创作并不多，而他生前发表过的作品就更少了，仅占所有创作的十之一二。卡夫卡生前发表的作品，基本上都收录在他生前出版过的几本书中，按初版顺序依次为：《沉思》《司炉》《变形记》《判决》《在流放地》《乡村医生：短故事集》。除《饥饿艺术家：四则故事》是在卡夫卡生前就已处于出版过程之中的外，卡夫卡的其他作品则是在他逝世后由其好友编辑整理出版的，包括卡夫卡的各种短故事和3部"未完成"的长篇——《失踪者》《审判》《城堡》。

　　长期以来，卡夫卡学术研究的重心在于他逝世后才得以出版的3部长篇，相较而言，学界对其生前出版的几本书，尤其是对最后一本书——《乡村医生：短故事集》的关注较为薄弱，将该书中的所有作品完全纳入研究视野的文章或专著则更少。事实上，卡夫卡生前不仅极为重视该书的出版工作，且对该书中的作品的评价极高。本书即是对《乡村医生：短故事集》的整体性解读。

　　《乡村医生：短故事集》包含14篇作品，卡夫卡对这些作品的篇目顺序有着特定的要求。其编排原则可归结为：首篇和末篇作品"环绕"着其余的12篇作品，而在这12篇作品中，每两篇作品都由一个近似的主题联系起来，并且后一个主题在某种程度上是对前一个主题的再推进。同时，已有的研究表明，对卡夫卡的编排原则作进一步解释很有必要，而这种解释必须落实到"解读"的层面。只有通过对《乡村医生：短故事集》进行整体性解读，才能更好地澄清卡夫卡研究中的诸多问题。

　　《乡村医生：短故事集》一书可视为一份关于人类生存境况的"报告"，卡夫卡对现代人类生活的持续思考与深刻洞见大多凝聚于此。卡夫卡长期从事的职业，是对工人保险事故进行调查并为此撰写报告，这与他收入该书的作品所体现出来的"报告式"写作风格有着显性的联系。而更为内在的联系则在于该书的标题。卡夫卡舍弃了此前构想的标题"责任"，而最终采用了该书收录的同名作品的标题——"乡村医生"。笔者认为，卡夫卡变更这一标题的主要着眼点或许在于：首先，成为一名合格的医生就意味着他必须是一个细致的"观察者"，否则就无从发现病人的病症所在，而卡夫卡的第一本书的书名亦有"观察"之意；其次，一名合格的医生必须同时是一个优秀的"解释者"，否则就无法对病人的病症做出合理的解释，更无法正确地开出药方；最后，医生最大的责任在于，竭尽所能地对病人进行有效救治，而无法拯救病人的医生就不成其为医生。由此，"观察者""解释者"和"拯救者"三者都与卡夫卡笔下的主人公"乡村医生"有着千丝万缕的联系。在一定程度上，卡夫卡本人就充当了他笔下主人公的角色，凭借他出色的观察和解释，集中书写并汇集成了一份关于他自己，同时也是关于现代人的总体性"报告"。

在卡夫卡原定篇目顺序的基础上，本书的解读顺序稍做了调整。第一章对《乡村医生：短故事集》中作为开篇的《新律师》和作为末篇的《一份致某科学院的报告》进行解读。这两篇作品在书中具有鲜明的开端和结尾的性质，但在卡夫卡看来，他"仅仅是做了一个报告"而已，而且该书的结尾并不意味着这份"报告"的终结，它同时还孕育着新的开端。因而，每一位面对这份"报告"的读者，需要凭借自己的解读去获取仅属于个人的"药方"。本书第二章至第七章的解读揭示出：在其余的 12 篇作品中，卡夫卡将每两篇作品基于一个近似的主题联系起来，而后一个主题在某种程度上是对前一个主题的推进。本书从卡夫卡的这一结构原则出发，试图勾勒出卡夫卡创作的另一个特征，即新作品的诞生与旧作品有着密切的文本间性，宛如"梦"从一个场景"移植"或"流溢"到另一个场景中。

作为开篇的《新律师》，对《乡村医生：短故事集》中其他作品的情节多有涉及，为一个没有"向导"的世界拉开了帷幕，是对

"弱者"世界诸种形态的集中展示；而作为末篇的《一份致某科学院的报告》则强化了书中所有作品的"报告"性质，是对整个"弱者"世界的反讽和总结，揭示出人类自欺的真实境况。《乡村医生》和《在剧院顶层楼座》则都包含了两个截然不同的场景，通过两个场景间的转换，卡夫卡对真实与虚幻进行了倒置，解构了人类虚幻的"自我"，洞察了现代人的拯救幻象与被救赎的渴望。在《一页古老的手稿》中，卡夫卡指明了外部力量之于个体存在的虚弱性质，而《在法的前面》则将人类生命之"法"归结为心灵的内在力量，卡夫卡由此将"拯救"问题进一步引向"自救"问题。《豺狼与阿拉伯人》和《视察矿井》均是由"旅行"生发出来的故事，《豺狼与阿拉伯人》着眼于宗教层面的论争，《视察矿井》则聚焦于职业层面的探讨，二者是身兼犹太人和作家双重身份的卡夫卡对其所处时代的反思。《邻村》和《一道圣旨》中对极限境遇的书写，可以视为卡夫卡对个体的人生价值及生命形态的研习。《家长的忧虑》中的"奥德拉德克"之谜和《十一个儿子》中的"十一个儿子"之谜均涉及"父与子"的主题，由此可见卡夫卡对个体存在的思考由外部社会转移到了家庭内部，并在这两则谜题中得到最集中的表达。《兄弟谋杀》和《一场梦》具有强烈的非理性色彩。卡夫卡对人类非理性因素持续关注，而这不仅是其重要的艺术资源，也是其形而上思考的途径。卡夫卡对非现实因素的描摹，勾勒出了个体内在的自我斗争图景，亦凸显了卡夫卡融合诗与思的努力。

总之，《乡村医生：短故事集》中的 14 篇作品是卡夫卡"分段建造"的产物，其丰富且一以贯之的精神内涵铸就了卡夫卡始终渴望着的"万里长城"，《乡村医生：短故事集》也由此成为卡夫卡文学视野中的"不可摧毁之物"。

　　关于本书用以理解卡夫卡的方法，这里还需稍作说明。在世界文学史中，卡夫卡通常被归入表现主义作家行列。然而，给一个作家贴标签的做法终究是危险的。因为，一个作家及其文学空间往往呈现出多重面相，而标签的内涵与外延总是有限的，它只能向我们指出不同作家的共通之处，却无法辨识彼此的异质性，对卡夫卡之丰富性和复杂性的遮蔽，将导致本雅明所说的"草草了结了卡夫卡的世界"。我们认为，理解卡夫卡较好的办法，是将文学史家的标签仅作为诸多线索之一。只有深入卡夫卡的文学世界，在对其作品深耕的过程中，才能一窥卡夫卡的本来面貌。随着对卡夫卡多面性的不断认知和更新，这种探索将在世界文学领域内激发出更为深远的二次影响力。在艾布拉姆斯所提出的"文学四要素"中，作者、读者、世界三者的面貌都将随着历史的发展而发生变化，只有作品是永恒不变的。关于这一点，卡夫卡也曾借《审判》中的神父之口说道："写在纸上的东西是不会改变的。"因而，从作品入手来理解卡夫卡不失为可靠的路径。但从作品出发，并不意味着对其他要素的排斥，也不意味着一种作品独断论，而是力图在各种要素之间保持平衡，以期获得更为全面且有效的解释。

目 录
CONTENTS

绪　论

一、卡夫卡生平与创作简介

弗朗茨·卡夫卡（Franz Kafka, 1883—1924）是一名生活在布拉格的犹太人，他既是工人事故保险机构的一名小小职员，也是一位用德语写作的"业余"作家。卡夫卡生前在德语文学圈子内不过小有名气，但在死后却被誉为欧洲文坛的"怪才"、西方现代派文学的大师和探险者，并跻身 20 世纪最伟大作家行列。

1883 年 7 月 3 日，卡夫卡出身于奥匈帝国治下的一个犹太人家庭。父亲是赫尔曼·卡夫卡（Hermann Kafka），母亲是尤莉·洛维（Julie Löwy）。赫尔曼是犹太屠夫雅各布·卡夫卡和弗朗齐斯卡·布拉托夫斯基的儿子，出生于布拉格西南部的沃塞克（Wossek）犹太街巷。赫尔曼只受过基础教育，从 10 岁起就当起了流动小贩，他在服完了义务兵役之后，于 1880 年左右定居布拉格，婚后用收到的嫁妆开了一家商店，后来做起了高档商品批发的生意。在卡夫卡看来，父系家族简直不值一提。实际上，卡夫卡家族中还是有不少人小有成就的。赫尔曼的堂兄弟安杰洛斯·卡夫卡（Angelus Kafka）和弗里德里希·卡夫卡（Friedrich Kafka）创立了生产和销售葡萄酒与烈酒的大型公司，而莫里茨·卡夫卡博士（Dr. Moritz Kafka）是布拉格知名的法学家。莫里茨的儿子布鲁诺·卡夫卡（Bruno Kafka）仅比卡夫卡大两岁，1904 年成为卡夫卡当时正在就读的布拉格德语查理 – 费迪南德大学（Deutsche Karl-Ferdinands-Universität）的法学教授，社会地位显赫。①

即便如此，卡夫卡始终视母系家族为一个虔诚的知识分子家族，并将自己的文学理想归因于这种血脉联系。他在 1911 年 12 月 25 日的日记中如此追溯这一联系：

> 我的希伯来语名字是安舍尔，跟我母亲的外祖父一样，在我母亲的记忆中，他是一个虔诚的、有学问的男子，留着长长的白胡子，母亲六岁时，他就去世了。她还记得，她是如何紧紧握住外祖父遗体的脚趾头，心里请求外祖父原谅她曾对他做过的错事。她还能回忆起外祖父家摆满了好多面墙的书。他每天都在河里洗澡，冬天也是，他会自己在冰上凿个窟窿。我的外祖母很早就死于伤寒。母亲的外祖母深受打击，变得抑郁，她拒绝吃饭，不跟任何人说话，过了一年，在她女儿的忌日后，她出去散步，就再也没有回来，人们在易北河中找到了她的尸体。还有一个人比母亲的外祖父更博学，那就是母亲的外曾祖父，

① 参见 Anthony Northey, "Family", in *Franz Kafka in Context*, Carolin Duttlinger ed., New York: Cambridge University Press, 2018, p.10.

他在基督徒和犹太人中享有同样的声望。在一次火灾中，由于他的虔诚，奇迹出现了，大火绕过了他的房子，而他周围的房子全都烧毁了。他有四个儿子，一个改信基督教，成了医生。除了母亲的外祖父，其他几个儿子都早逝了。母亲的外祖父有个儿子，母亲只知道他是疯子舅舅纳旦。还有一个女儿，就是我的外祖母。①

尤莉的父亲雅各布·洛维是个商人，母亲埃斯特·波瑞阿斯在她3岁时去世，留下她和三个兄弟，分别是阿尔弗雷德（Alfred）、里夏德（Richard）、约瑟夫（Josef）。几年后，她的父亲又娶了尤莉·海勒，两人生下了鲁道夫（Rudolf）与西格弗里德（Siegfried）。卡夫卡与其中两位舅舅，即阿尔弗雷德和西格弗里德较为亲密。阿尔弗雷德是两家西班牙铁路公司的主管，成为卡夫卡后来写作的《回忆卡尔达铁路》的人物原型；西格弗里德是一名乡村医生，后来成为卡夫卡写作《乡村医生》的灵感来源。雅各布·洛维一家后来从波杰布拉迪（Podiebrad）迁至布拉格。26岁的尤莉与30岁的赫尔曼于1882年9月3日在布拉格旧城广场的金锤饭店完婚。

卡夫卡是家中长子，父母之所以给他取名"弗朗茨"（Franz），据说是为纪念弗朗茨·约瑟夫（Franz Josef）大帝。② 卡夫卡有三个妹妹，分别是艾莉（Elli，即 Gabriele）、瓦莉（Valli，即 Valerie）

---

① 转引自莱纳·施塔赫：《卡夫卡传：早年 1883—1910》，任卫东译，桂林：广西师范大学出版社，2022年，第43—44页。关于这则日记的中译文，此前的版本存在诸多矛盾之处，具体讨论参见赵山奎：《注意卡夫卡的一则自传记述》，载《现代传记研究》，2019年第2期。

② 恩斯特·帕维尔：《理性的梦魇：弗兰茨·卡夫卡传》，陈琳译，北京：法律出版社，2013年，第8页。

和奥特拉（Ottla，即 Ottilie）。其中，年纪最小的奥特拉同卡夫卡的关系最为亲密，两人通信频繁，后人将卡夫卡写给家人的信件于 1974 年第一次结集出版时便命名为《致奥特拉和其他亲属》（*Briefe an Ottla und die Familie*）。鲜有人知的是，卡夫卡还有两个弟弟——格奥尔格（Georg）和海因里希（Heinrich），不过分别在卡夫卡 4 岁和 5 岁时夭折了，均未活过 2 岁。值得注意的是，卡夫卡数次将"格奥尔格"这个名字用作故事中人物的名字。例如，《判决》中的主人公就叫格奥尔格，而《变形记》中的主人公格里高尔（Gregor）亦可视为"格奥尔格"的某种变形。

卡夫卡 6 岁开始上德语国立男子小学；10 岁时通过了中学入学考试，进入位于布拉格旧城广场金斯基宫的旧城文理中学（Altstädter Gymnasium）；18 岁时进入布拉格德语查理 – 费迪南德大学。卡夫卡对学校始终充满了抵触情绪，他 36 岁时在《致父亲》一文中曾如此讲述：

> 我曾以为我是永远通不过小学一年级的学习的，但却成功了，我甚至得到了一笔奖学金；我想我必然通不过升中学的考试，但又成功了；我想这回我在中学一年级非被淘汰不可，不，我没有被淘汰，我仍然是一次又一次地成功地向前走。但由此产生的并不是信心，相反，我始终坚信（从你那拒绝的表情中我更得到了证明），我成功得越多，结局就越惨。我脑子里经常出现教师大会的场面（中学只是个最完整的例子，但对付我的形势在哪里都差不多），如果我通过了一年级，他们就在二年级

集会，如果我通过了二年级，他们就在三年级集会，以
此类推。他们开会的目的是审查这一奇怪的、骇人听闻
的案例，探讨我这个最无能、至少最无知的人怎么竟会
溜进了这个年级，由于现在大家的注意力都集中在了我
身上，这个年级当然会马上把我排除掉，从而使所有摆
脱了这场噩梦的正义者弹冠相庆。——带着这种设想生
活对于一个孩子来说是不轻松的。在这种情况下我又怎
么会对上课感兴趣呢？谁又有能力在我心中激发出关心
课堂的火花来呢？课堂使我感兴趣的情况（不仅仅是课
堂，而是在这个关键性的年龄中我周围的一切）就像小
小的正常银行业务使一个侵吞公款的银行职员感兴趣的
情况，他还在职，由于担心被发现而发抖，还必须一如
既往地处理银行业务。除头等大事之外，其他一切都显
得那么渺小、遥远。这样的情形持续到中学毕业考试，
我真的是在一些地方耍了些手腕，才通过了它；然后这
种情形停止了，我自由了。我本无选择职业的自由，我
知道，在我面前，一切与头等大事相比都是无足轻重的
了，就像中学里所有的教学素材在我心中的分量一样，
主要的事情是：找一个在不太伤害我的虚荣心的情况下
最能允许我这种无所谓的态度存在的职业，那么法学是
最顺理成章的。出于虚荣心和荒谬的希望而进行的一些
小小的相反的尝试，比如两周的化学学习，半年的德语
学习，它们只是加强了那种基本看法。于是我学起了法
学。这意味着，在每次考试前的几个月内，我在神经高

度紧张的情况下，精神上靠吃食木粉度日，这种木粉在我之前已为千万张嘴巴咀嚼过。但从某种意义上说，我吃得津津有味，在某种意义上正如以前的中学生活和以后的职员职业，因为这一切完全与我的处境相符。不管怎么说，我在此显示了令人吃惊的先见之明，还是小孩子时，我已对学习和职业有了相当清楚的预感。在这方面我并不期待什么救星，对此我早就放弃了获救的希望。①

尽管卡夫卡一再控诉自己的教育经历，但相比于同时代的其他人，他所受到的教育远远超出了当时的平均水平。卡夫卡传记作家恩斯特·帕维尔对此评述道："这八年（中学时代）在他的生命中非常重要，许多重要改变很大程度上塑造了他的人生，却都不是他所能预见和察觉到的。"②卡夫卡就读的中学，在当时被认为是布拉格最严格的学校，也是最优秀的学校之一。根据学校的课程安排，在前三年要每周学习8个小时的拉丁语和4个学时的德语语法；在后五年，每周学习拉丁语的时间减少到5个小时，德语语法的学习时间也降为3个学时，但同时增加了希腊语课程的学习，要求背诵大量希腊语文学经典（其中就包括《荷马史诗》）和德语文学经典。此外，卡夫卡还在中学时选修了捷克语和法语。这些"中学里所有的教学素材"，显然对卡夫卡的文学修养及其日后文学理想的实现

---

① 卡夫卡：《致父亲》，叶廷芳主编：《卡夫卡全集》第7卷，北京：中央编译出版社，2015年，第366–367页。

② 恩斯特·帕维尔：《理性的梦魇：弗兰茨·卡夫卡传》，陈琳译，北京：法律出版社，2013年，第29页。

起到了关键作用，它们化作培育卡夫卡这株文学大树之根的土壤，尽管它们在卡夫卡的自述中变得鄙夷不堪。

卡夫卡刚入大学时选择的是化学专业，这一尝试失败后他转而学习了 6 个月的法学，1902 年又转学日耳曼语言文学和艺术史。这原本对于卡夫卡日后成为一位作家大有助益，但奥古斯特·绍尔教授的课程却令他大失所望。最终，卡夫卡还是在父亲的强烈要求下重回法学专业，并于 1906 年 6 月 13 日通过了学位综合口试，在 6 月 18 日的毕业典礼上被正式授予法学博士学位。毕业之后，卡夫卡进入律师事务所实习了 1 年，1907 年 10 月 2 日向意大利忠利保险公司（Assicurazioni Generali）布拉格分部递交了工作申请。工作了大半年后，在 1908 年 7 月 30 日，卡夫卡进入半国营性质的波希米亚王国工人事故保险机构（Arbeiter-Unfall-Versicherungs-Anstalt für das Königreich Böhmen）担任法律助理，直到 1922 年 6 月 30 日因患有肺结核病而从"高级秘书"（Obersekretär）的职位上提前退休。[①] 有学者认为，卡夫卡是一位作为法学博士的作家，或者说是作为作家的法学博士，他在法学领域浸淫了 20 年，不仅其文学作品涉及法律[②]，法律也必定在卡夫卡的人生中扮演着某种重要角色。

从得以保存下来的卡夫卡最早的作品算起，其文学生涯不过 20 年。他的创作及其生前作品的发表情况大致如下。

---

① 参见 Benno Wagner, "Work", in *Franz Kafka in Context*, Carolin Duttlinger ed., New York: Cambridge University Press, 2018, pp.35-43.

② 关于卡夫卡文学作品中所涉及到的法律问题，参见 Theodore Ziolkowski, "Law", in *Franz Kafka in Context*, Carolin Duttlinger ed., New York: Cambridge University Press, 2018, pp.183–190.

1904 年，卡夫卡开始撰写《一场战斗纪实》（Beschreibung eines Kampfes），约于 1910 年搁笔，现存两个稿本。A 稿本是现存卡夫卡最早的文学作品，B 稿本则是从 1909 年开始撰写的。经马克斯·布罗德（Max Brod）向弗朗茨·布莱（Franz Blei）推荐，卡夫卡将其中的两则片断——《与祈祷者谈话》（Gespräch mit dem Beter）和《与醉汉谈话》（Gespräch mit dem Betrunkenen）首次发表于文学双月刊《许佩里昂》（*Hyperion*）1909 年第 8 期。

1907 年，卡夫卡开始撰写《乡村婚礼筹备》（Hochzeitsvorbereitungen auf dem Lande），约于 1909 年搁笔，现存三个稿本，均不完整。

1908 年，卡夫卡在《许佩里昂》发表了 8 篇短文，发表时只有一个总标题——"沉思"（Betrachtung），无小标题，只在正文旁用罗马数字标明顺序。按后来结集出版时的标题，这 8 篇短文分别为：《商人》（Der Kaufmann）、《凭窗闲眺》（Zerstreutes Hinausschaun）、《回家的路》（Der Nachhauseweg）、《擦肩而过的人》（Die Vorüberlaufenden）、《乘客》（Der Fahrgast）、《衣服》（Kleider）、《拒绝》（Die Abweisung）、《树》（Die Bäume）。这是卡夫卡第一次发表自己的作品。

1909 年 9 月，卡夫卡同布罗德兄弟到意大利北部旅行。在里瓦，他们看到了一份报纸，报纸上报道说在离里瓦不远的意大利城市布雷西亚将举行一场航展。在卡夫卡的建议下，三人于 9 月 10 日前往布雷西亚，决定亲眼见证这一桩在当时非同寻常而又引人入胜的事件。在前往观展途中，布罗德建议，他和卡夫卡各写一篇关于航展的文章。回到布拉格后不久，卡夫卡撰写了《布雷西亚的飞机》(Die Aeroplane in Brescia ），发表于 9 月 29 日的《波希米亚日报》(*Bohemia*)。而布罗德的文章《布雷西亚飞行周》(Flugwoche in Brescia ）则发表于《三月》(*März* ）杂志。

1910 年，卡夫卡在 3 月 27 日的《波希米亚日报》发表了 5 篇短文，总标题沿用了之前的"沉思"(Betrachtung)。各篇均有小标题，分别为:《窗边》(Am Fenster，后改为《凭窗闲眺》)、《夜间》(In der Nacht，后改为《擦肩而过的人》)、《衣服》(Kleider)、《乘客》(Der Fahrgast)、《为男骑手们考虑》(Zum Nachdenken für Herrenreiter)。其中，最后一篇为初次发表。

1912 年 5 月，《初次长途火车旅行（布拉格—苏黎世）》(Die erste lange Eisenbahnfahrt, Prague-Zürich ）首次发表在《赫尔德杂志》(*Herder-Blätter*)，此为卡夫卡与布罗德计划合著的《里夏德与萨缪尔》(*Richard und Samuel* ）一书的第一章，但该计划仅完成了第一章便无疾而终。8 月 13 日，卡夫卡在布罗德家遇见了对其写作造成重要影响的（尽管这种影响很大程度上是负面的）一个女人——菲莉斯·鲍尔（ Felice Bauer)。他在 1912 年至 1917 年这五年间给菲莉斯写了大量书信，这些书信（还有少量写给菲莉斯的友人葛蕾特·布洛赫的信）于 1967 年由菲舍尔出版社首次出版，名为《致菲莉斯》(*Briefe an Felice*)。这些书信大多披着"情书"的外衣，其实质却是卡夫卡与情感（爱情）的战斗，卡夫卡以这样一种特殊的方式呈现他对文学志业的告白。他与菲莉斯的关系行至尽头时的一则日记便是对这种告白的最佳注解："你还有机会，只要尚存一息可能，重新开始。不要丧失这种可能性。倘若你坚持在自我中深挖，将无法避免沉渣泛起。但勿要沉溺于此。如果肺部的伤口只是一种象征，如你所说，这一象征性的伤口，它的炎症叫作 F.，它的深度意味着解释的纵深；若果然如此，那么医生的忠告（光亮、空气、太阳，睡眠）也是一种象征。抓住（理解）这个象征。"①9 月22 日夜至次日凌晨，卡夫卡一夜之间写出了《判决》（Das Urteil），他在 12 月 4 日人生中的首次公开朗读活动中便朗读了这篇作品。这篇作品在 1913 年首次发表于布罗德编辑的文学年鉴《阿卡迪亚》（Arkadia），1916 年 9 月由库尔特·沃尔夫出版社出版单行本。卡夫卡于 9 月末开始撰写《失踪者》（Der Verschollene），即布罗德于 1927 年首次整理出版的《美国》（Amerika）；1913 年 5月由德国莱比锡的库尔特·沃尔夫出版社出版了其中第一章的单行本《司炉：一则片断》（Der Heizer: Ein Fragment）；整部作品的写作一直持续到 1914 年 10 月方才彻底搁置。②10 月 5 日，《巨大的吵闹声》（Großer Lärm）首次发表在《赫尔德杂志》。11 月至 12 月间，卡夫卡撰写了《变形记》（Die Verwandlung），于 1913年在布罗德家中朗读了这篇作品。《变形记》于 1915 年 10 月发表在德国表现主义文学月刊《白书页》（Die Weißen Blätter），1915年 11 月由库尔特·沃尔夫出版社出版单行本。1912 年末，德国莱比锡的恩斯特·罗沃特出版社出版了《沉思》（Betrachtung，一译《观察》），共收录了卡夫卡的 18 篇短文，其中 8 篇是 1908 年发表过的，1 篇是 1910 年发表过的；其余 9 篇都是初次发表的，

---

① Franz Kafka, *Tagebücher: 1910-1923*, hg. Max Brod, Frankfurt am Main: Fischer Taschenbuch Verlag, 1983, s.386. 另见 Franz Kafka, *Diaries, 1910-1923*, ed. Max Brod, trans. Joseph Kresh, Martin Greenberg, New York: Schocken Books, 1976, p.383.

② 参见约斯特·席伦迈：《校勘本编者后记》，卡夫卡《失踪者》，姬健梅译，新北：漫步文化，2015 年，第 300-304 页。

分别为:《乡间公路上的孩子们》(Kinder auf der Landstraße)、《揭穿一个骗子》(Entlarvung eines Bauernfängers)、《突如其来的散步》(Der plötzliche Spaziergang)、《决心》(Entschlüsse)、《山间远足》(Der Ausflug ins Gebirge)、《单身汉的不幸》(Das Unglück des Junggesellen)、《临街的窗户》(Das Gassenfenster)、《渴望成为印第安人》(Wunsch, Indianer zu werden)、《不幸》(Unglücklichsein)。《沉思》是卡夫卡出版的第一本书。

1914 年 6 月 1 日,卡夫卡与菲莉斯在柏林正式订婚,旋即于 7 月 12 日解除婚约。7 月 28 日,一战爆发。8 月,卡夫卡开始撰写《审判》(*Der Prozess*,一译《诉讼》)。战争的影响此时尚未显现在《审判》的写作中,而与未婚妻的另一场"战争"却成了他写作的动力。整部作品的写作一直持续到 1915 年初才彻底搁置,布罗德于 1925 年将其首次整理出版。[①]10 月,卡夫卡开始撰写《在流放地》(In der Strafkolonie),他在日记中鲜有提及的战争此时似乎开始进入他的反思领域;卡夫卡于 1916 年 11 月 10 日在德国慕尼黑公开朗读了这篇作品,这篇作品于 1919 年 10 月由库尔特·沃尔夫出版社出版单行本。

1915 年,德国表现主义作家卡尔·斯特恩海姆(Carl Sternheim)获冯塔纳文学奖,但他建议将 800 马克奖金赠予卡夫卡,颁发此次冯塔纳文学奖的是另一位表现主义作家弗朗茨·布莱(Franz Blei)。斯特恩海姆和布莱之所以会注意到卡夫卡,主要是因为卡夫卡此前两度在《许佩里昂》上发表作品,而这个文学刊

---

① 参见迈尔坎·帕斯里:《〈审判〉手稿版后记》,卡夫卡《审判》,姬健梅译,新北:漫步文化,2013 年,第 309-313 页。

物正是由斯特恩海姆和布莱于 1908 年共同创办的。将冯塔纳文学奖赠予卡夫卡，是对卡夫卡早期作品所具有的表现主义风格的一种肯定。①

1916 年末至 1917 年初，卡夫卡完成了《乡村医生》（Ein Landarzt）、《铁桶骑士》（Der Kübelreiter）等多篇短故事。其中大部分作品后来收录于 1919 年末由库尔特·沃尔夫出版社出版的《乡村医生：短故事集》（*Ein Landarzt: Kleine Erzählungen*）。似乎有感于自己的生命即将走到尽头，卡夫卡在致布罗德的信中将《乡村医生：短故事集》称为自己的"最后一本书"。卡夫卡将这"最后一本书"题献给父亲，并且将它作为父亲 65 岁生日和退休时的礼物，可见其中浓厚的象征意味。但据布罗德所说，赫尔曼在接受儿子递来的书时只说了短短一句话："把它放在床头柜上吧。"② 原本计划收入该书的《铁桶骑士》最后被卡夫卡删去，并于 1921 年 12 月首次发表在《布拉格报》（*Prager Presse*）。

1919 年 1 月，卡夫卡在舍勒森（Schelesen）的斯图尔旅馆遇见了 28 岁的朱莉·沃丽采克（Julie Wohryzek），两人在那里相处了近两个月，卡夫卡不久之后决定不顾父亲的反对在 11 月举办婚礼，但最终还是放弃了婚事。11 月中旬，卡夫卡在布罗德的陪同下重回舍勒森的旅馆，并在那里撰写了《致父亲》（*Brief an den Vater*）。这封原稿长达 103 页的信并未直接递送到他父亲的面前，

---

① 有关卡夫卡与表现主义文学刊物《许佩里昂》之间渊源的详述，参见 Joachim Unseld, *Franz Kafka: A Writer's Life*, trans. Paul F. Dvorak, Riverside: Ariadne Press, 1994, pp.23-28.

② 马克斯·布罗德：《灰色的寒鸦：卡夫卡传》，张荣昌译，北京：北京十月文艺出版社，2010 年，第 29 页。

而是托他的母亲转交，但尤莉并未交给赫尔曼，而是退还给了卡夫卡。有学者认为，卡夫卡实际上是在"通过父亲写自传"[①]，这封信"可以作为自传性的证词来阅读，是（卡夫卡）所有出版物中给人印象最深刻的作品之一"[②]。作为父亲的赫尔曼是否确如儿子所描述的那样，抑或其中颇多虚构性成分，其实无关紧要。更重要的是卡夫卡所看到的父亲形象在他内心世界投射下的真实阴影，而这种阴影又流溢到了卡夫卡的文学世界。或许正是考虑到这一点，布罗德于 1953 年将其整理出版时所起的标题并未用"seinen"（他的）一词，而是用了定冠词"den"。[③]

1921 年秋，卡夫卡开始撰写《最初的痛苦》（Erstes Leid），直到 1922 年春完成。这篇作品于 1922 年秋发表在由卡尔·格奥尔格·海斯（Carl Georg Heise）与汉斯·马德斯泰格（Hans Mardersteig）共同编辑的《天才》（Genius）杂志第 3 卷第 2 册。

1922 年 1 月至 9 月，卡夫卡一直在撰写长篇小说《城堡》（Das Schloss），最终"不得不将其永远搁置"[④]，布罗德于 1926 年首次将其整理出版。《城堡》具有无主题或者说开放主题的特征。其特征体现在它可以进行各种角度、各种观念的解读，这些解读往往都能

[①] 赵山奎:《通过父亲写自传——卡夫卡〈致父亲〉解读》，载《国外文学》，2010 年第 2 期。

[②] Reiner Stach, *Kafka: The Years of Insight*, trans. Shelley Frisch, Princeton and Oxford: Princeton University Press, 2013, p.294.

[③] 第一版英译文的译者海因茨·波利策（Heinz Politzer）将其译作 *"Franz Kafka's Letter to His Father"*，此后的英译本大多沿用这一译法，但英国作家汤姆·麦卡锡在 2015 年为标准英译本所作序言的开头便指出了这一错误，参见 Tom McCarthy, "From Feedback to Reflux: Kafka's Cybernetics of Revolt", in Franz Kafka, *Letter to the Father/Brief an den Vater*, New York: Schocken Books, 2015, p.V.

[④] Franz Kafka, *Letters to Friends, Family, and Editors*, trans. Richard and Clara Winston, New York: Schocken Books, 1977, p.357.

够自成一体，合乎逻辑。"《城堡》的无主题或开放主题与传统的'多主题'有所不同，不仅在量上'多'，而且具备无限阐发的可能。《城堡》的无主题不仅是由文本本身的分裂性决定的，也是由阅读的零散性决定的。一方面《城堡》的文本是开放的，结构上也不具备内在统一性，另一方面《城堡》是碎片化的寓言，寓指性在文本内部相互抵消，寓言式的文体决定其阅读也是开放的。《城堡》因其无指涉的结构，产生无限的指涉。"① 从阅读效果来看，的确如此。我们以往认为："文学作品必须是一个有机统一体，作品各内在因素必须'一致''统一''和谐'，这一观点并没有充分的哲学根据和文学史根据。传统的经典作品也可能具有后现代性。《城堡》是一个分裂和解构的文本，具体表现为：不具有风格上的统一、内容上的统一、结构上的统一，不是内在的有机统一，故事和情节都缺乏清晰的描写与交代，情绪、情调、思想、表述、手法等通常都不一致。没有传统小说的那种'主题'，描写和叙述有很大的跳跃性，描写与描写之间、叙述与叙述之间缺乏主体上的逻辑性，缺乏事件上的前因后果。小说到处相互矛盾，比如时间上的矛盾、人物性格上的矛盾、叙述人称上的矛盾等。卡夫卡把'矛盾'正常化了。"② 写作《城堡》期间，卡夫卡还完成了《饥饿艺术家》(Ein Hungerkünstler)，这篇作品于 1922 年 10 月发表在德国的《新评论》(*Die Neue Rundschau*) 杂志第 10 期。

　　1923 年 10 月，卡夫卡完成了《小妇人》(Eine kleine Frau)，

---

① 高玉：《〈城堡〉无主题论》，载《浙江师范大学学报（社会科学版）》，2015 年第 4 期。

② 高玉：《经典文本也有分裂与解构性——以卡夫卡〈城堡〉为例》，载《西南大学学报（社会科学版）》，2015 年第 2 期。

这篇作品发表于 1924 年 4 月 20 日的《布拉格日报》(*Prager Tagblatt*)，发表时有所删改。

1924 年 3 月，卡夫卡完成了《女歌手约瑟芬，或耗子民族》(Josefine, die Sängerin order Das Volk der Mäuse)，这是卡夫卡创作的最后一篇作品。这篇作品首次发表于 1924 年 4 月 20 日的《布拉格报》，但发表时的标题为《女歌手约瑟芬》(Josefine, die Sängerin)。4 月起，卡夫卡一直在校对即将由施密德出版社出版的《饥饿艺术家：四则故事》(*Ein Hungerkünstler: Vier Geschichten*)的清样。该书收录了四篇作品:《最初的痛苦》《小妇人》《饥饿艺术家》《女歌手约瑟芬，或耗子民族》。遗憾的是，卡夫卡未能等到该书印行便于 6 月 3 日病逝。这本书在卡夫卡去世两个月之后才得以问世。

卡夫卡死后，布罗德从卡夫卡的遗物中发现了两份写给他的"遗嘱"①，如下:

一

最亲爱的马克斯:

我最后的请求：我遗物当中的一切（也就是在书柜、衣柜、书桌上，无论是在家中、办公室，或者你所知道的其他可能的地方）日记、手稿、他人与我的信件、所画的素描等，必须彻底且未经阅读地焚毁，包括你或其他人拥有的一切我所写、所画的内容。你应当以我的名义请

---

① 卡夫卡:《卡夫卡的遗嘱》,《沉思：卡夫卡中短篇作品德文直译全集》，彤雅立译，北京：北京燕山出版社，2021 年，第 3-6 页。

求他们，若人们不愿将信件移交给你，那么他们至少应当自行焚毁。

你的

弗朗茨·卡夫卡

二

亲爱的马克斯：

也许这次我再也无法起身了。一个月的肺部灼烧，之后肺炎的到来也许已足够夺去我的生命，我从未想过通过写作来击退它，尽管那有一定的力量。若有万一，关于我所写的一切，最后的愿望如下：

我所写的一切当中，仅有以下书籍适用：《判决》《司炉》《变形记》《在流放地》《乡村医生》与短篇小说《饥饿艺术家》。（《沉思》的一些印本可以留下，我不想让人费力销毁，但也不可新印再版）。若我说，这五本书与这则短篇小说适用，我的意思并非希望它们新印再版，在将来的时代流传，相反，它们应当全部佚失，这才符合我的本来愿望。由于它们已存在过，我不会阻止任何人得到它们，若他们有兴趣的话。

除此之外，对于其他一切我所书写的（在杂志上刊印的，以及手稿或信件），只要能找得到，务必绝无例外地通过请求，向收件人取回（多数的收件人你是知道的，主要是菲莉斯·M女士、朱莉·沃丽采克女士与米莲娜·波拉克女士，尤其勿忘几册波拉克女士拥有的手记）——所有这些最好是无例外地未被阅读（但我不阻止你阅读它们，当然若你不这么做，这样对我最好，无论如何不许有其他人读）——所有这些要无例外地被焚毁，我请求你尽可能快地去做。

弗朗茨·卡夫卡

第一份据说写于 1921 年秋冬之际，第二份写于 1922 年 11 月 29 日，这两份遗嘱是卡夫卡逝世后布罗德首先公开发表的文字。[①] 此后，布罗德将卡夫卡的遗稿悉数整理出版。关于布罗德对卡夫卡"遗嘱"的执行与背叛，在卡夫卡学术史上引起了一场接一场没有硝烟的战争。[②]

1925 年，布罗德首次整理出版了卡夫卡的长篇小说《审判》；1926 年，布罗德首次整理出版了卡夫卡的长篇小说《城堡》；1927 年，布罗德首次整理出版了卡夫卡的长篇小说《美国》（即《失踪者》）；1931 年，布罗德和汉斯·约阿希姆·肖普斯（Hans Joachim Schoeps）首次整理出版了卡夫卡的遗稿集《中国长城建造时：遗稿中未发表的故事和散文》(*Beim Bau der Chinesischen Mauer: Ungedruckte Erzählungen und Prosa aus dem Nachlaß*)，收录的作品包括《中国长城建造时》(Beim Bau der Chinesischen Mauer)、《关于法律问题》(Zur Frage der Gesetze)、《城徽》(Das Stadtwappen)、《论譬喻》(Von den Gleichnissen)、《桑丘·潘沙真传》(Die

---

① 布罗德于 1924 年 7 月发表在《世界舞台》(*Die Weltbühne*) 的文章《卡夫卡的遗产》(*Franz Kafkas Nachlaß*) 隐去了部分人名，前引为完整版。

② 关于这场"战争"的最佳述评，参见赵山奎：《学术史语境中的卡夫卡"遗嘱"》，载《外国文学》，2017 年第 4 期。

Wahrheit über Sancho Pansa）、《塞壬的沉默》（Das Schweigen der Sirenen）、《普罗米修斯》（Prometheus）、《猎人格拉胡斯》（Der Jäger Gracchus）、《叩击庄园大门》（Der Schlag ans Hoftor）、《杂种》（Eine Kreuzung）、《桥》（Die Brücke）、《小寓言》（Kleine Fabel）、《一次日常的混乱》（Eine alltägliche Verwirrung）、《铁桶骑士》（Der Kübelreiter）① 、《夫妇》（Das Ehepaar）、《邻居》（Der Nachbar）、《地洞》（Der Bau）、《巨鼹》（Der Riesenmaulwurf）、《一条狗的研究》（Forschungen eines Hundes）、《他》（Er）、《对罪愆、苦难、希望和正道的沉思》（Betrachtungen über Sünde, Leid, Hoffnung und den wahren Weg）。

1935 年至 1937 年，布罗德与海因茨·波利策（Heinz Politzer）合编了 6 卷本《卡夫卡文选》（*Gesammelte Schriften*），由海因里希·梅西·索恩出版社（Verlag Heinrich Mercy Sohn）出版，其中包含卡夫卡 3 部长篇小说的第二版，这一版本并未引起读者太大反响。

1946 年，布罗德独立主编了 5 卷本《卡夫卡文集》（*Gesammelte Schriften*），由肖肯出版社（Schocken Verlag）出版，其中包含卡夫卡 3 部长篇小说的第三版，此版本奠定了二战后卡夫卡作品为读者广泛接受的基础。

1950 年至 1974 年，11 卷本《卡夫卡全集》（*Gesammelte Werke*）由菲舍尔出版社（S. Fischer Verlag）陆续出版。这套全集最初由布罗德主持编撰，布罗德 1968 年去世后仍由其他成员继续

---

① 卡夫卡生前已将这篇作品发表于 1921 年 12 月 25 日的《布拉格报》（*Prager Presse*）。

编辑完成。这一版本自 20 世纪 50 年代末以来长期被视为卡夫卡研究的标准学术版本。

　　值得一提的是，布罗德编辑卡夫卡 3 部长篇小说的原则大体可以概括为：在初版中"将已完成的各章同未完成的各章分开"，务必使读者"几乎感觉不到这部作品有什么缺陷"①；待作品"展现出自己的广阔前景"时再出版呈现出"卡夫卡语文学"的校勘本②。使卡夫卡享誉世界的 3 部长篇小说的译本，大多以布罗德编辑版为底本。以权威中译本《卡夫卡全集》中的《城堡》为例，1996 年版、2000 年版和 2015 年版《卡夫卡全集》收录的译本均以布罗德编辑的菲舍尔简装书出版社（Fischer Taschenbuch Verlag）1982 年版为底本，而这一底本与布罗德 1946 年编辑的第三版《城堡》无异。以布罗德编辑版为底本的译本，在中国读者了解卡夫卡文学世界的最初阶段功不可没，但随着研究和接受的深入，亦逐渐显出美中不足。中译本《卡夫卡全集》的编者早在 1996 年就已注意到："80 年代以来，由卡夫卡的一位外甥女授权，G·诺伊曼教授、J·波尔恩教授、M·帕斯莱教授等五位德、英学者联手合作，利用牛津的资料，经过多年努力，完成了卡夫卡著作的校勘工作，出版了校勘本。这个版本纠正了旧版本中的某些疏漏，并标出了被作者删去或涂改过的段落和字句，可以看到卡夫卡在创作过程中的各种动机和想法，为进一步研究卡夫卡的作品提供了十分有利的条件，这是国

---

①　马克斯·布罗德:《〈诉讼〉第一版后记》，卡夫卡:《失踪者·诉讼》，张荣昌译，上海：上海译文出版社，2012 年，第 495 页。
②　马克斯·布罗德:《〈诉讼〉第二版后记》，同上书，第 497 页。

际卡夫卡学术界近年来的一个重大进展。"① 遗憾的是，这一重大进展在中译本《卡夫卡全集》的数次更迭中并未体现，因而也难以满足 21 世纪的中国读者深入"理解卡夫卡"的需要。而这一目标的实现，也只有在持续吸纳卡夫卡研究（尤其是卡夫卡手稿研究②）的优秀新成果的进程中才有可能。

总之，卡夫卡的写作仅持续了 20 年，但考虑到他不满 41 年的人生旅途，这段文学生命就显得尤为璀璨。在卡夫卡的文学视野中，"书"的意象极其重要，他曾在早年的书信中将"书"比作"斧子"，用以劈开内心的"冰海"。由此可见，"书"对于卡夫卡而言有着巨大的威力。而"书"的另一个重要性还在于，它是卡夫卡文学生命的延续。卡夫卡生前所出版的"书"仅有六本，按初版顺序依次为：短文集《沉思》（*Betrachtung*, 1912）、《司炉：一则片断》（*Der Heizer: Ein Fragment*, 1913）、《变形记》（*Die Verwandlung*, 1915）、《判决：一则故事》（*Das Urteil: Eine Geschichte*, 1916）、《在流放地》（*In der Strafkolonie*, 1919）、《乡村医生：短故事集》（*Ein Landarzt: Kleine Erzählungen*, 1919）。本书即是对卡夫卡"最后一本书"——《乡村医生：短故事集》的解读。

二、卡夫卡作品研究概况

关于卡夫卡的学术研究，实际上在卡夫卡生前就已开始。国内

---

① 叶廷芳：《〈卡夫卡全集〉总序》，叶廷芳主编：《卡夫卡全集》第 1 卷，北京：中央编译出版社，2015 年，第 18 页。

② 关于《卡夫卡全集》手稿版的出版与研究的介绍，参见卢盛舟：《〈卡夫卡全集〉出版与德语卡夫卡研究的互动》，载《当代外国文学》，2017 年第 4 期。

有学者将卡夫卡学术出现的时间追溯至 1907 年 2 月,布罗德在《当代》(*Die Gegenwart*)周刊上首次公开评价卡夫卡,将卡夫卡与海因里希·曼、弗兰克·魏德金和古斯塔夫·梅林克三位作家相提并论。① 而国外学者则多倾向于将最早的批评追溯至 1912 年 11 月,即卡夫卡的第一本书《沉思》出版以后,汉斯·科恩(Hans Kohn)在《自卫》(*Selbstwehr*)杂志上发表了对该书的评价。② 笔者认为,布罗德的评价更多的是出于推介卡夫卡的需要,其中不乏溢美之词,况且卡夫卡当时尚未公开发表过任何作品。相比之下,科恩的评论则着眼于卡夫卡的具体作品,倒更符合学术研究的性质。卡夫卡的作品在他同时代的读者中间迅速成为讨论的话题,从而引发了大量的评论。在卡夫卡死后的岁月里,他的生活和文本仍受到各种批评方法的"测量"。对卡夫卡及其作品的研究,已然成了一门被称作"卡夫卡学"的显学。无论如何,卡夫卡学术都已历经百年,并在这百年间长成了一片茂密的"意见丛林",而且只要卡夫卡继续被阅读,它就永远也不会停止生长。

卡夫卡学者格罗斯(Ruth V. Gross)认为:"或许关于卡夫卡的最好的书并不直接处理卡夫卡及其作品,而是对他和他的作品的解读史。"③ 但是,要从对卡夫卡及其作品的解读史中获得一种总体性的视野,仅凭一己之力几乎不可能做到,因为身处这片丛林之中的人们只能看到这片丛林的局部影像。在此,我们仅通过弗洛里斯

---

① 赵山奎:《卡夫卡与卡夫卡学术》,杭州:浙江大学出版社,2018 年,第 1 页。
② Carolin Duttlinger ed., *Franz Kafka in Context*, New York: Cambridge University Press, 2018, p.259.
③ Ruth V. Gross ed., *Critical Essay on Franz Kafka*, Farmington Hills: Gengage Gale, 1990, p.1.

（Angel Flores）编纂的《1908—1976 年间卡夫卡研究文献目录》，
一窥卡夫卡学术"轻"与"重"之所在。

在卡夫卡的所有作品中，国外学界讨论得最多也最为充分的，
并非卡夫卡生前出版的六本书，反倒是在他去世后由布罗德整理出
版的 3 部长篇小说，即《失踪者》《城堡》和《审判》。由于《司
炉》是《失踪者》的第一章，学界历来将其置于《失踪者》的语境
进行解读。弗洛里斯在"《美国》与《司炉》"这一标题下收录的论
文或专著索引有 74 条；在《城堡》这一标题下的论文或专著索引
达 100 条；被卡夫卡本人抽出来单独发表并收入《乡村医生：短故
事集》一书中的《在法的前面》，仍旧被学界视为《审判》不可分
割的一部分①，而在"《审判》与《在法的前面》"这一标题下收录的
论文或专著索引多达 182 条。②

相较之下，国外学界对卡夫卡生前出版的六本书的关注度较
低。弗洛里斯在书中收录的论及《在流放地》的文献条目有 60 条，
论及《变形记》的文献条目有 129 条，论及《判决》的文献条目有
83 条。③ 而康格德（Stanley Corngold）此前还编纂了一本名为《批
评家的绝望：卡夫卡〈变形记〉的解释》的论文集，其中收录专论
《变形记》的文献长达 216 页。④ 在此之后，弗洛里斯编辑了一本
名为《〈判决〉问题》的论文集，总结了学界对《判决》的 11 种

---

① 实际上，国内学界同样如此，最明显的是人民文学出版社 2003 年版的《卡
夫卡小说全集Ⅲ》中"作家生前发表的作品"部分并未收录《在法的前面》。

② 参见 Angel Flores ed., *A Kafka Bibliography 1908-1976*, New York: Gordian Press, 1976, pp.147-150,152-156,178-185.

③ Angel Flores ed., *A Kafka Bibliography 1908-1976*, pp.164-166,168-170,171-175.

④ Stanley Corngold ed., *The Commentators' Despair: The Interpretation of Kafka's "Metamorphosis"*, New York: Kennikat Press, 1973, pp.41-256.

解读。①

　　值得注意的是,《判决》《在流放地》和《变形记》都是只包含了一则故事的"书",而《沉思》与《乡村医生:短故事集》这两本"书"则各自包含了十多则故事。令人有些意外的是,弗洛里斯力图将 70 年间的研究文献一网打尽,却不曾收录关于卡夫卡第一本书(即《沉思》)的任何研究文献。而除《在法的前面》外,论及《乡村医生:短故事集》中其他作品的条目总共才 170 条,其中论及《乡村医生》的文献数量就已超过三分之一(有 60 条)。②

　　正如国内卡夫卡学者所言,"此类文选既是英美学界的卡夫卡学术发展的缩影,也是卡夫卡学术经典化的重要方式"③。从上述"一斑"中,我们不难看出,卡夫卡生前的第一本书和最后一本书均处于卡夫卡学术经典化的边缘,均未受到学界足够的重视,而卡夫卡本人则对这两本书给予了相当的重视。

　　尽管在弗洛里斯之后,卡夫卡学术又继续蓬勃发展了 40 余年,其间也涌现出大量论文集,例如格罗斯编纂的《卡夫卡批评文选》(*Critical Essays on Franz Kafka*, 1990),但此前弗洛里斯编纂的文献目录中所反映的问题仍然存在。如果要给卡夫卡的所有作品按照在卡夫卡学术领域的受重视程度进行排序的话,首先是 3 部未完成的长篇小说,其次是《变形记》《判决》《在流放地》,最后才是《乡村医生:短故事集》和《沉思》。

---

　　① Angel Flores ed., *The Problem of "The Judgement": Eleven Approaches to Kafka's Story*, New York: Gordian Press, 1977.
　　② 实际上仅有论及 12 篇作品的文献条目,因为书中并未收录论及《兄弟谋杀》的文章,可见相关研究文献之稀少。
　　③ 赵山奎:《卡夫卡与卡夫卡学术》,杭州:浙江大学出版社,2018 年,第 10 页。

　　自卡夫卡首次出版《乡村医生：短故事集》以来，至今已有百年。作为卡夫卡生前出版的"最后一本书"，国外对该书进行整体研究的专著却并不多见，而大多是对其中部分篇目的论述。

　　诺伊曼（Gerhard Neumann）的论文《在炼金术士巷的工作（1916—1917 年）》（Die Arbeit im Alchimistengäßchen, 1916—1917）[1]尝试从主题和变化的角度对《乡村医生：短故事集》一书进行阐释。但他的阐释在很大程度上依赖于文本的外在信息，比如卡夫卡在写大部分作品时的生活细节，因此他在某种程度上将这本集子简化为了一本作家传记。除此之外，该论文仅对书中的作品做了一般性的论述，以至于其结论能够套用于卡夫卡所有的文学作品。

　　试图将这本小说集中的篇目视为主题统一之整体的研究有：奥斯本（Charles Osborne）的《卡夫卡》（*Kafka*, 1967），弗拉赫（Brigitte Flach）的《卡夫卡的故事：结构分析与解说》（*Kafkas Erzählungen: Strukturanalyse und Interpretation*, 1967），格雷（Ronald Gray）的《弗朗茨·卡夫卡》（*Franz Kafka*, 1973），希伯德（John Hibberd）的《语境中的卡夫卡》（*Kafka in Context*, 1975）等。但这些学者的论述不但没能解决书中篇目的顺序这一关键问题，甚至许多论述并不连贯，大多是蜻蜓点水式的评论。

　　与上述研究论著形成鲜明对比的是东德学者里希特（Helmut Richter）的《卡夫卡的作品与构思》（*Franz Kafka: Werk und Entwurf*）。里希特对《乡村医生：短故事集》的 14 篇作品逐一进行了评论，这是笔者目前所见到的最为详尽的论述，其在某些方面

---

　　① Hartmut Binder hg., *Kafka-Handbuch in zwei Bänden*, Stuttgart: Kröner, 1979, ss.313-350.

也不乏敏锐的洞见。但由于里希特的意识形态偏见，他的评论中也出现了大量如今看来已经过时且不恰当的政治术语及评价。比如，他将卡夫卡看作一个敏感的"资产阶级人文主义代表"，在论及《一页古老的手稿》时，他认为这是"中小资产阶级无力感的表现，他们在经济和政治上始终依赖于更上层的权力，而几乎没有任何独立的力量"①。因此，他最终将《乡村医生：短故事集》中的所有作品视为现代社会政治主题的一系列变体，即所谓的资本主义社会根本性的矛盾和麻木。尽管上述观点存在着明显的偏见，但他的论著却是笔者目前所提到的文献中最为重要和具有启发性的。例如他认为："《新律师》是卡夫卡关于他所处时代的法律和境况的一份研究报告。"②事实上，这正是卡夫卡将《乡村医生：短故事集》一书中的篇目进行排序的基本原则之一，但显然不完全在里希特所谓的意识形态的价值体系中。

此后，宾德尔（Hartmut Binder）在《卡夫卡所有故事的评论》（*Kafka-Kommentar zu sämtlichen Erzählungen*）中进一步指出，《乡村医生：短故事集》中的所有作品都是由第一篇和最后一篇作品"环绕"着的，在这个框架中，其余的文本都按照主题的关联性成对地排列，如《兄弟谋杀》与《一场梦》的"死亡情节"，《十一个儿子》与《家长的忧虑》的"父亲视角"，等等。③基特勒（Wolf Kittler）在《整合》（Integration）一文中肯定了宾德尔的分析，并

---

① Helmut Richter, *Franz Kafka: Werk und Entwurf*, Berlin: Rütten & Loening, 1962, s.164.

② Helmut Richter, *Franz Kafka: Werk und Entwurf*, s.129.

③ Hartmut Binder hg., *Kafka-Kommentar zu sämtlichen Erzählungen*, München: Winkler, 1975, s.235.

对他们的共同观点进行了总结。^① 遗憾的是，两位学者均未提供任何关于这本集子中 14 篇作品的详细分析，他们对《乡村医生：短故事集》一书的潜在体系的解释未能落到实处，因而缺乏可信度和应有的深度。他们提出的框架，也仅仅基于第一则和最后一则故事的初步分析。

据曾艳兵先生的考证，国内对卡夫卡所写文字最早的翻译，是1948 年 9 月 13 日刊登在天津《益世报》"文学周刊"上的由叶汝琏通过法语转译的六则日记。^② 按照另一位学者的看法，卡夫卡的"日记"也可被视为一部特殊的卡夫卡式"作品"^③，由此看来，距卡夫卡的作品首次被译介到中国已经 70 余年了。卡夫卡的作品之所以能在中国广为流传，得益于一大批优秀译者、编者和研究者的努力。卡夫卡与他作品的关系，就像他在《猎人格拉胡斯》中描绘的那样，已死的猎人格拉胡斯把自己的命运交给了他"不死的身体"，卡夫卡也将自己的命运交给了他"不朽的作品"。^④ 卡夫卡似乎已经料想到，自己的作品将在他死后于尘世间漫游。不无遗憾的是，完整意义上的《乡村医生：短故事集》至今仍未真正开启它在中国的

---

① Hartmut Binder hg., *Kafka-Handbuch in zwei Bänden*, Stuttgart: Kröner, 1979, ss.203-220.

② 曾艳兵：《卡夫卡研究》，北京：商务印书馆，2009 年，第 432 页。

③ 赵山奎：《传记视野与文学解读》，北京：北京大学出版社，2012 年，第142 页。

④ 在德语中表示"身体"的 Körper 一词出自拉丁语 corpus，这与德语中表示"文本／身体"的 Corpus 一词拼法完全一致。由此可见，卡夫卡笔下的"身体"与"文本"有着紧密的联系。参见平野嘉彦：《卡夫卡：身体的位相》，刘文柱译，石家庄：河北教育出版社，2002 年，第 212 页。

旅程。①

　　笔者就国内对《乡村医生：短故事集》一书中 14 篇作品的中译文进行编选出版的情况做了初步的统计。从笔者所能搜集到的卡夫卡的作品选本来看：只收录了其中 7 至 13 篇作品，但未以"乡村医生"作为书名的选本多达 31 个②；虽完整地收录了 14 篇作品，却未以"乡村医生"作为书名的选本有 4 个③；虽以"乡村医生"作

---

　　①　截至笔者完成书稿之际，国内出版了完整意义上的《乡村医生：短故事集》中译本，参见卡夫卡：《乡村医生：卡夫卡中短篇作品德文直译全集》，彤雅立译，北京：北京燕山出版社，2021 年。故而特此说明：本书随后所做统计的时间截至 2019 年 12 月 31 日。

　　②　这 31 个选本分别为：《卡夫卡短篇小说选》，外国文学出版社 1985 年版；《卡夫卡随笔集》，海天出版社 1993 年版；《卡夫卡小说选》，人民文学出版社 1994 年版；《卡夫卡短篇小说选》，湖南文艺出版社 1996 年版；《卡夫卡文集》，内蒙古人民出版社 1997 年版；《变形记》，北京燕山出版社 2000 年版；《卡夫卡散文》，浙江文艺出版社 2001 年版；《卡夫卡文集：第 3 卷》，上海译文出版社 2002 年版；《变形记》，伊犁人民出版社 2003 年版；《卡夫卡小说全集》，人民文学出版社 2003 年版；《卡夫卡散文》，浙江文艺出版社 2003 年版；《卡夫卡文学代表作》，九州出版社 2006 年版；《变形记》，湖北人民出版社 2006 年版；《变形记：卡夫卡中短篇小说集》，上海译文出版社 2006 年版；《变形记》，长江文艺出版社 2007 年版；《爱的险境：卡夫卡小说经典》，华夏出版社 2007 年版；《卡夫卡精选集》，北京燕山出版社 2010 年版；《变形记：卡夫卡短篇小说集》，云南人民出版社 2010 年版；《变形记：卡夫卡中短篇小说选》，北京燕山出版社 2011 年版；《变形记》，中央编译出版社 2011 年版；《卡夫卡中短篇小说》，北京燕山出版社 2011 年版；《卡夫卡文集：第 3 卷》（增订版），作家出版社 2011 年版；《卡夫卡短篇小说经典》，重庆大学出版社 2013 年版；《变形记》，中国友谊出版公司 2014 年版；《卡夫卡中短篇小说全集》，人民文学出版社 2015 年版；《卡夫卡短篇小说集》，北京燕山出版社 2015 年版；《变形记》，西安交通大学出版社 2015 年版；《卡夫卡小说精选》，北京理工大学出版社 2015 年版；《变形记》，商务印书馆 2016 年版；《开小差的狗》，上海文艺出版社 2016 年版；《卡夫卡随笔集》，上海文艺出版社 2016 年版。需要说明的是，尽管《中国长城建造时》包含了《一页古老的手稿》与《一道圣旨》的全文，但由于卡夫卡生前并未将其发表且未能完成，故此处未将该篇统计在内。

　　③　这 4 个选本分别为：《卡夫卡短篇小说全集》，文化艺术出版社 2003 年版；《变形记：中短篇小说集》，上海译文出版社 2012 年版；《变形记：卡夫卡中短篇小说集》，上海译文出版社 2012 年版；《卡夫卡中短篇小说全集》，时代文艺出版社 2017 年版。

为书名，却未能将 14 篇作品尽数收录的选本有 2 个 [①]。与国内对《乡村医生：短故事集》一书编选出版的状况相类似，国内学界对卡夫卡生前的"最后一本书"亦未能予以足够的重视。

迄今为止，笔者尚未见到将整本集子视作一个整体来进行解读的文章或专著。在笔者收集到的 13 位学者的 15 本中文专著中，对《乡村医生：短故事集》中的 14 篇作品论及篇目最多的是曾艳兵的《卡夫卡研究》与《卡夫卡的眼睛》。这两本专著较为详细地论述了《一页古老的手稿》《一道圣旨》《一份致某科学院的报告》等篇目；在多处论及了《乡村医生》《在法的前面》《一场梦》，但均点到为止而没有展开论述；对《新律师》《在剧院顶层楼座》《豺狼与阿拉伯人》《家长的忧虑》《兄弟谋杀》《视察矿井》《十一个儿子》等篇目只是简略地提到篇名，但未做进一步解读。其次是赵山奎的《传记视野与文学解读》，其详细论述了《乡村医生》《在法的前面》与《一场梦》，对《在剧院顶层楼座》《视察矿井》则稍有论及。尤为重要的是，赵山奎在解读卡夫卡的作品时注意到了"书"的意象，其中一章的标题就是"卡夫卡与他的书"。这实际上指明了一种阅读卡夫卡的方式，即以"书"为单位，并将其视为一个具有自足性的空间。而卡夫卡写或编"书"的方式，正是从一篇作品"穿行"到另一篇作品。这对我们阅读卡夫卡的书（尤其是故事集），具有重要的启发。

笔者目前搜集到的论及《乡村医生：短故事集》中个别篇目的

[①] 这 2 个选本分别为：《乡村医生：卡夫卡短篇小说集》，北京时代华文书局 2016 年版；《乡村医生》，人民文学出版社 2017 年版。在这 2 个选本中，前者收录了 9 篇作品，后者只收录了 2 篇作品。

期刊论文共 215 篇，而《乡村医生》与《在法的前面》（一译《在法的门前》）是 14 篇作品中被解读和探讨得最为充分的两篇作品。解读《乡村医生》的文章多达 60 余篇，对《在法的前面》一文进行阐释的文章甚至过百篇。对后者的研究虽多，但大多是将其置于长篇小说《审判》的语境进行解读。关于前者，这里仅就笔者认为比较有代表性的文章进行概述。

叶廷芳的《〈乡村医生〉——"内宇宙"幻化的现代神话》① 一文，通过分析"乡村医生本人"的梦境结构、"三重拯救"的焦虑、图像的象征性和"现在时"的叙述方式，进而认定该篇作品是卡夫卡"非理性"思维的产物，是具有现代特征的神话；谢占杰的《"未定性"与"陌生化"——〈乡村医生〉艺术张力的体验与解读》② 一文，通过分析小说中难以把捉的人物、沉入虚空的场景、多重意蕴的语义，从而辨识出卡夫卡的文本是一种具有"未定性"和"陌生化"特征的"召唤结构"；孙彩霞的《宗教精神的失落——谈〈乡村医生〉反讽〈圣经〉的主题》③ 一文从宗教学视角对《乡村医生》进行解读，而其《余华〈西北风呼啸的中午〉与卡夫卡〈乡村医生〉的比较研究》④ 一文则主要运用实证的方法,分析卡夫卡对余华的影响；杨建的《"乡村医生"的反讽艺术》⑤ 一文，则通过对《乡村医生》中展现出的言语反讽、情境反讽、浪漫反讽等现象进行分析，详尽地展现了卡夫卡的反讽艺术；陈珊的《张力的追逐——〈乡村

---

① 载《外国文学评论》，2001 年第 4 期。
② 载《许昌师专学报》，2001 年第 4 期。
③ 载《外国文学研究》，2000 年第 3 期。
④ 载《中州大学学报》，2006 年第 1 期。
⑤ 载《外国文学研究》，2003 年第 6 期。

医生〉与〈十八岁出门远行〉叙事特点的互文性阅读》^①则从叙事
学角度对卡夫卡与余华的作品进行互文性解读；姜智芹的《〈乡村
医生〉：唱给责任和信仰的挽歌》^②一文指出《乡村医生》的主旨是
"责任"与"信仰"，并就这两个方面进行了探讨；周何法的《夜诊
铃"误响"之谜——卡夫卡〈乡村医生〉的传记式解释》^③一文，则
立足于作家的人生历程，从传记批评的角度，将《乡村医生》看作
卡夫卡对创作价值进行怀疑的产物；田小玲的《从〈乡村医生〉看
卡夫卡文学的叙事艺术》^④一文则运用后现代叙事理论，着重解析
《乡村医生》中灾难性的叙事结构和隐喻性的叙事符号，以此展现
卡夫卡的艺术创作技巧；赵山奎的《关于卡夫卡〈乡村医生〉的
解读》^⑤一文，依托大量文献和开阔的学术视野，对国外学界关于
《乡村医生》的解读进行了评述，而其《无名希腊人的"非历史命
运"——卡夫卡的〈乡村医生〉与希腊古典》^⑥一文则对潜藏在《乡
村医生》中的希腊古典资源进行了追溯，并指出"爱欲"与"拯救"
的问题是通向难解之卡夫卡的一条幽径；张梦瑶的《把世界捧进纯
洁、真实、永恒的境界——从〈乡村医生〉看卡夫卡的创作追求及
其象征性表现手法》^⑦一文，运用弗洛姆的"分析的社会心理学"，
就《乡村医生》中体现出来的卡夫卡的象征性话语进行解读，并
指出卡夫卡的艺术旨在对人类的内在世界进行多重展示；王雯鹤的

---

① 载《兰州学刊》，2008 年第 S1 期。
② 载《名作欣赏》，2009 年第 7 期。
③ 载《解放军外国语学院学报》，2010 年第 6 期。
④ 载《西北工业大学学报（社会科学版）》，2011 年第 1 期。
⑤ 载《南京师范大学文学院学报》，2012 年第 2 期。
⑥ 载《外国文学评论》，2013 年第 3 期。
⑦ 载《贵州民族大学学报（哲学社会科学版）》，2016 年第 1 期。

《流浪的灵魂——从卡夫卡的〈乡村医生〉看现代人的生存困境》①
一文认为,《乡村医生》展现的是主人公从觉醒、反思、屈服,到
最终流浪的一段旅程;肖锋与魏梦瑶的《〈乡村医生〉:卡夫卡的
满足》②一文则认为,《乡村医生》体现了卡夫卡的信仰与追求之根
基,这种根基主要来自犹太教与基督教的宗教观念,二者在一定程
度上的融合给予了卡夫卡某种"满足"之感。

我们从上述"一斑"中不难看出,诸位学者对《乡村医生》这
一单篇作品青睐有加,对其解读的视角与方法不可谓不多样,对该
篇的探索与洞见亦不可谓不深入。相形之下,对《乡村医生:短故
事集》中其他作品的解读则是另一番凋敝景象。

目前国内学界对《新律师》进行阐释的文章有2篇,即段方的
《卡夫卡的神话与现实》③和焦光彤的《蒲松龄对卡夫卡的影响及对
超现实主义文学创作手法的贡献》④;对《在剧院顶层楼座》进行阐
释的文章有2篇,即印芝虹的《卡夫卡的呐喊——谈谈卡夫卡的短
篇〈在顶层楼座〉》⑤和祖静的《卡夫卡的顶层楼座》⑥;对《一页古老
的手稿》(一译《往事一页》)进行阐释的有30篇;对《豺狼与阿
拉伯人》进行详细阐释的仅有孙坤荣先生的《论卡夫卡的小说》⑦一
文;论及《视察矿井》的仅有赵山奎的《关于卡夫卡〈乡村医生〉
的解读》一文,但主要分析的还是《乡村医生》;对《邻村》进行

① 载《长春理工大学学报(社会科学版)》,2016年第4期。
② 载《名作欣赏》,2017年第10期。
③ 载《国外文学》,2001年第4期。
④ 载《蒲松龄研究》,2015年第2期。
⑤ 载《当代外国文学》,1990年第2期。
⑥ 载《林区教学》,2014年第5期。
⑦ 载《北京大学学报(哲学社会科学版)》,1983年第2期。

阐释的仅有连晗生的《卡夫卡的〈邻村〉：兼论本雅明和布莱希特的分歧》①一文；对《一道圣旨》进行阐释的有 4 篇；论及《家长的忧虑》的有 10 篇文章，但均是零散的评论；笔者尚未见到对《十一个儿子》进行专门阐释的文章；对《兄弟谋杀》的阐释只在周方的《卡夫卡小说中的无彩色意蕴》②一文中稍有提及；对《一场梦》进行阐释的文章有 2 篇，即赵山奎的《冲击尘世最后的边界——论卡夫卡的死亡想象》③和曾艳兵的《铭刻在墓碑上的文字——鲁迅〈墓碣文〉与卡夫卡〈一场梦〉的比较分析》④；对《一份致某科学院的报告》进行详细阐释的文章有 4 篇。

上述情况表明，无论是国外还是国内，学界对卡夫卡《乡村医生：短故事集》一书的关切尚不充分，相关的研究还有很大的发展空间。笔者认为，造成这种忽视的原因主要有两个。其一，学界对卡夫卡的印象仍然停留在一个缺乏自信的"弱者"，而未能看到卡夫卡对自己的创作才能的肯定的一面，尤其是他对作品发表的态度发生的根本性转变。卡夫卡的确一贯以对作品的严苛要求而著称，但这种印象并不必然表明他对自己的创作缺乏信心。事实上，卡夫卡对自己的创作极为自信，这与他俨然已是一位"文学皇帝"的形象非但不矛盾，反倒极为契合。其二，学界在某种程度上"误认"了卡夫卡所谓的"满足"，尤其是国内学者在借助中译文进行具体作品的研究时，未能细致考证德文原文，这也是《乡村医生：短故事集》在国内被忽视的重要因素。

---

① 载《上海文化》，2015 年第 3 期。
② 载《文学教育》，2016 年第 12 期。
③ 载《外国文学评论》，2009 年第 1 期。
④ 载《鲁迅研究月刊》，2017 年第 12 期。

有鉴于此，笔者将简要评述《乡村医生：短故事集》一书的出版史，从中我们可以较为清晰地看到：卡夫卡对待作品的态度，已从被动地接受来自出版社的邀请和布罗德的"生拉硬拽"，转向了更为积极主动地寻求作品的发表或出版。而这一态度的转变，正表明了卡夫卡不但在作品的创作中，而且在出版它们的过程中感到了某种"满足"。

三、一场战斗纪实：《乡村医生：短故事集》出版史

1916 年 11 月至 1917 年 7 月，卡夫卡中断了用四开笔记本写日记的习惯。与此同时，他迎来了自己的第三个创作高潮，改用八开笔记本进行创作，后来布罗德从卡夫卡手稿中发现的八本所谓"蓝色八开笔记本"（ *The Blue Octavo Notebooks* ），便始于此时。[①] 在由妹妹奥特拉租下来的小屋里，卡夫卡像炼金术士一般在语言的媒介中开启他的实验旅程，由此诞生的大量短篇作品，即便是在它们问世一百年后的今天，也"完全能够在世界范围内为卡夫卡

[①] 关于这八本蓝色八开笔记本的顺序，马克斯·布罗德的标注后来被证明是错误的。现按写作时间重新排列：布罗德所标注的第七本笔记本的写作时间为 1916 年 11 月至 12 月中（A），第一本笔记本的写作时间为 1917 年 1 月中至 2 月（B），第六本笔记本的写作时间为 1917 年 2 月中至 3 月（C），第二本笔记本的写作时间为 1917 年 3 月末至 4 月中（D），第五本笔记本的写作时间为 1917 年 8 月至 9 月初（E），第八本笔记本的写作时间为 1917 年 9 月至 10 月初（F），第三本笔记本的写作时间为 1917 年 10 月中至 1918 年 2 月末（G），第四本笔记本的写作时间为 1918 年 2 月末至 5 月初（H）。参见 Richard T. Gray, et al., *A Franz Kafka Encyclopedia*, London: Greenwood Press, 2005, pp.210-211. 为避免提及它们时给读者造成不必要的障碍，本书一律以大写英文字母 A–H 依次指代按照写作时间重新排序后的八本蓝色八开笔记本。

注解"①。

在整个创作进程中，卡夫卡就已经开始考虑将这些新的作品结集出版。早在 1917 年 2 月，卡夫卡就已在 B 本蓝色八开笔记本中列出了一份包含 11 篇作品标题的清单。这 11 篇作品的标题分别为：《在剧院顶层楼座》《等级偏见》《铁桶骑士》《骑手》《商人》《乡村医生》《一场梦》《在法的前面》《兄弟谋杀》《豺狼与阿拉伯人》《新律师》。② 这是卡夫卡第一次对自己在冬季里的成就进行统计。据布罗德的猜测，其中的《等级偏见》（Kastengeist）很可能是就是后来的《视察矿井》，《骑手》（Ein Reiter）很可能就是后来的《邻村》，《商人》（Ein Kaufmann）很可能就是后来的《邻居》。③ 从中不难看出，卡夫卡对作品发表的态度发生了某种变化。如此积极主动的态度，在这位行事风格一贯被动迁就且时常表现得"犹豫不决"的作家身上无疑是极为罕见的。

不久之后，在 C 本蓝色八开笔记本中，卡夫卡又列出了 12 篇作品，标题分别为：《一场梦》《在法的前面》《一道圣旨》《短暂的时间》《一页古老的手稿》《豺狼与阿拉伯人》《在剧院顶层楼座》《铁桶骑士》《乡村医生》《新律师》《兄弟谋杀》《十一个儿子》。④

4 月 22 日，卡夫卡致信《犹太人》杂志的主编马丁·布伯，他在信中提到了自己的"12 篇作品"，并且已经表露出他当时正

① Reiner Stach, *Kafka: The Years of Insight*, trans. Shelley Frisch, Princeton and Oxford: Princeton University Press, 2013, p.153.

② Franz Kafka, *The Blue Octavo Notebooks*, ed. Max Brod, trans. Ernst Kaiser and Eithne Wilkins, Cambridge: Exact Change, 1991, p.102.

③ Franz Kafka, *The Blue Octavo Notebooks*, p.102.

④ Franz Kafka, *The Blue Octavo Notebooks*, p.106.

在考虑一本书的出版事宜:"所有这些作品，以及其他一些作品，都将以一本书的形式在未来的某一天出版，它们将被总称为《责任》。"① 此时，卡夫卡脑海中已经有了一个初步构想:将近期完成的短故事结集出版。从他对书名的拟定和对作品篇目的再次统计可以看出，这个计划正渐趋完善。

7月7日，卡夫卡在给库尔特·沃尔夫的信中写道:"我将给您寄去近期完成的一些较好的作品，13篇散文。这与我真正想做的事还相去甚远。"② 卡夫卡正将自己出版一本书的想法付诸行动，这一次他决心不再经由朋友的推荐，也不再被动地等待出版商偶然的关切，转而积极地寻求同出版商接洽的机会，卡夫卡无疑对计划出版的这本书充满了信心。

8月20日，卡夫卡再次给库尔特·沃尔夫写信:"我建议用'乡村医生'作为新书的标题，副标题为'短故事集'。关于目录我建议这样安排:《新律师》《乡村医生》《铁桶骑士》《在剧院顶层楼座》《一页古老的手稿》《在法的前面》《豺狼与阿拉伯人》《视察矿井》《邻村》《一道圣旨》《家长的忧虑》《十一个儿子》《兄弟谋杀》《一场梦》《一份致某科学院的报告》。"③ 这一次，卡夫卡列出的作品数量达15篇之多，并将原定书名《责任》改为了《乡村医生:短故事集》。与此同时，他还在信中为出版社拟好了一份精确的目录。对于此时的卡夫卡而言，这本尚未面世的书似乎已经摆在了他的面

---

① Franz Kafka, *Letters to Friends, Family, and Editors*, trans. Richard and Clara Winston, New York: Schocken Books, 1977, pp.131-132.

② Franz Kafka, *Briefe, 1902-1924*, hg. Willy Haas, Frankfurt am Main: S. Fischer, 1958, s.156.

③ Franz Kafka, *Briefe, 1902-1924*, ss.158-159.《乡村医生:短故事集》正式出版前，卡夫卡将《铁桶骑士》删除了，其中缘故不得而知。

前。他怀念起刚刚过去的那个多产的冬季，于 1917 年 9 月 25 日写下了那则后来被众多学者广为引用的日记①。而那则日记在某种程度上还表明：卡夫卡不仅从这些作品的"创作"（Arbeiten）过程中，并且从将这些作品结集成一本书出版的"工作"（Arbeiten）过程中获得了某种满足。

二十年之后，保罗·瓦莱里在法兰西公学"诗学"课程的第一堂课中说道，如果说有人以其成就而在文学史上占有一席之地，那是相互独立的两个条件共同作用下的结果："一个必定是作品的生产本身；另一个是作品的某种价值的生产，它是由那些了解并欣赏已产生的作品的人所确立的，是他们使作品享有盛名，并使它得以流传和保存，使它获得后续的生命。"② 这一说法如今已成了共识，但用之于卡夫卡时仍然令人感到有所遗漏，似乎在作品诞生之后，作家只好听之任之了。对此，卡夫卡自己的"理论"显得更有弹性，并且在一定程度上弥补了这一说法的不足。他在致米莲娜的信中写道："活着的作家同他们的书有一种活的关系，他们本身的存在就是捍卫它们，或者反对它们的斗争。一本书真正独立的生命要在作者死后才表现出来，说得更正确些，要在作者死去一段时间后才表现出来，因为这些血性的人在他们死后还会为他们的书战斗一番。然后书就慢慢地孤单下来，只能依赖自己的心脏的搏动了。"③ 不可否认的是，同卡夫卡生前的状况相比较，卡夫卡身后在文学史上留

---

① Franz Kafka, *Tagebücher: 1910-1923*, hg. Max Brod, Frankfurt am Main: Fischer Taschenbuch Verlag, 1983, s.389.

② 保罗·瓦莱里：《诗学第一课》，《文艺杂谈》，段映虹译，北京：生活·读书·新知三联书店，2017 年，第 350 页。

③ 叶廷芳主编：《卡夫卡全集》第 9 卷，北京：中央编译出版社，2015 年，第 357 页。根据原文，有改动。

有盛名主要有赖于布罗德竭力营造的第二个条件。然而，对此过分夸大，容易使人"觉得卡夫卡学术就是一个巨大的谣言"①。还应当看到，卡夫卡作品本身的"心脏的搏动"，如今完全能够经受住人们各种眼昏花缭乱式的敲击。

卡夫卡对作品本身的"心脏的搏动"极为重视，在此仅举一例以说明。1916 年 9 月，卡夫卡接到了来自"现代文学之夜"的邀请，这个活动是由德国慕尼黑的汉斯·戈尔茨新美术馆发起的。在卡夫卡最终面对约 50 名听众之前，1916 年 11 月 9 日的《慕尼黑近闻报》(*Münchener Neueste Nachrichten*) 刊道："现代文学之夜丨弗朗茨·卡夫卡，作家，去年获得了冯塔纳文学奖丨11 月 10 日（周五）晚在戈尔茨艺术沙龙朗读一篇此前未曾发表的中篇作品；在朗读过马克斯·布罗德的诗歌之后。"汉斯·戈尔茨被视为现代艺术的先驱，他于 1912 年 9 月建立的新美术馆位于慕尼黑市中心的音乐厅广场 (Odeonsplatz)，其举办过的 160 多个展览先后展示了野兽派、立体主义和表现主义的作品，让慕尼黑的公众对现代艺术大开眼界。后来，新美术馆搬到了戈尔茨书店，在展览的同时还举办关于新文学的讲座。据说，这个讲座在慕尼黑的文学圈子里名气很大，卡夫卡收到邀请时也是又惊又喜。但他很快得知，这份邀请并非凭借其作品的"心脏的搏动"赢得的，而是靠了好友布罗德的运作。对此他在致菲莉斯的信中坦言，自己去参加这次活动的兴致随之变得索然。②

---

① 赵山奎：《卡夫卡与卡夫卡学术》，杭州，浙江大学出版社，2018 年，第 21 页。

② 叶廷芳主编：《卡夫卡全集》第 9 卷，北京：中央编译出版社，2015 年，第 87 页。

实际上，在作品只能依靠它本身的"心脏跳动"之前，作家本人的捍卫和战斗显得尤为重要。《乡村医生：短故事集》一书的出版史，便是卡夫卡所谓活着的作家与其作品之间"活的关系"的一个范例。在这一过程中，卡夫卡无疑承担着最主要的工作。他不断地从自己的"矿藏"中进行筛选，从11篇到12篇，再到13篇，甚至15篇，在对收入该书的作品进行反复核对之后，最终将交付出版的篇目和顺序确定下来。卡夫卡权威传记作家莱纳·施塔赫（Reiner Stach）对此评述道："在卡夫卡看来，除了挑选书名之外，还要考虑到一系列美学方面的问题……这个问题也反映在卡夫卡对选择的散文如何排序当中了。"[1] 当出版社尚不清楚他们在该书的出版事宜中扮演怎样的角色时，卡夫卡从他们手中接管了大量工作。此时，他不是在请求同他们商讨，而是直接向出版社下达了他的指令。

然而，《乡村医生：短故事集》的"出生"却历经了难以想象的困难。似乎没有人能够理解卡夫卡的安排，即使有这样一份如此清晰的目录摆在眼前，出版社却还是视而不见，并接二连三地出错。

出版社先是混淆了《一场谋杀》（Der Mord）与《兄弟谋杀》（Ein Brudermord）。两个不同的标题，被出版社误认为是两篇完全不同的作品。实际上，《一场谋杀》是卡夫卡较早完成的版本，而《兄弟谋杀》则是卡夫卡在前者的基础上进行修改的版本。我们对两篇作品的原文进行了比对，《兄弟谋杀》除在标题上有所改动外，并未有情节上的大幅修改，且大部分的改动都是极细微的，尤其对

---

① Reiner Stach, *Kafka: The Years of Insight*, trans. Shelley Frisch, Princeton and Oxford: Princeton University Press, 2013, p.182.

于译本的读者而言，这些改动几乎是无关紧要的，因此这两篇作品实际上可被视作同一篇作品。令卡夫卡感到意外的是，当《兄弟谋杀》已发表在《玛尔叙阿斯》（*Marsyas*）杂志 1917 年 7/8 月号后，库尔特·沃尔夫出版社竟在未与他沟通的情况下，于 1917 年 12 月底又将《一场谋杀》这一早期的版本发表在《新创作年鉴》。卡夫卡大为惊讶之余，在书信中对此调侃道："在目录中出现的一篇名为'谋杀者'（Mörder）的小说，我不曾写过，这是一种误解；但既然她被认为是众多篇目中最好的，这一点或许又是对的。"① 卡夫卡的调侃清楚地显露出他对出版社的不满。

出版社显然"误解"了卡夫卡，他们甚至以为，是那份由作家亲自排好顺序的目录"出错"了。1918 年 1 月，卡夫卡收到了出版社寄来的校样。27 日，卡夫卡写信给出版社的编辑："随信附上我寄回的校样。恳请您尤为注意以下事项：这本书应由 15 篇短故事组成；我在不久前写给您的信中已注明了它们的顺序。我现在已不能准确地记起这个顺序了，但《乡村医生》不是第一篇，而是第二篇；第一篇故事是《新律师》。无论如何，请您按照我所注明的顺序编排这些故事。此外，我进一步请求您在书中插入一页写着'献给我的父亲'（Meinem Vater）的题献页。我尚未收到扉页应该写着'乡村医生：短故事集'的校样。"② 尽管当时处于战争期间，信件时有遗失，但这一封信出版社的确收到了，因为出版人库尔特·沃尔夫立刻在回信中承诺，卡夫卡对《乡村医生：短故事集》

① Franz Kafka, *Briefe an Milena*, Frankfurt am Main: S. Fischer Verlag, 1983, s.5. 此处的"谋杀者"即《一场谋杀》。
② Franz Kafka, *Briefe, 1902-1924*, hg. Willy Haas, Frankfurt am Main: S. Fischer, 1958, s.228.

一书的所有愿望都将得到满足。[①]

出版人试图重新赢得卡夫卡的信任，而卡夫卡对此却并不抱有太高期望。在 28 日致布罗德的信中，卡夫卡写道："谢谢你让沃尔夫记得我。这件事由你出面比我自己提醒他要令人愉快得多（前提是你没有因此感到不愉快），因为他若是对某件事不感兴趣的话，大可以开诚布公地说出来，然而至少这是我的印象，他一贯有话不直说，至少在信里不直说。他在面对面交谈时更为率直些。"[②] 一再出现的小错误导致卡夫卡与出版人之间的关系产生了裂痕，双方都因为感觉到了这种裂痕的存在而陷入了沉默。

此后，卡夫卡迫切的希望在漫长的等待中变成了失望。他在 3 月末给布罗德的信中写道："自从我决定把这本书题献给我的父亲之后，我非常希望它能立即出版。……由于沃尔夫把我拒之门外，不答复我，什么也不寄给我，但也许这是我的最后一本书了，所以我想把手稿寄给莱斯，他友好地告诉我，有事可以找他。我给沃尔夫写了一封最后通牒，但至今也还没有回信。"[③]

半年之后的 9 月 13 日，卡夫卡收到出版社寄来的一封长信，信中提到:《乡村医生：短故事集》一书的出版工作不得不因故推迟；另外，出版社遗失了《一场梦》的手稿；信中还包含一份由出版社编排好的目录。卡夫卡在 10 月 1 日的回信中再次指出了那个令他"无法容忍"的错误："这本书必须以《新律师》作为开篇。

---

① Franz Kafka, *Letters to Friends, Family, and Editors*, trans. Richard and Clara Winston, New York: Schocken Books, 1977, p.462, n.28. 另见 Franz Kafka, *Briefe, 1902-1924*, s.232.

② Franz Kafka, *Briefe, 1902-1924*, ss.229-230.

③ Franz Kafka, *Briefe, 1902-1924*, s.237.

而你们置于第一篇的《一场谋杀》，则应该完全丢弃，因为，除去细微的差别，它与此后冠以正确标题的《兄弟谋杀》是同一篇。请勿忘了印上全书的题献词'献给我的父亲'。随信附上《一场梦》的手稿。"[1] 篇目一再被搞错，顺序也再次陷入混乱，一次次的"误解"使卡夫卡对出版社完全失去了信心。

对于大多数读者而言，他们所关切的只是这本书究竟说了些什么，至于一本书的"出生"究竟历经了怎样的曲折通常是无关紧要的。然而，在卡夫卡逝世百年后，他仍然同他的作品保持着一种"活的关系"。《乡村医生：短故事集》的出版史，就是一场卡夫卡为之战斗的纪实。对此，我们不禁要问：一向温和恭谦的卡夫卡，何以在该书篇目的排序上表现得如此执着？莱纳·施塔赫所谓的"美学方面的问题"究竟指什么？相较于其作品，这位作家本身甚至比他笔下那座难以进入的"城堡"更令人费解。难道是这条通向卡夫卡的道路过于崎岖，从而延长了我们的行程吗？或者是我们在出发之前就已经被某些东西给"绊倒"了？我们不妨再次回到卡夫卡那则长期以来被"误解"的日记，并试图对卡夫卡在日记中提到的"满足"予以澄清。

四、"稍纵即逝的满足"：《乡村医生》还是《乡村医生：短故事集》？

在卡夫卡生前发表或出版的所有作品中，真正令作者本人感到

---

[1]　Franz Kafka, *Briefe, 1902-1924*, hg. Willy Haas, Frankfurt am Main: S. Fischer, 1958, s.245.

满意的少之又少。他在 1917 年 9 月 25 日的日记中坦言："我仍能从"乡村医生"的创作中获得稍纵即逝的满足，前提是我还能写出此类作品（这是非常不可能的）。只有将世界提升到纯净、真实和永恒，我才会感到幸福。"① 在已经出版的日记中，卡夫卡仅此一次"简略地"提及了"乡村医生"。这则日记后来被广为引用。但令笔者感到疑惑的是：卡夫卡在这则日记中所提到的"乡村医生"（*Landarzt*），究竟是指《乡村医生》（Ein Landarzt）这一单篇作品，还是指包含了 14 篇作品的《乡村医生：短故事集》（*Ein Landarzt: Kleine Erzählungen*）？这个问题至今无人涉及，但对于理解卡夫卡而言却至关重要。

迄今为止，笔者所见到的引用过这则日记的文章，都一致认为：卡夫卡所指的无疑就是《乡村医生》单篇作品。譬如，赵山奎在引用这则日记时就认为："他（卡夫卡）提到自己能从中得到'满足'的作品时，只点了《乡村医生》的名……鉴于难以确定卡夫卡是否从他的其他作品中得到了他所说的那种'幸福'，《乡村医生》在他文学事业中的位置就更具有了一番特殊意味。"② 诚然，卡夫卡对《乡村医生》无疑是极为重视的，但他获得"满足"或"幸福"的来源绝非仅此一篇，有迹象表明，他更为重视的是作为一个"整体"的《乡村医生：短故事集》。

在卡夫卡的日记中，他提及"乡村医生"时使用的是德语"Landarzt"一词。卡夫卡在书信中也多次使用了这一缩写，而这一

---

① Franz Kafka, *Tagebücher: 1910-1923*, hg. Max Brod, Frankfurt am Main: Fischer Taschenbuch Verlag, 1983, s.389.

② 赵山奎：《关于卡夫卡〈乡村医生〉的解读》，载《南京师范大学文学院学报》，2012 年第 2 期。

缩写的所指，并非如多数学者所认为的那样"确凿无疑"。笔者将联系卡夫卡多次使用这一缩写时的具体语境来界定其实际所指。

在致米莲娜的书信中，卡夫卡曾两次提及了"乡村医生"。在1920年4月末的一封信中，卡夫卡写道："沃尔夫会将'乡村医生'（*Landarzt*）寄给您的，我已写过信给他。"① 在大约1920年5月初的一封信中，卡夫卡再次提到："您已拥有我此前出版的所有作品，除了我的最后一本书'乡村医生'（*Landarzt*）。这是一本短故事集，沃尔夫会将它寄给您的；我早在至少一周前已就此事给沃尔夫写过信了。"② 在卡夫卡的这两封信中，"乡村医生"指的都是一本"书"（Buch），即《乡村医生：短故事集》。

同样的书写方式和缩略用法，也出现在卡夫卡致出版商的信中。卡夫卡在1917年9月4日致库尔特·沃尔夫的一封信中写道："您关于'乡村医生'（*Landarzt*）的美妙建议真是再好不过了。若是从我个人利益出发，我没有胆量写下那些字，无论面对我，面对您，面对这件事，但由于是您自己向我提供的，我便欣然接受。大概也是用《沉思》那种美丽的开本吧？……您提出以'乡村医生'（*Landarzt*）一样的方式出版这个故事，当然是非常吸引人的，它的诱惑力几乎使我不战而降……"③ 此处的"这个故事"指的是《在流放地》，而此处的"乡村医生"指的仍是《乡村医生：短故事集》。

另一位学者李军认为，卡夫卡"对自己作品的认可度非常低——只有区区六篇"，并且特别注明了"这六篇作品是《判决》

---

① Franz Kafka, *Briefe an Milena*, Frankfurt am Main: S. Fischer Verlag, 1983, s.9.
② Franz Kafka, *Briefe an Milena*, s.15.
③ Franz Kafka, *Briefe, 1902-1924*, hg. Willy Haas, Frankfurt am Main: S. Fischer, 1958, s.159.

《司炉》《变形记》《在流放地》《乡村医生》和《饥饿艺术家》"。①
显然，这里同样混淆了《乡村医生》与《乡村医生：短故事集》。
在误将《乡村医生：短故事集》认作"一篇"作品时，他所参考的
是马克斯·布罗德1925年出版《审判》第一版时撰写的后记，该
文由孙坤荣先生翻译。在这篇后记中，布罗德提到了卡夫卡留给他
的两封遗嘱，现将引发误解的那封遗嘱的中译文摘录如下：

> 亲爱的马克斯，这一次我也许不能恢复健康了，生了
> 一个月肺热症后，很可能要转成肺炎了，甚至于连我要把
> 这些东西写下来都不怎么可能，尽管这样，我还是尽力而
> 为。鉴于这种情况，这里我把关于我所写的全部东西，我
> 留下如下的遗嘱：在我写的全部东西中，只有《判决》、
> 《司炉》、《变形记》、《在流放地》、《乡村医生》(*Landarzt*)
> 和一个短篇故事《饥饿艺术家》还可以。(那几本《观察》
> 可以保存下来，我固然不愿意让人家拿去捣成纸浆，但是
> 也不希望再版。)我说这五本书和一个短篇还可以，那意
> 思并不是说我希望把它们再版，留传后世，恰恰相反，假
> 如它们完全失传的话，那倒是符合我的本来愿望的。不
> 过，因为它们已经存在了，如果有人乐意保存，我只是不
> 加阻止罢了。然而，此外我所写的一切东西(刊登在报
> 章杂志上的作品、手稿或者信件)，只要可以搜罗得到的，
> 或者根据地址能索讨到的(大多数人的地址你都知道，这

---

① 李军：《出生前的踌躇：卡夫卡新解》，北京：北京大学出版社，2011年，
第4页。

主要涉及到……特别不要忘记那些笔记本，里面有……），
都毫无例外地——所有这一切，都毫无例外地，最好也不
要阅读（当然我不能阻止你看，只是希望你最好不看，但
是，无论如何也不要让别人看）——所有这一切，都毫无
例外地予以焚毁，我请求你，尽快地给予办理。①

在布罗德所提供的这封遗嘱中，"乡村医生"显然是以"书"
的形式被提及的。尤为重要的是，卡夫卡着重提到了自认为尚可的
"五本书和一个短篇"（fünf Bücher und die Erzählung），其中《判决》
《司炉》《变形记》和《在流放地》都只有单个故事，唯"乡村医生"
（Landarzt）是一本囊括了 14 篇作品的书，即《乡村医生：短故事
集》。正是由于《乡村医生》与《乡村医生：短故事集》都共同分
有了"乡村医生"之名，而中译者又对这两个标题使用同一种译法，
因此读者不知不觉地陷入了某种混乱，即便是专业的批评者也难以
避免。②

综上所述，对观德文版卡夫卡的日记、书信和遗嘱，他在多处
提及"乡村医生"时的写法均为"Landarzt"。而根据上下文语境，
这一缩写在卡夫卡笔下始终保持着高度一致的指称性，均指《乡村
医生：短故事集》一书。由此我们可以确定：卡夫卡在日记中提到
"乡村医生"时，并非仅指《乡村医生》这一篇作品，他所谈及的
是《乡村医生：短故事集》这本"书"，并始终把书中的 14 则故事

---

① 叶廷芳主编：《论卡夫卡》，中国社会科学出版社，1988 年，第 10 页。另见
Franz Kafka, *Der Prozess*, hg. Max Brod, Die Schmiede Verlag, 1925, s.404.

② 以往的中译本将 Ein Landarzt 与 Ein Landarzt: Kleine Erzählungen 都译为《乡
村医生》，笔者建议将后者译为《乡村医生：短故事集》，以示区别。

视作一个整体。由此看来，卡夫卡那则被广为引用的日记所表明的情况并非"难以确定"，相关说法也许需要稍作修订：卡夫卡的确从他的其他作品中获得了某种"满足"，因此，作为卡夫卡生前出版的"最后一本书"，《乡村医生：短故事集》在卡夫卡文学事业中的位置的确具有一番特殊的意味。

第一章

误入人类世界

卡夫卡在 1904 年致奥斯卡·波拉克（Oskar Pollak）的信中写道:"一本书必须是劈开我们内心冰封之海的一把斧子。"[1] 这句话如今在读者中间已被奉为至理名言，甚至被卡夫卡研究学者内德尔（Charles Neider）印在其卡夫卡研究专著的扉页，其书名《冰封之海》就直接取自此处。[2]"书"在卡夫卡的视野中一直占据着至关重要的位置，他在写下这句话的时候，不仅仅是作为一名读者在表达他对"书"的评价尺度，这同时也是卡夫卡在成为一位作家之前为自己确立的标准。

一般认为，一本"完整"的书（这里主要指小说），无论其内容如何庞杂都必然会有一个"开头"和一个"结尾"。叙述者一旦发声，就意味着向读者发出警报:"故事开始了!"但这种开启和终结故事的提示，往往是一种假象。具有一定阅读经验的读者常常会

① Franz Kafka, *Briefe, 1902-1924*, hg. Willy Haas, Frankfurt am Main: S. Fischer Verlag, 1958, s.28.

② Charles Neider, *The Frozen Sea: A Study of Franz Kafka*, New York: Russell & Russell, 1962.

发现，故事真正的"开端"与"结局"往往不在书的开头和结尾。而相较于小说，短故事集的读者可能连观看这种伪装的机会都没有。我们在读一本短故事集的时候往往不会把它当成一部有头有尾、完整自洽的书，因为短故事集早已将拼凑的痕迹暴露无遗。然而，卡夫卡在出版《乡村医生：短故事集》时却一再坚持让这本书显得有头有尾，此举引人深思。

将作为开篇的《新律师》与作为末篇的《一份致某科学院的报告》对照来看不难发现，这其实是两个发生在人类边界处的故事。卡夫卡以此来"打开 / 收紧"他对人类世界的另类观察，似乎人类的一切历史和记忆都由此被他"统统收进了口袋"①。

第一节 "皇帝死了"与"新倡导者"

《新律师》（Der neue Advokat）是《乡村医生：短故事集》的第一篇作品②，卡夫卡在致出版社的信中坚持将其置于书的开头："《乡村医生》不是第一篇，而是第二篇；第一篇故事是《新律师》。"③据考证，卡夫卡在 1917 年 2 月之前就已完成了这篇作品。这篇作品首次发表在文学双月刊《玛尔叙阿斯》（*Marsyas*）1917 年

---

① Franz Kafka, *Diaries, 1910-1923*, ed. Max Brod, trans. Joseph Kresh, Martin Greenberg, New York: Schocken Books, 1976, p.32.

② 中译本全集（叶廷芳主编：《卡夫卡全集》第 1 卷，北京：中央编译出版社，2015 年）将《新律师》与《乡村医生》互换了顺序，这与国外学界通行的编订原则（即遵照初版《乡村医生：短故事集》的篇目顺序）不一致，本书仍以初版篇目顺序为准。

③ Franz Kafka, *Briefe, 1902-1924*, hg. Willy Haas, Frankfurt am Main: S. Fischer, 1958, s.228.

7/8 月号，一同发表的还有另外两篇作品（即《一页古老的手稿》和《兄弟谋杀》），主编西奥多·塔格尔（Theodor Tagger）将这三篇作品归于"新文学传奇和版画评注"专栏。[①]

《新律师》全篇是对一个"变形"事件的评论。主人公布塞法鲁斯由"马"变成了"人"。据说布塞法鲁斯是历史上真实存在过的一匹战马，而它的主人正是历史上赫赫有名的马其顿国王——亚历山大大帝。"亚历山大"这个名字就常在卡夫卡的日记、随笔和书信中出现，例如卡夫卡的第 39 则箴言："可以想象，亚历山大大帝尽管有着青年时代的赫赫战功，尽管有着他所训练的出色军队，尽管有着他自我感觉到的对付世界变化的应变能力，他却在海勒斯彭特（Hellespont）前停下了脚步，永远不能跨越，这不是出于畏惧，不是出于犹豫，不是出于意志薄弱，而是由于土地的滞重。"[②]第 88 则箴言："死亡在我们面前，就像挂在教室墙壁上一幅描绘亚历山大战役的画。这一生都要通过我们的行动来使之暗淡或干脆磨灭它。"[③]他在致米莲娜的书信中也提到了亚历山大与"戈尔迪之结"（Gordian knot）的故事。[④]可见，历史上真实存在的两个"人物"（人与物）在《新律师》中作为中心意象出现并非偶然，这也成为卡夫卡沟通古今的一种方式。

布塞法鲁斯据说是一匹体格雄伟、精神刚烈的野马，在马其顿

① Joachim Unseld, *Franz Kafka: A Writer's Life*, trans. Paul F. Dvorak, Riverside: Ariadne Press, 1994, p.376.

② 叶廷芳主编：《卡夫卡全集》第 4 卷，北京：中央编译出版社，2015 年，第 6 页。

③ 叶廷芳主编：《卡夫卡全集》第 4 卷，第 10 页。

④ Franz Kafka, *Letters to Milena*, trans. Philip Boehm, New York: Schocken Books, 1990, p.221.

王国之内无人能够驯服它。它的名字在希腊语中写作"βουκέφαλος"（Boukephalos），或"βουκεφάλας"（Boukephalas），卡夫卡用的是其拉丁文写法"Bucephalus"。这个名字源于它身上的一个"牛头"印记："Bu-"源自希腊语"*bous*"，意为"牛"；"cephalo-"源自希腊语"*kephalē*"，意为"头"。其名字本身就透露出一股"强力"。当亚历山大凭借自己的技艺与勇气将它驯服后，他的父亲腓力二世跑过来亲吻他，并说道："我的儿子，马其顿这个地方对你来说太小了。必须找一个更大的地方才容得下你。"自此，亚历山大和布塞法鲁斯"形影不离"，除亚历山大外谁都没有驾驭过布塞法鲁斯，以至于当时的人们都说：他俩总在一起。因为只要看到其中的一个，另一个肯定就在不远的地方。布塞法鲁斯在战场上与亚历山大并肩战斗，并多次救过主人的性命，直至希达斯皮斯河战役之后不久才死去。亚历山大命人在海勒斯彭特的堤岸上建造了一座城，并将其命名为"布塞法利亚"（Bucephalia），以纪念这匹战马。[①]

卡夫卡研究学者彼得·坎宁（Peter Canning）在解读《乡村医生》时认为，卡夫卡之所以坚持将《新律师》而不是《乡村医生》放在他"最后一本书"的开头，是因为"Bucephalus"就意味着一本"书"（Buch）的"头颅"（Cephalus）。[②]换言之，它所占据的位置，其意义就显露在它的名字当中。这一观点当然有着深远的文学传统，例如荷马史诗中的"奥德修斯"，他的名字意为"愤怒"，

① 参见 T.E. Page ed., *Plutarch's Lives, VII*, London: William Heinemann Ltd., 1958, pp.237-239, 399.

② Peter Canning, "Kafka's Hierogram: The Trauma of the 'Landarzt'", *German Quarterly*, 1984, vol.57, p.199.

"他既是'愤怒'的化身,又是引起'愤怒'的对象"[1]。坎宁的洞见在于,他从"布塞法鲁斯"这个名字中辨识出某种具有"合成性"的事物,并且将原本有生命的一部分切除,而与无生命的另一部分缝合起来。一本书拥有了自己的头颅,就像是被赋予了生命。一本书具有生命力的说法,的确能够从卡夫卡其他文本中得到印证,而卡夫卡更为夸张的说法是,它甚至拥有"自己的心脏"。

但坎宁对语言进行"解码"与"编码"的处理,仍不足以说明《新律师》作为《乡村医生:短故事集》开篇的重要性。更多的证据表明,卡夫卡有更为重要的指向,而不仅限于文字游戏层面的自娱自乐。《新律师》作为开篇的重要性,恰恰体现在卡夫卡与他所处时代的紧密联系中,与卡夫卡同时代的读者很容易就能够从"亚历山大"的形象中辨识出这一点。

如果我们继续在文学传统中追溯,坎宁的解读无意之中带出了另一个名字——"塞法鲁斯"(Cephalus,亦译"刻法罗斯"),这更增添了卡夫卡文本的传奇色彩。在奥维德的《变形记》中,塞法鲁斯是古希腊神话中的英雄人物,据说是赫耳墨斯的儿子,娶了雅典国王的公主普洛克里斯(Procris)。他在打猎时被黎明女神奥拉(即厄俄斯)劫持挽留,并生了三个孩子。塞法鲁斯思妻心切,黎明女神只好将他送回,但却对这对夫妇施加了魔法。于是,塞法鲁斯在打猎时失手杀死妻子,普洛克里斯倒在他的怀里,恳求他不要回到黎明女神的身边,于是塞法鲁斯离开阿提卡来到一个新的岛上

---

[1] 黄薇薇:《伯纳德特如何解读〈奥德赛〉》,瑟特·伯纳德特:《弓与琴——从柏拉图解读〈奥德赛〉》,程志敏译,北京:华夏出版社,2016 年,中译本前言第 8 页。

定居。位于爱奥尼亚海上的"塞法利尼亚岛"（Cephallinia）便因此得名。[①] 该岛正是荷马史诗中奥德修斯的故乡，奥德修斯在《奥德赛》中常被称为塞法利尼亚人的国王。[②]

奥德修斯的故事与塞法鲁斯的故事之间具有高度的相似性。最明显的是，奥德修斯也一度因神女的劫持而无法归家，但他比塞法鲁斯幸运，在历经磨难之后成功回到了妻子身边。而在故事的高潮部分，同塞法鲁斯一样，奥德修斯也对妻子产生了猜疑，并用谎言来试探妻子的忠诚。在这种相似的故事结构中，暗含着城邦的继承人问题。卡夫卡对荷马史诗和奥维德的《变形记》都非常熟悉，《奥德赛》中所隐含的问题，在《新律师》中呈现为"皇帝死了"之后"没有向导"的问题。

亚历山大大帝骑着战马，手持宝剑，征战疆场，建立起了一个庞大帝国：东起帕米尔高原与印度河平原，南至波斯湾（包括埃及），西到色雷斯与希腊，北抵黑海与阿姆河。亚历山大并不满足于此，他试图将帝国版图向恒河流域扩张，进一步征服印度的心脏地带。但士兵们已厌倦常年在外征战的艰辛，加之印度的炎热、暴雨和疾病肆虐，因而拒绝前进，要求归家。士兵哗变的同时，印度的土著居民也群起反击，亚历山大在万般无奈的情况下于公元前325年率军队撤出印度。亚历山大死后，由其部将发起的"继承者之战"接连不断，一个空前强大的帝国随之瓦解。[③]

---

① 参见奥维德：《变形记》，杨周翰译，上海：上海人民出版社，2016年，第196–201页。

② 荷马：《荷马史诗·奥德赛》，王焕生译，北京：人民文学出版社，2003年，第450、451、453页。为呈现论述中的关联性，原中译文"克法勒涅斯"根据词根的关联性改译为"塞法利尼亚"。

③ 参见方智主编：《世界通史》，北京：当代世界出版社，2015年，第28页。

亚历山大大帝死后的情形，与卡夫卡写作《新律师》时的社会氛围之间构成了一种对照关系。从时间上看，《新律师》写于 1917 年 1—2 月间，而在此之前的 1916 年 11 月 21 日，奥匈帝国皇帝弗朗茨·约瑟夫一世（Franz Josef）去世了。自约瑟夫被加冕为奥地利皇帝直至去世，奥匈帝国在他的统治下已历经 68 年，以至于当时的奥地利有一句家喻户晓的俏皮话：哈布斯堡的臣民们在同一幅皇帝的画像下出生和死去。人们生活在"皇帝一直就在那里"的印象中，仿佛他是"不可摧毁的"。[①] 如今这个貌似稳固的中心轰然倒塌，奥匈帝国的臣民们在震惊与失落的同时，无不感到难以遏制的恐慌，原本貌似和谐的生活眼看就要陷入失序的状态。这个消息无疑也给卡夫卡以精神上的一击，如同钢琴师演奏时琴键突然消失了一般，他的日记一度中断。与此同时，卡夫卡开始用八开笔记本进行创作，试图通过写作来重建内心秩序。对于皇帝去世两天后才得知消息的弗朗茨·卡夫卡（Franz Kafka）而言，他失去的是一位与他同名的皇帝。

《新律师》是卡夫卡在时代脉搏的冲击下完成的，也是《乡村医生：短故事集》中最能体现他所处时代特征的作品。卡夫卡将其作为开篇，旨在通过对历史典故的化用，由此"建立起一种以古指今的持续平行关系"[②]。《新律师》中表现的是一个没有向导的世界对一位传奇性君主的召唤："如今——谁也无法否认——已没有了亚历山大大帝……没有人，没有任何人能够打开一条通往印度的道

---

　　① Reiner Stach, *Kafka: The Years of Insight*, trans. Shelley Frisch, Princeton and Oxford: Princeton University Press, 2013, p.147.
　　② 段方：《卡夫卡的神话与现实》，载《国外文学》，2001 年第 4 期。

路……没有人指出方向……"[①] 如果说皇帝、宝剑、战马三个意象的融合象征着稳固与统一，那么三者的分离则意味着稳固秩序的衰落。卡夫卡所处的时代局势动荡，虽然他从未直接表明自己对战争的态度，但我们仍然能够从开篇的《新律师》中感受到，一种越来越灰暗的未来正在逼近。

在这样一种昏暗的视野中，人类该如何是好？死去的战马虽已再度复活，并以"新律师"的身份来到我们面前，但卡夫卡并未让战马的主人亚历山大再度复活，人们已无法在离布塞法鲁斯不远的地方找到他，"如今——谁也无法否认——已没有了亚历山大大帝"。卡夫卡揭示了一个没有"向导"而只有其"遗产"的世界。亚历山大的遗产有两样：一样是他曾经向人们指明方向的宝剑，另一样则是曾经载着他抵达宝剑所指方向的战马。

旧时的宝剑，虽历经了时间的流逝仍呈现在人们面前，然而它终究是一件没有任何生机的"死物"，当然更不具有自我意识和交流能力，故而宝剑只能作为一件任人摆弄的武器，被不知方向的人们"挥动"而已。它不具有对人们开口言说的能力，因而人们无法从它那里得知当年亚历山大大帝"挥动"它时所指明的方向。宝剑所具有的双重使命也被时间所消解：由于指明方向的使命无法达成，目标所在的"战场"便不复存在。在"茫然的"追随者那里，它不再是一件可被使用的杀敌武器，而是彻底沦为了一种摆设。

---

① 本节关于《新律师》的引文均出自叶廷芳主编：《卡夫卡全集》第 1 卷，北京：中央编译出版社，2015 年，第 136–137 页，同时参考德文本（Franz Kafka, *Drucke zu Lebzeiten*, hg. Wolf Kittler, Hans-Gerd Koch, Gerhard Naumann, Frankfurt am Main: S. Fischer Verlag, 1994, ss.251-252）对译文略有改动，因小说篇幅不长，为免烦琐，不再另注。

如此一来，我们的希望只好寄托在"新律师"（Der neue Advokat）布塞法鲁斯身上了。这里的"Advokat"一词，源自拉丁文"advocatus"（意为"被召唤的"），其主动形式是"advocare"（意为"召唤"）。因此，卡夫卡用"Advokat"一词表明布塞法鲁斯的"律师"身份时，他很可能也在使用该词的另一个含义，即"倡导者"。为使布塞法鲁斯与作为"旧倡导者"的亚历山大大大帝区别开来，卡夫卡冠之以"新倡导者"的身份。

作为终身跟随亚历山大的战马，它因灵魂的再生而摆脱了原本无法思考和交流的窘境，变成了一个具有自我意识和交流能力的"人"，他因此拥有了为人们指明方向的能力。他依然保持着身为战马时的强健体魄，法院的差役看到他"高高抬起大腿，迈着雄健的步伐"；他也不缺乏智慧，"博士"的头衔就是证明；他曾是历史上赫赫有名的战马，因"在世界史中的重要地位"而被法律界人士接纳，并受到友好的接待。这样一位"新倡导者"的到来，似乎为追随者们带来了新的希望。

卡夫卡对现实历史的解构显然借用了柏拉图的灵魂学。柏拉图在《斐多》中谈及灵魂的不灭与再生时说道："知识不是别的什么，恰好就是回忆……如果某人要回忆起什么，必得先前曾经懂得它。"[1]《新律师》所揭示的正是"回忆"与"懂得"之间无法弥合的裂缝，以及由此造成的困境，所谓"新的希望"也很快就在这种困境中变得捉襟见肘。

布塞法鲁斯的"前世"并不具有自我意识和交流能力。作为战

---

[1] 刘小枫编译:《柏拉图四书》，上海：上海三联书店，2015 年，第 441–442 页。

马，它仅仅是介于"人"与"死物"之间的"活物"，也无法"懂得"自己"史前"的经历，其灵魂虽得以再生，却无法"回忆"起当年亚历山大指明的方向。时间的力量（从死亡到再生）虽然改变了他生存的环境，使他由"马"变成"人"，免除了两侧肋腹被骑士大腿夹击之苦，远离了轰鸣的战火，但他的使命也随着他所摆脱的束缚一同消失了。从"战马"到"律师"，身体的变形必然带来身份的更替，而不同的身份也就意味着不同的使命。如今的布塞法鲁斯，不得不放弃自己"史前"的使命，转而担负起律师的责任。他不得不在"宁静的灯光下，自由自在地翻我们古老卷帙的书页"，那里成了布塞法鲁斯的新战场。

在人类厚重的历史里，所有人共享着同一个时空观念。在现实生活中，人类的一切行动无不以确定的时空为参照系，比如消息的发送与接收，旅程的出发与抵达，人类的生活也在这个经典的时空中变得准确、高效。但在卡夫卡的作品中往往不是这样。《新律师》中的空间是无限扩张的，时间也正不断地衰变，"在大帝的时代，印度的大门仍然是可望而不可及"，而"如今，这些大门被抬到了不知什么地方，被抬到了更远和更高的地方"。故事表面上的时空变异，无疑显露出现代人类在精神上陷入囹圄的真实境况，其本质是人类的倒退。这种倒退在故事中更直观地表现为：变成"人"之后的"马"似乎也只能沉浸在法律典籍之中，沉迷于那种人类的"自由自在"之感，战火轰鸣于他而言已变得难以忍受。问题不仅出在布塞法鲁斯身上，更出在卡夫卡所处的时代。

与布塞法鲁斯一样，逃离战场也成为一战时奥匈帝国士兵的普遍现象。美国历史学家杰弗里·瓦夫罗（Geoffrey Wawro）在其著作中对奥匈帝国这个"欧洲病夫"的讽刺比比皆是。在哈布斯堡王朝的战场上，亚历山大时代的血气与荣光已荡然无存，阿瑟·博尔弗拉斯将军的话可谓直击要害："如果说战争曾是骑士般的决斗，如今战争则是卑怯的杀戮。"①

第二节　关于人类世界的"报告"

《一份致某科学院的报告》（Ein Bericht für eine Akademie）是《乡村医生：短故事集》的最后一篇作品，创作时间大约为 1917 年 4 月。②卡夫卡于 1917 年 4 月 22 日致信《犹太人》（Der Jude）杂志的主编马丁·布伯，随信寄去的还有他创作的"12 篇作品"。③布伯从中挑选了两篇（即《豺狼与阿拉伯人》与《一份致某科学院的报告》），分别于同年 10 月和 11 月发表在《犹太人》杂志。布伯原先为这两篇作品拟定的标题是"两则寓言"，但卡夫卡在 5 月 12 日去信建议改为"两则动物故事"。④据此可以推测，卡夫卡在 1917 年 4 月 22 日之前就已完成了《一份致某科学院的报告》。另一个佐证是卡夫卡写于 1917 年 3 月末至 4 月中的 D 本蓝色八开笔记本，本书稍后还会提到，其中两则片断与《一份致某科学院的报

---

① 杰弗里·瓦夫罗：《哈布斯堡的灭亡：第一次世界大战的爆发和奥匈帝国的解体》，黄中宪译，北京：社会科学文献出版社，2016 年，第 283–284 页。

② 中译本《卡夫卡全集》（叶廷芳主编：《卡夫卡全集》第 1 卷，北京：中央编译出版社，2015 年，第 165 页）所标注的时间"1917 年 5、6 月间"有误。

③ Franz Kafka, *Letters to Friends, Family, and Editors*, trans. Richard and Clara Winston, New York: Schocken Books, 1977, pp.131-132.

④ Franz Kafka, *Letters to Friends, Family, and Editors*, 1977, p.132.

告》密切相关。

1917 年 12 月 25 日，《奥地利晨报》（*Osterreichische Morgenzeitung*）在未经卡夫卡同意的情况下刊载了《一份致某科学院的报告》。[①] 值得注意的是，卡夫卡不仅早在 1917 年 8 月就计划将这篇作品收录于《乡村医生：短故事集》一书，并且同意米莲娜将其译成捷克文，译文刊登在 1920 年 9 月 26 日的《论坛报》（*Tribuna*）。卡夫卡亲自对译文进行了审阅，并提出了不少修改建议，这则故事也是卡夫卡生前少数有译文的作品之一。[②]

在此前的创作中，卡夫卡笔下的动物形象大多是以第三人称视角呈现的，比如《变形记》中格里高尔由人变成了虫，《新律师》中布塞法鲁斯由马变成了人，而他此前以第一人称视角叙述的作品，又往往不涉及动物形象。因此，《一份致某科学院的报告》是卡夫卡笔下第一篇由动物"自述"的故事，卡夫卡此后又陆续创作出多篇"动物—叙述者"形象的作品，比如《一条狗的研究》《地洞》等。由此看来，《一份致某科学院的报告》在卡夫卡的艺术世界中有着重要的地位。

《一份致某科学院的报告》的主要内容，是一只名叫红彼得的猩猩向科学院的院士们讲述自己"进化 / 成长"的历史："承蒙各位邀请，我向贵院呈交一份关于我过去所经历的如猴子般（äffisches）

① Joachim Unseld, *Franz Kafka: A Writer's Life*, trans. Paul F. Dvorak, Riverside: Ariadne Press, 1994, p.377.

② Reiner Stach, *Kafka: The Years of Insight*, trans. Shelley Frisch, Princeton and Oxford: Princeton University Press, 2013, p.331. 除此之外，米莲娜还将卡夫卡的其他作品译成了捷克文，包括：《司炉》《突然外出散步》《山间远足》《单身汉的不幸》《杂货商》《归途》《过路人》《不幸》《判决》。

生涯的报告。"① 在文中，红彼得不仅能够熟练使用人类的语言，并且具有了自我意识，甚至成了一名艺术家。卡夫卡明确提到红彼得是一只"黑猩猩"（Schimpanse），而红彼得从未承认过自己是一只"猴子"，甚至在报告的开头就明确地将自己与"猴子"区别开来，并且始终对"猴子"持一种鄙夷的态度。② 在如今的红彼得看来，如猴子般的生涯是"愚蠢的"③，从而院士们让他回忆起那段愚蠢生涯的要求被红彼得断然拒绝了，这无疑是红彼得对人类眼光的戏仿。红彼得说："无论过去还是现在，我都不要求得到自由。"而他所谓"自由的猴子"，实际上并非指自己，而是指追求自由的人类，因为"人们常常拿自由欺骗自己"，于是他嘲笑游乐场里的空中飞人表演。他还不无嘲讽地对院士们说道："你们如猴子般的生涯——先生们，只要你经历过这样的生涯——和你们现在之间的距离，不见得比我过去和目前之间的距离大多少。"尼采将人类视为"一根系在动物与超人之间的绳索（Seil）"，即"动物——人——超人"，在视觉效果上，人的确是"悬在深渊之上"④。卡夫卡则变换了一种说法："真正的道路是一条绳索，它并非紧绷在高处，而是贴近地面。与其说它是供人行走的，毋宁说是用来绊人的。"⑤ 红彼得正是卡夫

① 本节关于《一份致某科学院的报告》的引文均出自叶廷芳主编：《卡夫卡全集》第1卷，北京：中央编译出版社，2015年，第165–173页，同时参考德文本（Franz Kafka, *Drucke zu Lebzeiten*, hg. Wolf Kittler, Hans-Gerd Koch, Gerhard Naumann, Frankfurt am Main: S. Fischer Verlag, 1994, ss.299–313）对译文略有改动，因小说篇幅不长，为免烦琐，不再另注。

② 德语中表示"猴"与"猿"的都是 Affe 一词，但卡夫卡明确用 Schimpanse 一词表明了红彼得是"猿"而非"猴"。

③ 在德语中，"äffisch"一词本义为"如猴子般的"，引申义为"愚蠢的"。

④ 尼采：《查拉图斯特拉如是说》，孙周兴译，北京：商务印书馆，2010年，第13页。

⑤ Franz Kafka, *The Blue Octavo Notebooks*, ed. Max Brod, trans. Ernst Kaiser, Eithne Wilkins, Cambridge: Exact Change, 1991, p.87.

卡用以连接动物与人类的一条绳索，即"猴子——红彼得——人类"。相较于尼采勾勒的蓝图，卡夫卡故事中人类的境况非但没有向"超人"的方向发展，反倒有向动物滑落的倾向。而红彼得这条"绳索"，毋宁说就是卡夫卡用来"绊人"的。故事中的"猴子"并非以实体在场，它只是作为一种"本能"（红彼得谓之"猴性"）潜藏在尘世的所有动物之中。红彼得指出："人世间的任何一个走兽都有挠脚后跟的癖好：上至伟大的阿喀琉斯，下至小小的黑猩猩。"这种潜藏起来的"猴性"，犹如猴子总是将其显露，而人类却极力隐藏的那条"尾巴"。① 应当看到，红彼得始终将自己同人类等同起来，用人类的目光衡量一切："我们站在同一条战线上为反对猴性而斗争。"但与人类不同的是，当红彼得晚上回家后从一只"半驯服"状态的小黑猩猩那里获得无穷的快乐时，他看到了自己所无法忍受的猴性，这种猴性实际上为人类所共有。红彼得清楚地看到了这一点，但科学院的院士们却不自知。

卡夫卡有意拉开红彼得与"猴子"之间的距离，同时也拉近了红彼得与人类之间的距离，这种距离不仅仅基于生物学分类，而在更大程度上基于卡夫卡对人类境况的洞察。人类就像红彼得口中的启蒙老师那样"险些自己变成了猴子"，从而将达尔文提出的"猴子——猩猩——人类"这一自然的演化进程颠倒过来。在卡夫卡笔下，真理不仅仅在人"滑落"至动物的瞬间显现，例如《变形记》中格里高尔由人变虫；它还在动物"跃入"人类社会的瞬间显现，例如《新律师》中布塞法鲁斯由马变人，此处红彼得的故事也是如

---

① 从外观上看，猩猩与猴子的最大区别在于，猴子所拥有的"尾巴"在猩猩身上"消失"了，这也使得猩猩更近似于人类。

此。若简单地将红彼得所谓"如猴子般的生涯"等同于"猴子的生涯"，不仅让读者将红彼得误认为是一只猴子，而且遮蔽了红彼得的报告所具有的反讽色彩。

那么，卡夫卡笔下的这只猩猩究竟来自何处呢？笔者在查阅资料时发现，卡夫卡创作这篇故事的直接动因，极有可能是受到《布拉格日报》（*Prager Tagblatt*）1917 年 4 月 1 日的一篇报道的启发。这份报纸是卡夫卡常看的读物之一，卡夫卡很可能读到了这篇报道。这篇报道大致是对布拉格出现的一只身为"杂要表演艺术家"的黑猩猩进行介绍。报道的上方配有一幅漫画：一只穿着晚礼服的黑猩猩坐在舞台的边缘，一根手杖斜搭在他的双腿间，高高的礼帽平放在他右侧的地面上，他左手夹着香烟，右手拿着一面镜子在"观察"镜中的自己。

《布拉格日报》的报道与《一份致某科学院的报告》之间的关联，在卡夫卡的 D 本蓝色八开笔记本留下的两则片断中得以揭示。鉴于中译本《卡夫卡全集》并未收录这两则片断，现将其翻译如下：

（1）

我们都认识红彼得，就像半个世界都认识他一样。但当他来我们镇上进行一次访问演出时，我决定亲自去好好了解他。获得批准并不难。在大城市，每个人都嚷着要尽可能近地了解名人，或许会因此遇到很大的困难；但在我们镇上，人们满足于惊叹深井中的奇观。因此，正如酒店服务员告诉我的那样，我是唯一一个通知拜访他的人。经理布西诺先生非常客气地接待了我。我没想到会遇到一个如此谦虚，甚至近乎胆怯的人。他坐在红彼得公寓的前厅里，吃着煎蛋卷。虽然是早晨，但他已经穿着演出时才穿的晚礼服坐在那儿了。刚一见到我——我，一个无名的小卒——他，杰出的获奖者，王牌驯兽师，著名大学的荣誉博士，就立即跳了起来，握着我的双手，催促我赶紧坐下，把他的汤匙往桌布上擦了擦，然后友好地递给了我，好让我吃完他的煎蛋卷。他不愿接受我的婉言谢绝，竟要亲自喂我吃东西。我难以使他平静下来，只好把他还有他的汤匙和盘子都推开。

"您能来真是太好了，"他带着浓重的外国口音说道，"好极了。您来得正是时候，因为唉，红彼得并不总是接待来访。看见人类时常令他感到厌恶；在这种情况下，任何人，不管他是谁，都不会被批准；而我，就连我也只能在生意场上见到他，也就是说，在舞台上。并且演出一结束，我就得立即闪人，他独自回到家，把自己锁在房间里，通常这样待到第二天晚上。他的卧室里总是放着一大篮水果，这就是他在这段时间里赖以生存的食物。但我，我当然不敢让他离开我的视线，总是租下他对面的那幢公寓，并躲在窗帘后面观察他。"

（2）

当我像这样坐在您——红彼得的对面时，听您说话，为您的健康干杯，我的确真的忘记了——不管您是否把这当成是一种赞美，但这是事实——您是一只黑猩猩。只有逐渐地，当我强迫自己从我的想象回到现实中来时，我的眼睛才再次向我表明，我是谁的客人。

是的。

您突然沉默了，我想知道为什么？刚才您还就我们的城镇发表了极为正确的看法，现在您却沉默了。

沉默？

是哪儿不舒服吗？需要我去喊驯兽师来吗？也许您有在这个时候吃饭的习惯？

不，不。我很好。我可以告诉您那是怎么回事儿。有时候我对人类的厌恶让我忍不住作呕。当然，这与具体的个人无关，尤其是与您迷人的存在无关。它关系到全人类。这没什么特别的。例如，假设您和猿类生活在一起，您可能也会有类似的发作反应，不管您的自控能力有多强。事实上，让我如此反感的不是人类的气味，而是我所闻到的人类的气味，它和我家乡的气味混合在一起。您自己闻闻！在这里，在我的胸口！把您的鼻子伸入皮肤里！我说，得再深入些！

抱歉，我闻不到任何特殊的气味。只是打扮得漂漂亮亮的身体散发出的普通气味而已。当然，城市居民的鼻子是无法准确辨别的。而您，毫无疑问，能够嗅出成千上万躲避我们的东西。

很久以前，先生，很久以前。已经结束了。

既然您自己提起这件事来，我斗胆问一句：您已经在我们中间生活多久了？

五年。到四月五日 ① 就满五年了。

了不起的成就。在五年时间里就摆脱了猿类生涯的束缚，驰骋于整个人类的发展之中！任何人都不曾做到过！在这个赛马场上没有人是您的对手。

一件巨大的成就，这我知道，有时它甚至超出了我的理解。然而，在宁静的时刻，我却不怎么兴奋。您知道我是怎么被捕的吗？

我读过所有关于您的报道。您是在被击中后被捕的。

是的，我中了两枪，一枪是在脸颊这里——伤口当然比您看到的伤疤大得多——第二枪是在臀部以下。我要把裤子脱下来，让您也看看那道伤疤。这就是子弹进入的地方；这是严重的、决定性的伤口。我从树上掉了下来，当我醒来时，我已经在中层甲板中的笼子里了。

在笼子里！在中层甲板上！读您的故事是一回事，而听您讲述它又是另外一回事！

先生，还没有一个人经历过这种事。在那之前，我一直不知道没有出路意味着什么。那不是一个四面都是铁栅栏的笼子，它只有三面是铁栅栏，并钉在一只木箱上，木箱形成了第四面。整个装置低得我无法站直，窄得我甚至不能坐下。我只得弯着膝盖蹲在那里。一怒之下，我拒绝见任何人，所以仍然面对着木箱；我日日夜夜地在那儿蹲着，双膝颤抖着，而我背后的铁栅栏勒进我的身体里。人

---

① 1917 年 4 月 5 日很可能是卡夫卡写作这则片断的日期，这在一定程度上印证了卡夫卡极有可能读到了《布拉格日报》上的那篇报道。

们认为，这种囚禁野生动物的方式，在囚禁的最初几天被认为是有其优势的。根据我的经验，我无法否认的是，从人类的观点来看，事实的确如此。但当时我对人类的观点不感兴趣。我面对着前面的那个木箱。掰开木板，咬开一个洞，把自己挤进一个实际上您几乎无法一眼看穿的窟窿，而当您第一次发现它的时候，甚至会以无知的喜悦的嚎叫迎接它呢！您想到哪儿去呢？穿过木板，森林就开始了……①

这两则片断中的"我"是一名记者。这名记者对到访小镇进行杂耍表演的红彼得进行采访，第一则片断是他遇见剧院经理布西诺先生时的采访记录，叙述者就是这名记者；第二则片断是记者对红彼得的采访实录，采用的是对话体，其间记者明确地提到红彼得是一只黑猩猩。如此看来，这两则片断与《布拉格日报》的那篇报道之间的联系非常清晰。卡夫卡极有可能是受到了这则报道的启发，从而写下了上述两则片断。正由于"读您的故事是一回事，而听您讲述它又是另外一回事"，卡夫卡最后在《一份致某科学院的报告》中放弃了记者的叙述视角，改让红彼得"自述"他误入人类世界之后的观察。

"红彼得"（Rotpeter）这个名字，据他自己所说，是由"一只猴子捏造出来的"，目的是与那只远近闻名、训练有素的名叫"彼得"（Peter）的猴子区别开来。这种区分的标志即"红彼得"之

① Franz Kafka, *The Complete Stories*, ed. Nahum N. Glatzer, New York: Schocken Books, 1988, pp.259-262. 中译文为笔者根据 Tania Stern 与 James Stern 的英译文译出。

"红"（Rot），它源自红彼得被探险队捕获时挨的第一枪——"头一枪打中了我的面颊，这一枪很轻，可是留下了一个光秃秃的大红疤"。在那只给他命名的猴子看来，这个红疤似乎是他与猴子彼得的唯一区别。按照彼得－安德烈·阿尔特的说法，猴子"彼得"正是卡罗利宁塔尔的一家杂耍剧院中那只名为"执政官彼得"（Konsul Peter）的猴子。① 尽管卡夫卡没有留下关于这场杂耍表演的任何记录，但他于 1909 年在同一家剧院里看过数场表演，并在日记中记录了在那里看到过的一场日本杂技艺人的表演，并配有一幅简笔画。② 在给《一份致某科学院的报告》中的主人公命名时，卡夫卡有可能回忆起了剧院中的那只猴子。红彼得认为那是一个"讨厌的、完全不恰当的名字"，或许正在于"红彼得"这个名字与一种无法抹去的耻辱绑在了一起。

据红彼得的观察，"自由"是人类最大的问题所在。启蒙运动是 18 世纪的欧洲留给后世人类的遗产。而作为法国大革命的先驱，卢梭对启蒙运动的影响主要落在"自由"与"平等"这两个概念上。在卢梭看来，人类善的本性在腐化的政治制度中变成了恶。为此，他主张打破政治制度的枷锁，号召人们返回到自然和善的，也是自由和平等的状态。但事实是，经历过法国大革命的洗礼，我们仍然在枷锁中挣扎。

谈及"自由"，我们首先想到的是卢梭的名言："人生来是自由

---

① Peter-André Alt, *Franz Kafka: Der ewige Sohn*, München: Verlag C. H. Beck, 2005, s.522.

② Franz Kafka, *Tagebücher: 1910-1923*, hg. Max Brod, Frankfurt am Main: Fischer Taschenbuch Verlag, 1983, s.8.

的，但却无处不身戴枷锁。"① 卢梭的"自由"概念带有鲜明的政治色彩，康德看到了"自由"这一概念的模棱两可之处，并试图在《道德形而上学奠基》中解决这个问题，最终仍未能获得满意的答案，因为"自由只是理性的一个理念，其客观实在性就自身而言是可疑的，但自然却是一个知性概念，它借经验的实例证明且必须必然地证明自己的实在性"②。尼采对卢梭的批判，主要针对的是其启蒙的政治维度。在尼采看来，政治启蒙本质上是基督教教义的世俗化。在《人性的，太人性的》一书中，尼采指出了"（政治）启蒙运动的危险"，力图将启蒙"从它与民主革命的关联中解脱出来"，并将其引向个体性的形而上学维度，因为启蒙只是"对个人才提出来的"。③

关于"启蒙"，卡夫卡并不简单地选择支持或是反对，他更为关注的是个人在特定境遇中的抉择，而这种抉择与"自由"无涉。于是，红彼得直截了当地说："不，我不要自由，我要的只是一条出路。"在红彼得的报告中，提及"出路"（Ausweg）一词达 15 次之多，而提及"自由"（Freiheit）则仅有 7 次，这实际上也表明了卡夫卡对个人存在的思考。在他看来，个人的"出路"显然要比"自由"重要得多。

在跃入人类世界的红彼得眼中，人类世界已失去重获这种"在各方面都自由自在的伟大的感觉"的可能性，而人类基于思想过程

---

① 卢梭：《社会契约论》，李平沤译，北京：商务印书馆，2011 年，第 4 页。
② 李秋零主编：《康德著作全集》第 4 卷，北京：中国人民大学出版社，2005 年，第 464 页。
③ 詹姆斯·施密特编：《启蒙运动与现代性：18 世纪与 20 世纪的对话》，徐向东、卢华萍译，上海：上海人民出版社，2005 年，第 25 页。

的"自由"，其实质是一种集体的自我"欺骗"（Täuschung）：

> 我故意不说自由。我指的并不是这种在各方面都自由
> 自在的伟大的感觉。作为猿我也许知道这一点，我也结识
> 了一些渴望这种自由的人。可是就我来说，不论过去还是
> 现在，我都不要求得到自由。顺便说一句：在人类中间，
> 人们常常拿自由欺骗自己。正如自由被视为最崇高的情感
> 之一，欺骗也相应地被视为一种崇高的情感。

情况显然是，一旦明白"何为自由"，就意味着已经彻底告别
了那个自由王国，人类所追求的自由不过是一种"感觉"，甚至是
一种"错觉"。在《豺狼与阿拉伯人》中，卡夫卡将这种"错觉"
描述为豺狼们仍然坚持着的"古老教义"；而在这里，红彼得已经
清楚地认识到这一点，并力图为自己找到一条"出路"。"自由"与
"出路"的差异，在文中展现为人类向动物的滑落与动物向人类社
会的进发，人与猿就在这种双向运动中相遇了，于是才有了这样一
份"报告"。

有论者指出，卡夫卡的"出路"概念可能源自康德。[①] 康德认
为："启蒙就是人类从自己加诸自身的未成年状态中走出的出口。"[②]
福柯敏锐地注意到，康德将"启蒙"与"出口"一词对应起来具有
消极的意味，是从否定的层面对"启蒙"进行界定。福柯还指出，

---

① 曾艳兵：《卡夫卡的眼睛》，北京：商务印书馆，2012 年，第 166 页。
② Ehrhard Bahr hg., *Was ist Aufklärung: Thesen und Definitionen*, Ditzingen: Reclam, 1974, s.9. 该句德文原文为："Aufklärung ist der Ausgang des Menschen aus seiner selbstverschuldeten Unmündigkeit."

康德笔下的"启蒙"是一个过程，并且是一种具有题铭性质的"纹章"，一种人们相互识别的"标记"，也是人们给自己和他人下达的"指令"。①在福柯的解读中，康德的"启蒙"充满了"规训"的气息，其结果却是："我不知道我们有朝一日是否会变得'成年'。我们所经历的许多事情使我们确信，'启蒙'这一历史事件并没有使我们变成成年，而且，我们现在仍未成年。"②

留在红彼得身上的那两个伤疤，的确是福柯从康德那里看到的启蒙之印记。这两个伤口的最初状态，对红彼得而言分别意味着猿类生涯的结束和人类生涯的开始。臀部的那个"决定性的伤口"，使他的腿至今还有点瘸，已无法保障他在森林里灵活自如地觅食和躲避风险，并直接导致了他在丧失行动能力后被捕，亦即他动物生涯的终结；而从另一个角度看，红彼得也由此获得了一张踏上人类生涯之旅的船票。他脸上的那个伤口，则使他像新生的婴儿那样获得了一个名字。在人类社会，一个人无论获得何种荣誉，或犯下何种罪行，都与其名字紧密关联，这是人类社会最基本的运行机制之一。而"红彼得"这个名字，实际上也是他在人类社会的一张通行证。

值得注意的是，康德所用的"出口"（Ausgang）一词，还有"开端、起点、末端、结局"等多重含义。这个词所透露的境况，与卡夫卡所谓"有一个目的地，但是没有路"③的状态相类似，它意味着一个"点"。康德认为，抵达这个点所凭借的是人的理性。但

① 杜小真编选：《福柯集》，上海：上海远东出版社，1998年，第529–530页。
② 杜小真编选：《福柯集》，第542页。
③ Franz Kafka, *The Octavo Notebooks*, ed. Max Brod, trans. Ernst Kaiser, Eithne Wilkins, Cambridge: Exact Change, 1991, p.23.

在《一份致某科学院的报告》中，卡夫卡所用的"出路"（Ausweg）一词，表面上看不无消极的态度，但实质上却是对积极行动的强调，这种行动是个体在特定境遇中基于生存的抉择。恰如红彼得所说："我准是用肚子把它想出来的。"这显然不同于人类所谓的理性思考方式，并且这种基于生存境况的抉择绝非一劳永逸，而是时时刻刻都在进行之中。故事中的红彼得正是这样行动的，他对"存在"有着比人类更为清醒的认识。

首先，红彼得对"出路"进行探索的结论是"只好不当猴子"，并且要朝人类社会前进。弃绝"自由"是红彼得进入人类社会的基本前提，也从反面衬托出人类社会并不存在真正的"自由"，而人类对"自由"这种崇高情感的追求，不过是一种"绝望的行动"罢了。因此，他不再执着于自己的出身和对青春的回忆，并将自己的选择描述为"在困境中挣扎"，与自我进行决斗，试图在误入的"荆棘丛"中寻出一条出路来。① 这条"出路"，既是他从动物生涯逃离而"出"的路，也是一条他"进"入人类社会的路，第一条路连接着第二条路，第二条路不过是第一条路的分岔。而留有两个伤口的同一具身体，就是这两条路合并成一条路的隐喻。

其次，红彼得所谓的"出路"，并非逃回森林以期重获自由。在他还处于囚禁状态时，笼子有木板的一面为他逃离笼子重获自由

---

① 红彼得所用的"德国谚语"的原文为"sich in die Büsche schlagen"，直译为"在荆棘丛中决斗"，引申为"在困境中挣扎"，中译本《卡夫卡全集》译为"溜之大吉"。这句德国谚语实际上与卡夫卡手稿中一则没有标题的片断有意蕴相同之处，它的开头为"Ich war in ein undurchdringliches Dorngebüsch geraten und rief laut den Parkwächter"（我误入了一片无法通过的荆棘丛，只能大声叫喊公园管理员），参见 Franz Kafka, *Hochzeitsvorbereitungen auf dem Lande: und andere Prosa aus dem Nachlaß*, hg. Max Brod, Frankfurt am Main: Fischer Taschenbuch Verlag, 1983, s.291.

提供了可行的契机，但他否定了这一选项："这条出路靠逃跑是不可能实现的。……那会有什么结果呢？……这一切都是绝望的行动而已。"即便真的从笼子里逃了出来，也会掉进海里淹死，即便不掉进海里淹死，但又能到哪儿去呢？在前面的第二则片断的末尾，卡夫卡写道："穿过木板，森林就开始了……"作为"森林中的人类"，红彼得竟对森林感到恐惧。在人类的想象中，森林是一处无拘无束的天堂，是人类渴望的"自由"之所。为人们所忽略的一点是，森林同时也潜藏着神秘而不可知的一面。森林中潜藏着的危险，实际上相比人类社会有过之而无不及，而危险一旦降临，红彼得面临的就绝不仅仅是被关进笼子。回归森林，对红彼得来说意味着，从一个新的笼子返回到旧的笼子里去；与其如此，他宁愿从这个新笼子跳到一个更大的笼子，即到人类社会中去。尽管他未选择逃离笼子，但这实际上却保留了一种逃脱的可能性。

再次，红彼得的"出路"意味着要适应当下的生存境况。在对人类的行为举止进行一番观察后，他找到了让自己为人类所接受的方式，那就是变得像人类一样。红彼得对环境的适应能力把他带出了笼子，带入了人类社会，像船员一样"不受干扰"地生活。他开始模仿周围的人，学习握手、吐口水、抽烟斗、打盹、说话……但是，在所有这一切中，模仿只是寻找"出路"的一种手段。船员们本身并不怎么吸引他，相反，红彼得发现他们是一副相当凄凉的景象。因此，他的模仿不是为了成为他们其中的一员，而是为了走出笼子，为自己创造存在的可能性，在人类社会的各种束缚中生活。这种模仿的本质是通过喝酒来强调的。虽然红彼得学着像船员一样喝酒，模仿他们在社会上可以接受的喝酒方式，但他对这种行为的内容并不感兴趣，喝酒也就因此成了一种仪式。同样的目的也反映在红彼得离开船后的选择中。当他被移交给汉堡的一名驯兽师时，他意识到自己面临有限的可能性，并毫不犹豫地决定："要想尽一切办法进杂耍剧院，那才是出路。"因为在红彼得看来，动物园是"只有铁栅栏的笼子"，这与他在船上的那个"三面是铁栅栏一面是木板"的笼子有着本质的区别。此前已经提到，他未曾主动逃脱，是因为他将逃脱视为活下去的最后保证，而进入动物园不仅意味着无法前进，甚至将失去生存的最后的可能性。

最后，红彼得的"出路"意味着孜孜不倦地"学习"（lernen）。五年的学习生涯已使红彼得达到了欧洲人的平均文化水平。他在学习的过程中表现出一种坚定而狂热的姿态：

> 于是我明白了（lernte）[①]，我的先生们。啊，当你不得不学的时候，你就得学；如果你想要一条出路，你就得学，不顾一切地学。你甚至会用鞭子监督自己；只要你稍有反抗就会被撕得粉碎。

在这里，卡夫卡将"学习"这种人类普遍视为达到目的之必要手段推向了极致，从而颠倒为人类的唯一目的。本雅明指出，《在法的前面》中守门人的缄默，《失踪者》中大学生的清醒，《饥饿艺术家》中艺术家的禁食，都是卡夫卡笔下"苦修"的诸种形式，而"学习"，本雅明称之为"钻研"（Studium），是"苦修"的最

---

① 这里的 lernte 为 lernen（学习）一词的直陈式过去时态变位，直译为"学会了"，此处译为"明白了"。

高形式。[1]红彼得写的这份报告，既是他不断"学习"的结果，也是他"学习"过程的一环："它已经帮助我走出了樊笼，为我开辟了这条特殊的出路，这条人类的出路（diesen Menschenausweg verschaffte）。"红彼得通过不断"学习"才得以回顾自己的"成人"经历，在这种回转的姿态中，人类的境况也可见一斑。

至此，对人类而言具有积极意义的"自由"，被红彼得解读为消极的观念；而康德笔下那个不无消极意义的"出口"，则被颠倒为基于个人生存境况而具有积极意义的"出路"。在这种颠倒中，读完这份报告后的科学院院士们（人类智识的代表）已被红彼得这条绳索绊倒在地。

第三节 拯救的可能性与写作的寓言

在《乡村医生：短故事集》的开头和结尾，卡夫卡各植入了一个意象，即"法典"和"报告"，二者都是具有学术研究性质的写作。从表面上看，这两个意象与文学毫无联系，但卡夫卡总是将它们置于文学的对立面来谈论，似乎有意让人看到，它们与卡夫卡的文学绑在了一起。

卡夫卡常提及自己过着"一种可怕的双重生活"，其中一种是办公室的生活，另外一种则是文学的生活。他在 1911 年的一则日记中写道："这两种职业从不互相容忍，并容许一种共同的幸福。

---

① 本雅明：《无法扼杀的愉悦：文学与美学漫笔》，陈敏译，北京：北京师范大学出版社，2016 年，第 37 页。

一个里面的最小的幸福成了第二个里面的最大的不幸。如果我在头天晚上写出了好东西，第二天我就在办公室里烧掉，并什么也干不出来了。这种摇摆不定的状况变得越来越厉害。"① 他在 1912 年的一则日记中写道："在我身上一种对写作全力以赴的专心致志已经看得出来了。当它在我的体内各组织中变得清晰的时候，这写作就是我生命的最有用的方向，一切都向那里拥挤而去，让所有的集中于性的欢乐的、吃和喝的欢乐的、哲学思考的欢乐的、最最多的便是音乐的欢乐的能力全都腾空了。……从它的整体来说我的全部力量是那么微不足道，它们只是聚集起来才差不多能够为写作的目的服务。我自然不是独立地和有意识地发现这个目的的，它本身就存在，但这是从根本上说来，现在只是受到办公室事情的阻碍。"② 在 1914年 7 月致父母亲的一封信中，卡夫卡写道："我在办公室里永远得不到新生，在布拉格根本不可能得到。这里的一切，使我这种实际上正在追求依赖的人得以继续现状。一切都那么现成地摆在身边。对我来说，办公室显得过于厌倦，常常使我感到难以忍受。然而，实际上却很清闲。基于这个原因，我的收入超过了我的需要。有什么用？为谁挣的？我将在薪水梯子上继续攀升。有什么意义？这个工作不适合我，除了工资以外它无法给我带来一点点独立自主。我为什么不撇掉它？如果我辞职离开布拉格，没有任何风险便可赢得一切。我毫无风险，因为布拉格的生活不会把我导向任何美好的目标。……我的计划设想是：我有 5000 克朗，这笔钱足够我在德国的柏林或慕尼黑生活两年，即使没有任何金钱收入亦无妨。这两年时间可以用于文学创作，使我干出一番事业。而在布拉格，置身于内心的松弛与外界透明、饱满和千篇一律的干扰之间，根本不可能达到这一目的。我的文学创作，则可以使我在两年之后用自己的收入生活。尽管这听起来这么微不足道，但那种生活将与我现在于布拉格、未来仍可能在斯地的生活不可同日而语。"[1]

卡夫卡自 1908 年 7 月 30 日进入波希米亚王国工人事故保险机构以来，一直从事与法律相关的保险事务，负责起草各种评估报告和上诉书，甚至为总经理撰写国际大会的演讲稿。由于他在工作中的出色表现，越来越受上司的器重。如果只是片面地看待卡夫卡上述的文字，很容易给人造成一种印象，似乎他所从事的职业是其通往文学世界的障碍，但实际情况并非如此。一个外部的横向比较是，在卡夫卡的德语文学前辈中，有如此之多的作家都接受过法律训练并从事着与法律相关的工作，其中就包括卡夫卡所喜爱的歌德、克莱斯特、E. T. A. 霍夫曼、诺瓦利斯等。就卡夫卡本人而言，他的公文写作事实上对他的文学创作起到了非常重要的作用，有不少卡夫卡研究学者就认为："卡夫卡的写作世界，包括文学写作和公文写作，是一个有机整体。"[2] 卡夫卡的公文写作，使他获得了丰富的法律实践经验，而不仅仅停留在从学校里习得的法律知识；他与工人群体的大量接触，事实上也使他更深刻地进入了社会生活，他的"文学之斧"也因此更为锋利了。

---

[1] 叶廷芳主编：《卡夫卡全集》第 7 卷，北京：中央编译出版社，2015 年，第 150-151 页。

[2] Stanley Corngold, Jack Greenberg, Benno Wagner ed., *Franz Kafka: The Office Writings*, trans. Eric Patton, Princeton: Princeton University Press, 2009, p.xv.

　　布罗德曾在传记中提到卡夫卡的"一种高尚的错误"："当问题涉及到一种谋生的职业时，弗兰茨要求：这个职业不得与文学有任何关联。……谋生的职业和写作的艺术应该严格区分开来，两者的一种'混合'，比如新闻写作，卡夫卡不能接受……"[①] 显然，谋生的职业和文学创作，对于卡夫卡而言就像是两个相对独立的"地洞"，在这一个世界的失败并不会导致另一个世界也随之崩溃。因而，有学者认为："卡夫卡所说的'文学'是一种贬义、一种逃避的艺术，他认为文学是'在现实面前的逃避'。"[②] 这一说法有一定道理，但并不完全如此。毋宁说，卡夫卡的写作就是勾连两个世界的一条绳索，"逃避"在卡夫卡那里也并不完全是贬义的，而是为了更好地进行观察。卡夫卡尤其擅长从他者的视角去观察，即便所观察的对象就是他自己，这也成为卡夫卡文学世界的标志之一，比如《变形记》《失踪者》《审判》等作品，就展现了这种独特的观察。然而，在那些"他"的后面，又时时晃动着"我"的影子。一旦考虑到这一点，当卡夫卡让叙述者用第一人称来讲故事的时候，便不得不引起我们的注意。《乡村医生：短故事集》以《新律师》（"我们"）开头，以《一份致某科学院的报告》（"我"）结尾，或许并非偶然。

　　先来看《一份致某科学院的报告》。红彼得已经习得人类的语言，因而科学院要求他呈交一份关于他过去生涯的报告，这份报告因此可以被视为红彼得的"自传"。但这样一份报告是可能的吗？

---

　　① 　马克斯·布罗德：《灰色的寒鸦：卡夫卡传》，张荣昌译，北京：十月文艺出版社，2010年，第78页。

　　② 　罗杰·加洛蒂：《论无边的现实主义》，吴岳添译，天津：百花文艺出版社，1998年，第152页。

正如曾艳兵先生已经指出的，"主人公究竟是人还是猴子？到了小说的末尾，我们仍然不敢确定"，因而"报告的真实性十分可疑，科学院的科学性也大打折扣"。[①] 即便我们能够确定他是一个人，这份"自传"的真实性也是存疑的。在诸多对"自传"的定义中，必然包含以下三个特征：自叙性、回顾性和故事化。其中最重要的问题是：如何保持回顾往事的真实性？在这一故事中，红彼得首先就对其"自传"的真实性实施了解构。他说："遗憾的是，在这方面我无法满足诸位的要求。我脱离开猴子生涯已将近五年，从日历上测算，这也许是一段很短的时间，但要快马飞奔经历这段时间，就像我曾经所做的那样，却需要无限漫长的岁月……要是我执着地坚持自己的出身，执着于青年时代的回忆，我是不可能取得这样的成就的。"换言之，红彼得之所以能取得如今的成就，其秘诀就在于"遗忘"。而"自传"所要求的是自我追溯，若要达到对自我叙述的完整性和真实性，自我需回到"起源处"。卡夫卡早已看出写一部自传所面临的困境，他在1912年1月3日的日记中写道：

　　在自传中，一个人会不可避免地在事实上只需要写下"曾有一次"的地方写下"经常"。因为他总是意识到那个"曾有一次"引爆了记忆所牵引出的那个黑暗空间；但尽管如此，这一黑暗并不能完全地被"经常"所驱散，至少在作者看来它还是被保存着；他背负着那些也许在他的生命中从没有存在过的片断，而那些片断却又仅仅是某种甚

---

① 曾艳兵：《卡夫卡的眼睛》，北京：商务印书馆，2012年，第172–173页。

至他的记忆也不再能够猜测得到的东西的替代物。①

生命中从来没有存在过的片断，成了对个人记忆之黑暗空间的有效替代，这也正是红彼得的策略。他在报告中讲到自己被捕的过程时就引用了别人所写的报告。别人所写的报告（他传）的权威性在于，它外在于红彼得自我意识的生成过程，是对自我"起源处"的那个黑暗空间的替代，并且丝毫不影响他拥有自我意识之后所做观察的有效性。与此相应，自传作者在讲述自身的起源时，只能通过引述他认为可靠的"道听途说"而将那个黑暗空间暂时遮蔽起来，以实现对自我的确认。借由这一替代，红彼得将目光转移到了真正重要的问题上。尽管红彼得"自传"的真实性大打折扣，但他也因此获得了一个绝对外在于人类的视角，从而为他对人类世界的观察确立了有效性。诚如叶廷芳先生所言：

> 在"审察世界"，或者说在揭示人类生存的"异化"
> 现象的时候，卡夫卡常常是从日常生活入手的，他正是从
> 人们习以为常的生活现象中提取出怪异事件来，让大家惊
> 诧，发现自己平时忽视了什么，好比一个魔术师突然从观
> 众席中吊出一条鱼来，这时人们才恍悟：身边有鱼怎么没
> 有注意呢！当然，卡夫卡使用了一种艺术手法，一种"间
> 离"技巧，或曰"陌生化手段"，借以使熟悉的事物陌生
> 化，启悟人们从另一个角度去洞察现实，进而向人们提供

---

① Franz Kafka, *Diaries, 1910-1923*, ed. Max Brod, trans. Joseph Kresh, Martin Greenberg, New York: Schocken Books, 1976, pp.163-164.

一条思路，认清自己的可虑的境况。生活往往由于太熟悉而不能看清它，所以"当事者迷，旁观者清"乃至理名言。从某种意义上说，卡夫卡所做的，无非是把人们从"当事者"推到"旁观者"地位，为此他常常借助于动物题材以增加他的"推"力。动物没有被文明化、社会化，它们不懂得什么伦理、道德、宗教、法律等种种社会规范，与原始阶段的人类较近似。卡夫卡在观察和表现人类社会"异化"现象的时候，总想追溯人类久远的生存状貌，唤回在文明发展过程中被遗忘了的记忆，以启悟我们明白今天少了些什么，又多了些什么。他认为动物没有累赘，通过动物更容易达到上述目的。因此他那些以动物为题材的作品都不是童话，也不是适合于儿童阅读的寓言，而是思想深奥的譬喻性小说，因而那些动物主人公，不论是较高等的，还是低等的，是哺乳动物还是昆虫，都是人格化的化身。①

红彼得的"报告"本质上是一场"表演"。红彼得作为表演者的困境，在某种程度上亦是对作家写作境况的写照，尤其是以第一人称为叙述视角的写作困境。红彼得从笼子里出来的第一步就是在水手面前表演，此后还将在其他观众面前继续这种表演。我们看 / 读到，一只猩猩表面上是以自己的名义在说话（他自称"我"），并宣告自己"以前"是一只猩猩。然而，他又从未宣称自己"已经"

---

① 叶廷芳主编：《卡夫卡全集》第 1 卷，北京：中央编译出版社，2015 年，总序第 10—11 页。

是人类的一员，从严格意义上说，他的"进化"不同于卡夫卡笔下格里高尔或布塞法鲁斯那样的"变形"。作为人类世界里曾经的猩猩，他的困境是由其孤独所决定的，而这种孤独对他而言又至关重要。从存在的角度看，他的意志（若他确有意志的话），就是将自己呈现在观众面前并借此得到认可。他作为表演者的地位，与他过去是一只猩猩的身份密不可分："假如我对自己没有完全的把握，假如我的地位在文明世界的所有杂耍舞台上尚未得到磐石般的巩固，我是绝对不敢向诸位陈述下面这件微不足道的小事的……"由此引发的问题是，他的各种声誉是如何形成的？显然，通过模仿人类，通过从事一种复杂的马戏表演工作，红彼得赢得了如今的地位。此前引述的这篇作品的两个早期版本正是以对驯兽师的采访展开的。因此，我们有理由认为，这篇作品本身就属于表演的范畴，有可能是所有马戏表演中最为复杂和难度最高的技艺，一如文学写作在所有写作中的复杂性和艰难程度。红彼得对自我的确认，很大程度上依赖于他否定了自身"猴性"中为人类所羡慕的部分，比如"自由"。他所运用的技巧是将动物和人类之间的对立映射到他的过去和现在之间，通过声称过去自我的不在场来否认过去。据布罗德所说，卡夫卡朗读这则故事的时候，朋友们都被逗得哈哈大笑。红彼得的"报告"之所以能够产生戏剧性的效果，正因为他对过去的否认在物质层面上是不可靠的，他试图在自己的身体上完成那种在思想层面看似已经完成了的"进化"。除此之外，他如何还能往来于动物和人类、过去和现在之间呢？

作为一只进入现代社会的猩猩，红彼得代表了现代作家的普遍状态。红彼得的自我从原初的"一"分裂为当下的"二"：他既是他自己，同时又是另一个。他在母猩猩眼中看到的那种疯狂的目光，显然是一种分裂自我的投射。母猩猩的目光就像是一面镜子，他从中看到了"我"，同时也看到了从"我"中分裂出来的"他"。红彼得因此陷入了一种难以忍受的双重束缚。他的表演事业越是成功，这种分裂就越是将其自我撕裂。他在报告中承认，自己无法同时呈现镜子的两面。为了避免这种分裂的继续，他需要不断地让自己出现在人类的面前，以语词使这种分裂重新聚合。同样地，卡夫卡的写作就是试图向他的观众展示自己，试图在不损害其丰富性的情况下展示他被叙述的自我和正在叙述的自我。但卡夫卡的困境显然更甚于红彼得，他无法像红彼得展示身体的伤疤那样展示他曾经的自我。然而，卡夫卡仍然从红彼得那里习得了一种保持"自我"的方式，即写作。通过永不停歇的写作，那个破碎的自我才会被重新聚拢而不至于消散。作家的唯一出路，就是像红彼得那样不断地用语词来表演。布朗肖正是从卡夫卡那里看到了这一点，他说得更为直白：

> 写作就是永无止境，永不停歇。……当写作即投身到无止境中去时，甘愿赞成这种行为本质的作家，就失去了说"我"的能力。他便失去了使除他以外的别人说"我"的能力。由此，他根本不可能赋予作品中人物以生命力，而他的创造力正捍卫着他们的自由。人物的思想——作为小说的传统形式——只是一种妥协，正是通过这种妥协，为求文学本质而身不由己的作家设法拯救他同外界同自己

的关系。①

　　红彼得在"报告"的结尾试图建立一种稳定的自我身份，却再次确认了其话语的分裂性。在不登台表演的日子里，他大概会回到母猩猩的身边，或坐在摇椅上等待客人的到来。然而，我们可以想象，他不久之后又会出现在其他的舞台上，再次向观众展示自己。他的存在依赖于演出的效果，而这完全取决于人类观众的存在。杂耍舞台为他打开了一条渴望的出路（他对自己说："要想尽一切办法进杂耍戏园子。"），而这个舞台实际上也是一个陷阱，同他所厌恶的动物园那个"笼子"一样，两者都将他展示给观众。但有所不同的是，红彼得在舞台上的表演是内化的，而在动物园笼子里的展示则纯粹是外在的。这或许就是卡夫卡避免将文学写作与新闻写作混为一谈的缘由，文学写作毕竟拥有一种"将世界提升到纯净、真实和永恒的境地"②的可能性。

　　我们再来看《新律师》。较之于亚历山大大帝，作为新倡导者的布塞法鲁斯，其"新"表现在"埋首于法律典籍"。所谓的"法律典籍"（Gesetzbücher）究竟是指哪些，我们不得而知。卡夫卡是一位法学博士，他所从事的职业也与法律相关，而更重要的是，一场旷日持久的法律论战就发生在卡夫卡周围，他对此不可能充耳不闻。时任海德堡大学校长的著名法学家格奥尔格·耶利内克（Georg Jellinek）在1907年的一场讲座中就曾指出："当代新法与旧法之争，

---

　　①　布朗肖：《文学空间》，顾嘉琛译，北京：商务印书馆，2003年，第8页。
　　②　Franz Kafka, *Diaries, 1910-1923*, ed. Max Brod, trans. Joseph Kresh, Martin Greenberg, New York: Schocken Books, 1976, p.387.

如同另一个舞台上可追溯至埃斯库罗斯《报仇神》的那场旷日持久的战斗。"[1] 耶利内克所谓的"新法与旧法之争",即法律实证主义与法律现实主义的争论,在 20 世纪初引发了一场普遍的法律危机。卡夫卡的许多作品可以视作他对这场危机的回应。例如他在 1914 至 1915 年间写的《审判》,尤其是他生前从中抽出来多次发表并收录于《乡村医生:短故事集》的《在法的前面》,以及 1920 年所写的《关于法律问题》。

卡夫卡没有用"Recht"这个既表示"法律"又表示"权利"的通用词汇,而是用了更为专业的法律术语"Gesetzbuch"(法典),并且不是单指某一部法典,而是"一系列法典"(Gesetzbücher)。有学者指出:"在卡夫卡的作品当中频繁出现的法律暗示,有着更为明确具体的法学意义。"[2] 诚如斯言,我们的确可以从卡夫卡的作品中找到他对当时法律程序的戏仿,例如《审判》中前来逮捕约瑟夫·K. 的法警没有根据皇帝于 1867 年颁布的"十二月宪法"第 209 条告知他被逮捕的理由,预审法官没有根据第 199 条告知他被指控的罪名,也没有根据第 203 条的规定警告他如果拒绝参加预审将会剥夺他的辩护理由,等等。《新律师》中所谓的"法典"并非特指某一部法典,因而可以从卡夫卡所处时代奥匈帝国仍在使用的 1852 年《奥地利刑法典》(由弗朗茨·约瑟夫一世于 1852 年颁行)一直向前追溯至人类文明的源头。人类历史的发展进程,亦是伴随着法律的"法典化"的历史。布塞法鲁斯所翻阅的"一系列法典"

---

① Georg Jellinek, "Der Kampf des alten mit dem neuen Recht", in *Ausgewählte Schriften und Reden (Band 2)*, Berlin: Häring, 1911, s.392.

② 参见西奥多·齐奥科斯基:《正义之镜:法律危机的文学省思》,李晟译,北京:北京大学出版社,2011 年,第 330 页。

因此成了人类社会"秩序"的象征。卡夫卡在《乡村医生：短故事集》的开头提及这一意象的用意，或许在更为广阔的视域中才显现出来。

布塞法鲁斯这位"新律师"实际上就是我们时代的"新倡导者"，跟从他的人们能够获得某种近似于迈蒙尼德的《迷途指津》却又与之有别的"新的指引"。在此意义上，卡夫卡让读者正在阅读的《乡村医生：短故事集》，成为并非现代意义的"法典"，而是一部具有古老训诫色彩的"律法书"。《新律师》正是该书具有"序言"性质的开篇，为卡夫卡的教导拉开了帷幕。

有学者发现，在《新律师》《乡村医生》《在剧院顶层楼座》三者之间"存在着某种连续性"。[①] 实际上，这种连续性并不仅限于此。与上述对"秩序"的召唤相一致，卡夫卡在《新律师》中运用了某种"语言编码"策略，使得开篇中出现的意象或显或隐地指向了此后即将讲述的故事。换言之，卡夫卡将《乡村医生：短故事集》中此后篇目的诸多情节都"凝聚"在了作为开篇的《新律师》中，或者说此后篇目中的诸多内容都是从《新律师》中"流溢"出来的。例如，关于"骑手"或"马"的故事（《乡村医生》《在剧院顶层楼座》《邻村》），关于"法"的故事（《在法的前面》《豺狼与阿拉伯人》），关于"皇帝"或"臣民"的故事（《一页古老的手稿》《一道圣旨》），关于"父亲"或"儿子"的故事（《家长的忧虑》《十一个儿子》）。

此外，《新律师》还包含了此后各篇情节的"弦外之音"。

---

① Peter Canning, "Kafka's Hierogram: The Trauma of the 'Landarzt'", *German Quarterly*, 1984, vol.57, p.199.

布塞法鲁斯在失去"骑手"的当今社会面临着的"困难局面"（schwierigen Lage），与乡村医生苦于无马前往履职的"巨大困境"（verlegenheit）之间构成了反讽。《乡村医生》中那两匹"非尘世"的马，是由乡村医生召唤出来的，正如有学者已经指出的那样，它们并不像是载着医生去救人，而更像是去参加一场战争。[①] 医生的"召唤"主要是因为，他自己的那匹马因过度劳累而死了，而医生"召唤"马的需求，又直接源自"夜铃"的"召唤"。如果仅局限于《乡村医生》这个文本，那么究竟是谁摇响了夜铃始终是一个无法解开的谜；而通过《新律师》，我们可以发现，布塞法鲁斯实际上就是《乡村医生》中那匹"已死"的马，他将自己作为"战马"的使命交还给乡村医生，并且站在《乡村医生》的"外面"观看着一场自己没有参与的戏剧表演。乡村医生的窘境，就写在布塞法鲁斯所读的那些古老的书卷中。《在法的前面》中的乡下人至死都无法进入法的"大门"，而这一说法在《新律师》中也早有暗示，因为它"被抬到了更远和更高的地方"，因此没有任何人能够由此进入，哪怕这扇门是为他而开的。一如《新律师》中所描述的那样，"大门"仍然是"可望而不可及的"，乡下人也的确只能在门外望一望而已。在《一页古老的手稿》中，皇帝尚且活着，只不过撤退到了宫门的另一侧；到了《一道圣旨》中，皇帝已躺在了病榻上行将就木；而在开篇的《新律师》中，皇帝已经死了，留下的是一个没有向导的世界。《一页古老的手稿》（Ein altes Blatt）的标题，很自然地让人联想起布塞法鲁斯所翻阅的"我们古老卷帙的书页"（die

---

①　赵山奎：《传记视野与文学解读》，北京：北京大学出版社，2012年，第173页。

Blätter unserer alten Bücher），由此造成了一种印象：这个故事或许正是古老书卷的其中一页，而包含这个故事的《乡村医生：短故事集》也就对应了布塞法鲁斯埋首其中的古老书卷。除此之外，布塞法鲁斯"沉浸"在法律典籍中的姿态，与《在剧院顶层楼座》中年轻观众"沉浸"在沉重的梦中的姿态如出一辙；《一道圣旨》与《邻村》中的主人公"不可抵达"之终局，早已标示在那句"无法企及"（unerreichbar）的预言之中；《兄弟谋杀》的要义已由《新律师》中"有人懂得如何谋杀他人，也并不缺乏在宴席上用长矛迎接朋友的技能"一句直接指明。

在"没有向导"的帷幕背后，所有的故事都或隐或显地涉及"拯救"主题。这一主题由《乡村医生》与《在剧院顶层楼座》在各自的第一个"场景"中提出，进而在各自的第二个"场景"中被转化。两个作品的主人公都沉浸于成为"向导"的"弥赛亚"幻觉，在这一幻觉的"召唤"下，他们都迫切希望累积在各自身体中的拯救欲望得以实现。而事实证明，乡村医生的拯救自始至终都是成问题的，从最初无法开展行动的窘境，到最终无力完成救治病人的使命，"医生"这一职业不仅在字面意义上被安放在"病人"的旁边，甚至在情节中也被缚与病人"同床共枕"，双重意象的叠合将救治他者的"医生"颠倒为急需被救的"病人"。同乡村医生一样，那名年轻观众（besucher）的"出诊"（Besuch）无法进行，他未能从完美中看出一个"伤口"来，拯救女骑手的欲望被他眼前的表演场景所克服，失掉拯救对象的欲望只能向它的根源深处塌缩。年轻观众沉溺其中的那个"沉重的梦"（schweren Traum）正是隐藏于内部的一个"深深的伤口"（Schnitt Trauma）。前一个文本的繁复破碎与后一个文本的简洁连贯共同宣告了"拯救他者"的不可能，两个成问题的施救者形象由此生发出"拯救自我"的命题。

对"拯救自我"命题的解答，在《一页古老的手稿》《在法的前面》中得以展开。故事的主人公们虽在态度上有所差异，但都给出了"等待"的回答：臣民们选择忍受入侵者习性的折磨，并等待来自皇帝的拯救；乡下人虽是主动求法，在被守门人拒绝之后，转而等待进入的许可，直至生命终结。两则故事均以等待者被恒久地阻隔于"门"的另一边而告终，他们都将自身的命运交付给某种外在的力量，而这种力量却再度被证明是虚弱的。无论阻隔他们的"门"是紧闭还是敞开，依赖于他者的拯救实是"拯救他者"之幻象的延伸。

在对作为拯救者的他者力量进行一番审视后，被救者自身的"伤口"则在《豺狼与阿拉伯人》中得到进一步检视。豺狼一族在坚守"古老教义"的漫长等待中历经了数代，同时又急不可耐地"挑选"属于自己的"弥赛亚"，这样一种挑选显得漫不经心，实为进行了无数次的"表演"。在这场表演的最后，豺狼们陶醉在一场按捺不住的欲望火焰之中。卡夫卡在另一处将这种矛盾归结为两点：缺乏耐心和漫不经心。由于缺乏耐心，它们只好以漫不经心的态度来遮掩。在对阿拉伯人的"偏见"（盲目）中，显露出豺狼一族"自欺"的本质。卡夫卡对"偏见"的探究，在后一则故事中深入下去。《视察矿井》既包含了工程师和仆人对矿井本身的视察，也包含了矿工对前者视察过程的视察。故事中双重的"视察"（Besuch）经验形成的张力，在读者阅读层面得以叠合，昭示了自我与他者之间存在着的某种断裂：高高在上的工程师和仆人被指派到矿井中进行勘探，但他们对矿井本身并不了解；而在长期深入底层的矿工眼中，工程师和仆人也基本上是无法理解的；更重要的是，读者对矿工、矿工所观看的对象（工程师和仆人），以及这些对象所观看的对象（矿井）本身，都无法得出有效的理解。

卡夫卡在《乡村医生：短故事集》的前半部分描绘了一种鲜明的时代图景，而在该书的后半部分则转向了对个体存在的诊断。由"我们"过渡到"我"，是从《邻村》与《一道圣旨》开始的，直至《一份致某科学院的报告》。《邻村》复述了"祖父"（Großvater）在回望的姿态中对个体生命的（无法）理解：个体的生命如"白驹过隙"般短暂，即便耗尽一生也无法骑马抵达最近的村庄。这种理解在《一道圣旨》中得到了具体呈现，故事中的"信使"不再是"赫耳墨斯"的后代，他无法穿过重重叠叠的宫殿，皇帝的圣旨永远无法传达给"你"（另一个"我"）。"无法抵达"是两则故事中主人公的共同宿命。祖父"曾经"说过的话，或许正是皇帝所发出的消息。问题在于，"我"能否在回忆中理解祖父的（无法）理解，"你"能否凭借自己的遐想与使者相遇。

总之，卡夫卡在《乡村医生：短故事集》中展现了一个"弱者"世界的诸多形态，而这些形态背后的真相已经写在了"书"的开头，并在"书"的结尾将它指明。这种写作方式，其实就是卡夫卡将"口袋"收紧/打开的方式。

第二章

拯救幻象与自我救赎

"二战"以来，越来越多的读者从卡夫卡的作品中读出了先知式的"预言"色彩，尤其是《在流放地》中对刑罚机器的描述，让战后的幸存者们很自然地联想起纳粹的酷刑。随着卡夫卡日记的出版，人们从中发现的诸如"凡我写过的必将发生"之类的句子，更是加深了其文本的预言性。在这样一场角色扮演游戏中，卡夫卡俨然充当了犹太教经书中的先知；而卡夫卡文本的阐释者们，亦无不渴望从他笔下流溢出来的"无意识预言"中，窥见历史命运的轨迹。对此，卡夫卡写道："当弥赛亚变得不必要时，他会到来的，他将在到达之后才来，它将不是在最后一天来，而是在最后的最后。"①在他看来，救赎的真正实现必须首先破除拯救的幻象。

作为《乡村医生：短故事集》的第二篇和第三篇作品，《乡村医生》与《在剧院顶层楼座》都各自包含了两个截然不同的场景。通过对真实与虚幻场景的转换，卡夫卡为现代人勾勒出一种失去存

---

① Franz Kafka, *The Blue Octavo Notebooks*, ed. Max Brod, trans. Ernst Kaiser, Eithne Wilkins, Cambridge: Exact Change, 1991, p.28.

在力量，徘徊于拯救与被拯救边缘的基本图式，他称之为"闭上眼睛的图像"①。

第一节　破碎的自我镜像

《乡村医生》（Ein Landarzt）创作于 1916 年 12 月 14 日至 1917 年 1 月中旬之间，于 1918 年首次发表。作为《乡村医生：短故事集》中被众多学者和批评家解释得最多的篇目之一，《乡村医生》似乎蕴藏着多重谜面，那些具有象征性的文字引发了无限的解释。卡夫卡构筑的"梦"的逻辑行动结构，在一个"不间断"的段落里②，匆匆滑过读者的视线。乡村医生的"窘迫"便成了解释者的"窘迫"，而这种窘迫主要源自文本的直接性："医生"这个职业的首要任务，就是成为一个观察者和解释者。他需要对病人的症状进行观察，然后找出"伤口"所在；更关键的是，他需要采取各种手段对"伤口"这一符号进行解释，以期正确地开出药方，从而对病人进行有效的治疗。如此，每一个《乡村医生》的读者，都直接地参与乡村医生的解释过程。

作为《乡村医生：短故事集》中的第二篇作品，《乡村医生》更为详尽地论述了此前《新律师》所提出的社会历史观点，并直接

---

① Gustav Janouch, *Conversations with Kafka*, trans. Goronway Rees, New York: New Direction, 1971, p.31.

② 中译本《卡夫卡全集》给这篇作品进行了分段处理，但根据德文本，卡夫卡并没有给这篇作品分段。参见 Franz Kafka, *Drucke zu Lebzeiten*, hg. Wolf Kittler, Hans-Gerd Koch, Gerhard Naumann, Frankfurt am Main: S. Fischer Verlag, 1994, ss.252-261.

将这个"最不幸的时代"的问题与人们失去宗教信仰联系起来："住在这个地区的人都是这样，总是向医生要求不可能做到的事情。他们已经失去了旧有的信仰；牧师会在家里一件一件地拆掉自己的法衣；可是医生却被认为是万能的，只要动一动手就会妙手回春。"①人们的需求从精神转向了物质，从寻求灵魂拯救（Heil）到满足于肉体治疗（Heilung），从形而上学转向了医学。

乡村医生发现自己扮演了一个他不可能完成的替代救世主的角色。但对于这个他认为是完全错误的角色，他并没有拒绝，而是不遗余力地投身于工作中。他首先考虑的是病人的需求："我是这个地区雇佣的医生，非常忠于职守，甚至有些过分了。我的收入很少，但我非常慷慨，对穷人乐善好施。"在严寒的冬季，虽然他因过分忠于职守而把一匹马累死了，却仍然坚持响应一个重病人在夜间的召唤。当他因为缺少一匹马而认为不可能前行时，他感到"伤脑筋，心不在焉"。这种自我牺牲，并非因为医生未能意识到正在实施的欺骗，而是在他看来，最根本的原因在于缺乏任何真正有效的替代办法。"我是个医生，那我怎么办呢?"整个故事是在一个无助、徒劳和极度绝望的世界中发生的，从一开始的"无望"和"凄惨"，到最后发出"永远无法挽回"的悲叹。

由欺骗所带来的绝望，不能仅仅归因于医生的年龄和他所服务的群体类型，在某种程度上也源于他自己的顺从。他发现很难与

---

① 本节关于《乡村医生》的引文均出自叶廷芳主编：《卡夫卡全集》第1卷，北京：中央编译出版社，2015年，第130-135页，同时参考德文本（Franz Kafka, *Drucke zu Lebzeiten*, hg. Wolf Kittler, Hans-Gerd Koch, Gerhard Naumann, Frankfurt am Main: S. Fischer Verlag, 1994, ss.252-261）对译文略有改动，因小说篇幅不长，为免烦琐，不再另注。

人们达成理解，宁愿默许人们的自我欺骗："我并不是个社会改革家……""开张药方是件容易的事，但是人与人之间要相互了解却是件难的事。"因此，他继续投入工作，任由自己被"充当圣职"，即支持人们的无神论和虚假信仰。医生的权宜之计中存在着一种道德矛盾，这种矛盾他自己已经承认了，但又觉得无法解决——这种意识清醒与顾影自怜的默许相结合，使作为故事叙述者的医生成了可靠与不可靠的复杂混合体。

在故事开头，乡村医生的"窘迫"首先在于，他无法立即响应夜铃的召唤，以期履行他作为医生的职责，因为"找不到马，根本没有马"，马的缺席直接引发了乡村医生的窘境。出诊对于乡村医生而言是一种常态，而他自己的马在头一天晚上"因过度劳累而死了"。马的死亡，极大程度地危及着他"兴旺发达的医疗事业"。如果没有马，乡村医生只好用自己的双脚"走"到病人身边。显然，这样的出诊方式是乡村医生所无法承受的，因为要想徒步"走"到十英里开外的村子，他将像《一道圣旨》中的那位信使一样，他的流浪之路"几千年也走不完"①，医生的双脚将由此变得如俄狄浦斯的双脚一般肿胀。即便病人的门前终于响起了医生"响亮的敲门声"，但那时他是否能够发现病人的"伤口"已变得无关紧要，因为长久的奔波必然将医生送到"一个死人"②的床前。而那个身患重病的年轻男孩同样无法承受这样的出诊方式，他将像《一道圣旨》中的臣民一样，陷入漫长的等待与遐想，同时也遭受着难以忍受的

---

① 叶廷芳主编：《卡夫卡全集》第 1 卷，北京：中央编译出版社，2015 年，第154 页。

② 叶廷芳主编：《卡夫卡全集》第 1 卷，第 154 页。

痛苦。因此，"马"对于乡村医生来说至关重要，没有"马"的帮忙，到十英里开外的村子出诊是无论如何都不可能实现的。但即便拥有一匹来自"尘世"的马也是远远不够的，一如卡夫卡的《邻村》中祖父发出的感叹：一个年轻人骑着这样一匹马到最近的村子去，将耗尽他寻常而幸福的一生。

医生已经预感到，女仆在村子里到处借马"是不会有什么结果的"。乡村医生此次出诊非同寻常，是一次"急诊"。时间之紧迫，空间之遥远，任何一匹尘世的马都无法跨越。尤其"在现在这样的时刻"，村民们似乎已经洞见乡村医生的结局，一如《视察矿井》的结尾，他们将再也看不到乡村医生返回了。在村民眼里，乡村医生此次出诊的确是"一次危险的旅行"①。

这一次危险的旅行，实际上正如《一份致某科学院的报告》中的红彼得那样，是为了找到一条"逃离"当下窘境的"出路"。在卡夫卡的其他作品中，无意识的行为往往决定了主人公的命运，一如《叩击庄园大门》中"我的妹妹"对庄园大门"心不在焉"（Zerstreutheit）的敲击，导致她"踏上了遥远的归途"，而"我"则被关进了监狱。②在《乡村医生》中，乡村医生"心不在焉地"（Zerstreut）朝那已荒废多年的猪圈破门踢了一脚。正是借由乡村医生心不在焉的"一踢"，我们才得以围观那个由无意识打开的"非尘世"的世界：

---

① 叶廷芳主编：《卡夫卡全集》第 1 卷，北京：中央编译出版社，2015 年，第 138 页。

② 叶廷芳主编：《卡夫卡全集》第 1 卷，第 341 页。

门开了，门板在门铰链上来回扇动。一股马身上的热气和气味从里面冒了出来。一盏吊在绳子上的昏暗厩灯在里面来回晃动。一个男人，蜷缩在低棚里，露出他睁着蓝眼睛的脸。"要我套马吗？"他问道，用四肢爬了出来。……"喂，兄弟！喂，姐妹！"[①] 马夫喊道，于是，两匹强壮的膘肥大马，它们的腿紧缩在身体下面，形状规整的头如骆驼般低垂着，完全靠着躯干的力量，才从那个被它们的身体完全填满的门洞里一匹接着一匹挤了出来。但它们立马都站直了，腿很长，身体冒着热气。

为了揭示医生职业的真实性质及其不可避免的结果，卡夫卡在这个故事中将现实和超自然的因素结合在一起。虽然乡村医生对这些生物的突然出现感到惊讶和费解，但他毫不犹豫地利用它们作为自己尽职尽责的工具。即便女仆在帮他套马的时候被马夫抱住并咬伤了脸颊，医生仍然不打算拒绝马夫的帮助。"'你这个畜生，'我愤怒地喊道，'你是不是想挨鞭子？'但是我马上就想到，这是个陌生人；我不知道他是从哪儿来，而当大家都拒绝我的要求时，他却

---

① 　德文 "Hollah, Bruder, hollah, Schwester!" 通常英译为 "Hey there, Brother, hey there, Sister!"（参见 Franz Kafka, *The Metamorphosis and Other Stories*, trans. Willa and Edwin Muir, New York：Schocken Books, 1995, p.137）笔者认为，此处的译文不仅关系到马夫与两匹马的关系，也关系到马夫与医生及女仆的关系，更对应了后文另一个场景中的人物关系。一方面，马夫的这句话是对尚未"出生"的两匹马的召唤，因为马夫先于那两匹马"出生"，此时应理解为"喂，弟弟，喂，妹妹！"；另一方面，马夫的这句话同时也是在与医生和女仆打招呼，由于马夫后于医生和女仆"出生"，此时应理解为"喂，哥哥，喂，姐姐！"。卡夫卡有意未给马夫的这句话加上类似 ältere（年长的）或 jüngere（年幼的）等年龄大小的限定词，显然暗示了马夫和两匹马与医生和女仆之间的复杂关系。笔者将这两种理解进行综合后，此处试译为："喂，兄弟，喂，姐妹！"这将有助于我们看到，上述人物实际上组成了一个大家庭，并揭示出这个大家庭中的"乱伦"关系。

主动前来帮助我摆脱困境。"然而，医生的这些"反思"带来了致命的后果。尽管医生很清楚马夫的意图，并坚持要他一起赶往病人家里，但他刚坐上马车，马夫拍了拍手，他就被那两匹马飞快地带走了。当马夫冲进医生的家里去寻找和享受他与女仆罗莎的快乐时，那个逃走并藏在锁着的门后面的女仆"预感到自己将遇到无可逃避的厄运"。

这些狂暴的因素给乡村医生造成的第一个影响是，他所信任的、不知疲倦的女仆被马夫强暴了。"这个漂亮的姑娘多年来一直和我生活在一起，我几乎没有怎么管她。"他把责任归咎于他的病人，是他们用夜铃来折磨他，罗莎是他职业的牺牲品。在医生忠实地履行他的医疗职责时，他依赖她的帮助，毫不犹豫地利用她从事一项他坦率地承认是错误的、建立在欺骗基础之上的事业。事实上，医生对她的依赖程度之深，使她成为他暧昧的生活方式中不可或缺的一部分。她是一个仆人，尽管她在他家里待了许多年，他却很少注意到她是一个活生生的人。现在，作为一个人，她需要他的帮助，但他却再也无法给她提供帮助。

马夫对女仆实施的强暴，将医生在生活中隐藏起来的事实真相揭露出来：为了职业，为了他自己，为了一个他自认毫无价值、具有欺骗性质的目的，他牺牲了一个作为"人"的仆人。这种想法一直萦绕在医生的心头，马夫的行动是对他存在基础的颠覆。因此，当他后来被村民们虐待，被脱去衣服的时候，他并没有反抗，因为他已经不在乎了："我是个上了年纪的医生，我的女仆都给人家夺去了，我还能希冀什么好事呢？"

这种神秘的、无法控制的因素所带来的第二个影响是，医生将面对一个他无力治愈的病人。随着主题的展开，整个故事充满了自然与非自然因素的混合、荒诞的细节和怪诞的仪式。医生的思绪是混乱的，他从马车里被抬进了男孩的房间，那里烟雾缭绕，让人几乎透不过气来。病人立即在医生耳边低语："医生，让我死吧。"这个毫无意义的使命给他造成的牺牲，使他痛苦不堪。医生诅咒诸神的合作，在头脑简单的家庭面前感到局促不安。这个家庭的成员并不知道他遭遇到了什么，也不知道男孩刚才说了什么，如果医生告诉他们，他们可能不会相信。尤其是男孩的父亲，他是如此专注于他儿子的幸福，而他准备牺牲自己的"财富"（朗姆酒），希望使医生舒适，以便他更好地履行职责。考虑到男孩低声的请求，以及医生对病人身体状况的第一印象，父亲的思想确实很狭隘。与在医生脑子里转来转去的其他想法相比，父亲以及其他人的想法甚至更多。无怪乎医生拒绝喝朗姆酒，他一想到要喝朗姆酒就犯恶心，因为一旦接受了这杯酒，他就将服务于这个父亲狭隘的思想，这不但背叛了后者的"信赖"，而且将进一步加深他们之间相互欺骗的关系。

然而在男孩母亲的召唤下，医生走到床前，听着男孩的呼吸和心跳，此时两匹马中的一匹，不知怎么地松开了缰绳，把头伸进窗户，朝天花板大声嘶叫起来。医生草草地检查了一下，判断男孩完全健康，准备回家。此时他怒不可遏，但医生立即又被病人的家人悲伤失望的表情和女儿拿着的沾满血迹的手帕所感动，他突然不得不承认，也许男孩的确是生病了。在重新检查病人的时候，两匹马一同嘶鸣起来。这时候他发现，在男孩的右臀部有一个伤口：

玫瑰红色，但各处深浅不一，中间底下颜色最深，四周边上颜色较浅，呈微小的颗粒状，伤口里不时出现凝结的血块，好像是矿山上的露天矿。这是从远处看去。如果近看的话，情况就更加严重。谁看了这种情形会不惊讶地发出唏嘘之声呢？和我的小手指一样粗一样长的蛆虫，它们自己的身子是玫瑰红色，同时又沾上了血污，正用它们白色的小头和许多小脚从伤口深处蠕动着爬向亮处。

这个伤口仿佛是某种令乡村医生有所忌讳因而想要极力避免和试图压抑的事物。倘若将乡村医生对"猪圈"场景与"伤口"场景的描述对照来看，我们不难发现："猪圈"场景中不断往外"冒出"的热气，变成了"伤口"场景中时不时如矿藏般往外"冒出"的血块；而"伤口"场景中"蠕动着"爬向亮处的蛆虫，仿佛是"猪圈"场景中匍匐着爬了出来的马夫和那两匹靠着躯干运动的力量从门洞里往外挤出的马。

这个伤口与其他文本中拥有相似位置的伤口意象有着千丝万缕的联系。比如《一份致某科学院的报告》中红彼得的伤口。曾有论者将故事中病人的性别误认为是女性[①]，而女仆与男孩之间的确存在着某种联系，这种联系通过红彼得的两个伤口将显得更为清晰。红彼得身上中了两枪：头一枪打在它的"脸颊上"，留下了一个"红斑"，"红彼得"便由此得名，而女仆之所以被命名为"罗莎"（Rosa），正缘于马夫在她"脸颊上"留下了"红红的牙印"；第二枪打在了红彼得的"臀部"（Hüfte），导致它有点腿瘸，而男孩那

[①] 参见 Etti Golomb-Bregman, "No Rose without Thorns: Ambivalence in Kafka's 'A Country Doctor'", *American Imago*, 1989, 46(1), pp.77-84.

个"靠近臀部的位置"（Hüftengegend）的伤口则是由乡村医生深入察看时"发现"的。借由卡夫卡另一个故事中的主人公，我们不难看出，女仆与男孩实际上代表了同一事物的两个过程，女仆的伤口是"表面的"，男孩的伤口则是"深层的"，而乡村医生正是"由表及里"地"发现"了同一件事的发展。由此，乡村医生像红彼得那样打开了尘封的"记忆"，某种因被长久压抑而近乎遗忘之物在他的脑海里重新浮现出来。

通过作品中"罗莎"这个词的使用以及两匹马的参与可以确定，这个伤口与作品本身的直接联系就在于故事开头的场景，而这种联系被证明是至关重要的。通过前后两个场景的对比，我们可以看到，男孩和医生的处境是相似的。两者都有致命的弱点，虽然一开始是隐蔽的，但最终会暴露出来。这种弱点存在于人类的本质中，是他们"所有的陪嫁"，他们一生的事业，他们存在的唯一根基。作为不可避免的毁灭之根源，这种软弱自然会引起痛苦的悲叹，但不满是徒劳的，最终必须让位于屈服和顺从。这种致命缺陷的暴露也与"罗莎"和神秘的非自然的具有破坏性的力量（两匹马和马夫，以及这些蠕动的蛆虫）有着紧密的关联。在村民们最后那个极具仪式感的场景中，医生先是被脱下衣服，然后被放在床上的男孩的旁边。文本以一种奇怪的方式强化两个角色之间已经建立起来的联系。他们都成了时代的牺牲品，这个时代错误的价值观、虚假的安全感和潜在的无力感，都已侵入物质世界，那些具有破坏性的超验的因素无情地暴露了出来。

虽然医生没有直接把男孩的伤口和他自己的情况联系起来，但当他试图让男孩平静下来，并让后者接受自己致命的弱点时，他确实表现出了对伤口的普遍含义的理解：

> "年轻的朋友，"我说，"你的错误在于：你对全面的
> 情况不了解。我曾经去过远远近近的许多病房，可以告诉
> 你：你的伤口还不算严重。只是被斧子砍了两下，有了这
> 么一个很深的口子。许多人都自愿把半个身子呈献出来，
> 而几乎听不到树林中斧子的声音，更不用说斧子靠近他
> 们了。"

医生并没有试图通过降低伤口的严重性来欺骗男孩，他已诊断
出这个伤口是致命且无法治愈的，他只是试图减弱年轻病人的反应
强度。在没有信仰的年代，医生不可能给他提供物理治疗，医生唯
一能做的就是，通过削弱伤口在男孩眼中独特的个人意义，从而帮
助他接受。乡村医生成功地将伤口的肮脏程度弱化，并赋予它一个
有形且具有象征意义的模型。

与医生的解释相似的比喻，也曾出现在卡夫卡早期的作品《树》
（Die Bäume）中。卡夫卡将人比作树木，许多人就像树木一样面临
着致命的危险，他们几乎完全没有意识到末日的来临，直到为时已
晚。在医生眼中，男孩的伤口代表了许多人普遍存在的致命弱点。

索克尔认为，医生对伤口的描述是"富于浪漫色彩的矿山，死
亡的神秘"[1]。这种观点不仅忽视了"花朵"和"美丽的"这两个词
在这个场景中所具有的苦涩和讽刺意味，同时也忽略了整个故事的

---

[1] Walter H. Sockel, *Franz Kafka: Tragik und Ironie*, Muchen: Langen-Muller, 1964, s.280.

社会性框架。人们对诸神失去了信心，医生自己也诅咒诸神和他们的使者，将其视为暴力的、恶意的、令人沮丧的力量。很难想象，在这样一个框架中，医生会宣扬某种神秘的死亡，而这个男孩竟然会被说服。当医生真正谈论死亡时，正是为了结束他徒劳无功的生活，结束那长期折磨着他的职业生涯，特别是结束那可怕的马夫和非尘世的两匹马的出现所带来的麻烦。他并不认为这是一种快乐和神秘的彼岸，因为他意识到：这些给他带来灾难的马和马夫正是从彼岸来的。

尽管医生用"总体的视野"间接定义了自己的生存境况，并成功安抚了这个无法治愈的男孩，但却没有给医生本人带来同样的平静。他尽了最大的努力去帮助那个男孩，而现在要思考的是对自己的"拯救"。他急忙收拾好衣服、提包和皮大衣，把它们卷成一堆，扔进马车里，跳上一匹马，希望它能像来时那样飞快地把他带回家。但是，这是他第三次被"非尘世"的马所欺骗。它们不但阻止了他拯救女仆，并且把他带到一个他无力治愈的病人那里，如今它们并没有显示出原有的速度，而是让医生像年迈的老人一般在雪地里慢慢地移动着。医生由此意识到他最终的失败："这样下去我可永远回不到家；我的兴旺发达的医疗业务也完了；一个后继者正在抢我的生意，但是没有用，因为他不能替代我；在我的房子里那讨厌的马夫正在胡作非为；罗莎是他的牺牲品；我不愿意再想下去了。"这句话强调了故事不断偏离正常方向，以及现实层面的日益混乱。然而，主要的困难还在于，医生对其继任者的说法显得自相矛盾。如果他有继任者，那么从职业角度来看，他不是可能，而是已经被取代。同样地，如果继任者抢了医生的生意，那么在经济上，前者肯定会从后者的缺席中获益。除非医生的说法完全是无稽之谈，否则，对"替代"和"没有用"显然应该在一种非物质的层次上进行理解。从这个角度来看，这句话是整个故事中最重要的组成部分，因为它消除了对结局的误解，增强了事件的真正意义。

在乡村医生缺席的时候，一个后继者已经接手他的医疗事业，并且正从繁荣的医疗实践中获益。而作为叙述者的乡村医生，由于他选择的生活方式充满了灾难性的缺陷，则再也无法回到那里。然而，继任者的收获，并不能被简单地视为最终的获胜。他的成功纯粹是物质的，他没有有效的替代方案可以取代年老的乡村医生所选择的毁灭之路，并且他如今也必须在这条路上无可奈何地走下去，直到凄凉的尽头。"在这最不幸时代的严寒里，我这个上了年纪的老人赤裸着身体，坐着尘世间的车子，驾着非人间的马，到处流浪。我的皮大衣挂在马车的后面，可是我够不着它，我那些手脚灵活的病人都不肯助我一臂之力。受骗了！受骗了！只要有一次听信深夜急诊的骗人的铃声——这就永远无法挽回。"

医生的临终呼唤，极其简洁地概括了故事的主旨，那就是"欺骗"。这种欺骗首先来自时代的本质，并体现在医生的病人们身上。那些在药物治疗中寻求拯救的村民头脑简单，缺乏信仰，崇尚实用主义。他们坚信，不必信仰某种终极的超然的现实，就能够安全且道德地生活——这其实是现代人的自欺。他们就这样敲响了医生的夜铃（他职业的标志和工具），而从一开始就被误导的信仰，一个彻底的谎言，则是由男孩伤口和他们对伤口的反应暴露出来的。如同卡夫卡曾对菲莉斯所说的："我不相信什么名医，我只相信那些说自己什么都不知道的医生。"① 他们的召唤是"误响的夜铃"，不仅因为他们经常毫无必要地把医生从家中召唤出来，从某种意义上说，更主要地源于错误的价值观。病人们不但欺骗自己，而且无情地利用医生作为他们欺骗的一部分。从这个意义上说，这位年老的乡村医生有理由认为，村民们欺骗了他。他将他们称为"无赖"，尽管他对他们矢志不渝，他们却不愿帮他找回挂在马车后面的皮大衣。

然而，正如已经指出的那样，认为医生只是一个无知的社会和时代的无辜受害者的观点是错误的。即使在严寒的夜里，他仍然自觉地听从客户的要求，积极地响应他们的召唤；他既鼓励病人说谎，同时也违背了自己的道德意志。因此，从第一次响应"误响的夜铃"时起，他就承担了一系列后果，这些后果必然会导致他自己的毁灭。

如果医生故意默许欺骗，那么他在道德上是有罪的，而马和马夫的作用则是揭露和惩罚这种罪恶。与此同时，医生的内疚在很大程度上是由于缺乏真正的选择。如果他忽视或无视了那些需要他的人，他将同样受到惩罚，他选择了两害相权取其轻。

除标题外，《乡村医生》在整本书中具有的重要意义在于，它对《新律师》结尾提出的问题给出了否定回答：完全专注于"职业"本身，并不是现代人有效的"治疗"途径；正相反，如同医生所经历的那样，其不可避免的结果是无家可归，抑或彻底毁灭。

----

① 叶廷芳主编：《卡夫卡全集》第 8 卷，北京：中央编译出版社，2015 年，第 30 页。

第二节 真与幻的倒置

卡夫卡的短故事"Auf der Galerie"，这一标题首次出现在第一本八开笔记本中，因此实际的创作时间是 1917 年 2 月。卡夫卡生前只将其发表过一次，即收录于《乡村医生：短故事集》。尽管 1921 年 4 月 3 日的《布拉格报》刊出过这篇作品，但卡夫卡本人并不知情。①

关于这一作品的标题，英译者统一译作"Up in the Gallery"②，而中译者有两种译法：洪天富先生译为《在剧院顶层楼座》③，孟蔚彦先生译为《在画廊上》④。这篇作品的标题之所以有两种截然不同的中文译法，原因在于译者对德文 Galerie 一词作出了相异的辨析。在德语中，Galerie 既可以表示"剧院"里供观众欣赏表演时使用的座位或包厢，又可以表示展览画作及艺术品的"画廊"。

值得玩味的是，卡夫卡似乎是同时在两种意义上使用 Galerie 一词的。在中译本《卡夫卡全集》第 1 卷的插图页中，编者叶廷芳先生收录了法国画家乔治·修拉（Georges Seurat, 1859—1891）的一幅未完成画作——《马戏团》（Le Cirque）。这幅画可以作为我们

---

① Richard T. Gray, et al., *A Franz Kafka Encyclopedia*, London: Greenwood Press, 2005, p.21.

② Franz Kafka, *The Metamorphosis and Other Stories*, trans. Willa and Edwin Muir, New York：Schocken Books, 1995, pp.144-145.

③ 本节关于《在剧院顶层楼座》的引文均出自叶廷芳主编：《卡夫卡全集》第 1 卷，北京：中央编译出版社，2015 年，第 138-139 页，同时参考德文本（Franz Kafka, *Drucke zu Lebzeiten*, hg. Wolf Kittler, Hans-Gerd Koch, Gerhard Naumann, Frankfurt am Main: S. Fischer Verlag, 1994, ss.262-263）对译文略有改动，因作品篇幅不长，为免烦琐，不再另注。

④ 克劳斯·瓦根巴赫：《卡夫卡传》，孟蔚彦译，北京：中国社会科学出版社，1992 年，第 139 页。

进入卡夫卡《在剧院顶层楼座》的入口。

修拉的《马戏团》创作于 1890 至 1891 年间，并于 1891 年 3 月首次在"独立者沙龙"（Salon des Indépendants）展出。修拉在展览开始的几天之后就病逝了，这幅画也在展览结束后归还给了修拉的母亲，她将其挂在修拉去世时位于马真塔大道的房间里。

这幅画描绘的是"梅德拉诺马戏团"的一场演出，画中一个女骑手站立在没有马鞍的马背上。画面分为两个空间：马戏场舞台占据着右下角，以曲线和螺旋线为特征，形成一种运动感；坐在成排长椅上的观众位于画作的左上方，观众的分布展现了社会阶层的差异，坐在靠近前排且穿着得体的是社会的上层阶级，站在最后排顶层且着装随意的是社会的下层阶级。

修拉在这一画作中运用了由他与保罗·西涅克（Paul Signac）首创的"点彩式"技巧，即一种由细小彩点的堆砌从而创造出整体形象的油绘方法。观画者近距离审视这幅油画时，看到的细节是斑驳陆离的色点，画中那匹没有马鞍的马因此显得"摇摇晃晃"，那位马背上的女骑手则同样给人一种"羸弱且患病"的印象；只有与该画作保持适当的距离，观画者才能获得一个整体的印象，整个画面在远观中显得栩栩如生、真实优美。不同的审美距离带来审美效果上的巨大反差，使观画者陷入亦真亦幻的情境中。

值得注意的是，通常外置于画作的画框，是一种保护和陈列画作并增强其表现力的一个镶嵌装置。但修拉却直接在油布上画下了这个边框，用蓝色彩点画成的边框成了画作的一部分。这一技巧，不但延长了观画的审美时间，强化了"间离"的效果，而且引导观画者注意位于画作最下方中间位置的小丑。在现实的舞台表演中，这个小丑充其量只是如剧场"勤务员"般不起眼的角色，他本不应出现在剧院观众的视野里。但在观画者眼中，小丑的角色却变得至关重要：他正在拉紧帷幕。[①]观画者在帷幕即将落下的空当得以"窥见"剧院的场景。这个小丑类似于小说艺术中的叙述者，他极力地隐藏自己，却不可避免地将自己暴露出来，实际上也将画外的观画者暴露给画中的观众。修拉为画作添上的蓝色点彩边框，由此成了一个舞台的台口，原本作为看客的我们，反倒成了画内观众的观看对象，我们"不知不觉地"在修拉为我们设置的舞台上表演着，这场表演因为幕布未能彻底拉紧而永远不会终结。

热爱绘画艺术的卡夫卡，的确曾两度前往巴黎度假，也曾和马克斯·布罗德一同观赏过卢浮宫的画作。[②]据此，叶廷芳先生一度认为："卡夫卡曾在卢浮宫看到修拉的《马戏团》，后成为《在剧院顶层楼座》的背景。"[③]巴西学者卡罗内则更为笃定地认为，卡夫卡作品中对女骑手的描述"就像乔治·修拉的《马戏团》中的女骑手一样，在卡夫卡仅有的两次巴黎之旅中，他必定在卢浮宫看到过这一画作"[④]。但不无遗憾的是，卡夫卡是否看到过这一画作仍然值得怀疑，并且没有任何直接的证据能够表明，这幅画作曾给卡夫卡留下过深刻的印象。无论是在他已经出版的旅游日记里，还是在他的

---

① 根据帷幕的曲线与人物手指的运动方向，结合现实生活中"拉窗帘"这一动作的经验，如果修拉没有出错的话，他所画的这个小丑应该是正在"拉紧帷幕"，而非"拉开帷幕"。

② Franz Kafka, *Tagebücher: 1910-1923*, hg. Max Brod, Frankfurt am Main: Fischer Taschenbuch Verlag, 1983, s.468.

③ 卡夫卡:《变形记》，叶廷芳等译，石家庄：河北教育出版社，2005年，第121页。

④ Modesto Carone, "O Realismo De Franz Kafka", *Novos Estudos-CEBRAP*, 2008, 80, p.201.

书信中，均未发现关于这一画作的明确记录。而从巴黎的奥赛美术馆对《马戏团》的收藏及展览历史的材料整理来看，卡夫卡两次到访巴黎期间，该画作由保罗·西涅克私人收藏，而并未陈列在卢浮宫博物馆内。[①] 叶廷芳先生后来似乎意识到了这一点，在最新的中译本《卡夫卡全集》中，为插图《马戏团》所配的文字说明修改为："卡夫卡曾于 1910 年和 1911 年两度去巴黎度假，每次一周左右。上图是当时卢浮宫里的马戏表演，后成为他的短篇小说《在楼座上》的原型。"[②] 但这种说法显然与事实不符，因为作为博物馆，卢浮宫根本不曾举办过马戏表演。

以上种种论断显然缺乏可靠的证据支撑，但我们同样缺乏将二者之间存在艺术联系的种种因素排除在外的证据。因为卡夫卡有可能在诸如《艺术家：马戏团、杂技舞台、大型乐队、歌舞团的中心机关报》（*Der Artist: Central-Organ der Circus, Variété-Bühnen, reisenden Kapellen und Ensembles*）和《舞台》（*Proscenium*）之类的杂志中看到过这幅画[③]，与之相关的记录也极有可能随那些"付之一炬"的手稿一同消散在了历史的长河中。

退一步讲，即便最终证实两者间并不存在一种历史联系，读者依然可以将这幅画作为进入卡夫卡文本的入口。因为在面对难以切

---

① 1900 年，该画由保罗·西涅克收藏；1920 年，该画在"威尼斯双年展"（Biennale di Venezia）上展出；1924 年，该画转由约翰·奎因（John Quinn）收藏；1927 年，约翰·奎因将该画捐赠给巴黎卢浮宫收藏；1929—1939 年，该画收藏于巴黎卢森堡博物馆；1939—1947 年，该画收藏于巴黎国家现代艺术博物馆；1947—1977 年，该画收藏于巴黎国家网球场现代美术馆；1977 年至今，该画由奥赛美术馆收藏。

② 叶廷芳主编：《卡夫卡全集》第 1 卷，北京：中央编译出版社，2015 年，插图页。

③ Reiner Stach, *Kafka: The Years of Insight*, trans. Shelley Frisch, Princeton and Oxford: Princeton University Press, 2013, p.632.

近的卡夫卡时，读者只需借助一个沟通着迷宫内外的缺口，由此进入并细致察看文本的内部纹理。修拉的《马戏团》已然为读者提供了这样一种可能性。诚如艺术史学家海因茨·拉登多夫所言，"修拉的《马戏团》看起来就像是卡夫卡的短篇《在剧院顶层楼座》中那两个长长的句子……而卡夫卡的叙述几乎可以用来描述修拉的画作"，二者融合了"谎言和痛苦，美丽与炫目的情节，一种无法消解且无处不在的折磨，象征着生存的悲苦"。[1] 至于究竟能否落实两者间的实在联系，则是另外一个话题了。

修拉通过画作《马戏团》透露出的艺术观念，与卡夫卡在日记中记录的梦境也不乏契合之处。卡夫卡写道："有一幕，布景是那样大，其他什么也看不见，没有舞台，没有观众厅，没有黑暗，没有舞台前沿的脚灯灯光；更多的是所有的观众一大群一大群地出现在场景里……至于什么地方可能展示全部的舞台布景是没有意义的，因为现在这个布景已经在如此完美的状况中出现在那里了，也许因为没有看到这个布景的某个部分而惋惜流泪，正如我意识到的，这个布景是这整个大地上至今从未见过的最美的舞台布景。照明是由阴暗的秋天的云来调节的，受到遮挡的太阳的光线分散在广场东南角这一扇或那一扇玻璃窗里闪烁。因为所有的一切都是以自然的大小，而不是在最微小的地方去显露的情况下制作的，这就造成了一种逼真的印象。"[2] 在修拉看来，现实主义艺术竭力营造的真实感，实际上与我们的日常生活存在很大差距，无论是多么细致入微的描

---

[1]　Heinz Ladendorf, "Kafka und Die Kunstgeschichte", *Wallraf-Richartz-Jahrbuch*, 1961, 23, p.304.

[2]　Franz Kafka, *Tagebücher: 1910-1923*, hg. Max Brod, Frankfurt am Main: Fischer Taschenbuch Verlag, 1983, s.112.

摹都无法抵达真实。而卡夫卡则更为直接地表达了消弭艺术与生活边界的意图，他在梦境中构建的那个广阔得连整个剧院都无法容纳的舞台，则可被视为对修拉这一画作的注解。

作为一名绘画艺术的爱好者与实践者，卡夫卡对这位与他同时代的法国新印象派大师不可能一无所知。在卡夫卡看来，自己笔下的那些素描"不是绘画，只不过是一种私人的符号"①。绘画并不是卡夫卡的目的，他只将其作为一种最为直接的观察方式，这种方式最终将融入他的写作。从这个意义上说，绘画艺术与卡夫卡的写作有着密切的联系。借助绘画艺术，我们得以切近这位名为卡夫卡的艺术家，而他精心构建的那个具有梦幻色彩的文学空间，也因此显得更为直观。

卡夫卡对艺术的热情不仅表现为他在画廊里的游荡，还体现在他时常出现在剧院的观众席。在卡夫卡的日记里，我们能够找到大量关于剧院的详尽"报告"，甚至在睡梦中，卡夫卡依然梦见自己待在剧院里。

在 1911 年 11 月 9 日的日记中，卡夫卡提到两天前做的一个梦，他梦见自己在"大声喧哗的剧院"里游荡，"一会儿在上面的顶层楼座，一会儿在舞台上"。在这个梦中有一位"几个月前喜欢上的"姑娘，"她也在这里表演，当她可怕地紧依在一个椅背上的时候，她柔软的身体紧绷着。我从顶层楼座向这位女扮男装的姑娘示意"。②

---

①　Gustav Janouch, *Conversations with Kafka*, trans. Goronway Rees, New York: New Direction, 1971, p.35.

②　Franz Kafka, *Tagebücher: 1910-1923*, hg. Max Brod, Frankfurt am Main: Fischer Taschenbuch Verlag, 1983, s.112.

1911 年 11 月 19 日，卡夫卡再次梦见自己身处"剧院"。这次他所处的位置不再飘忽不定，但无疑令人感到奇特且费解："我坐在完全靠前的长凳上，我以为是第一条长凳，可是最后才发现，那是第二条长凳。长凳的靠背却与舞台相背，这样，看观众大厅倒是方便，可是看舞台就只能转过身去了。"[①] 卡夫卡所描述的位置显然是介于观众席与舞台之间，并且面朝观众，背向舞台。在这样一个梦境中，他似乎不是来观看演出，倒更像是来观察观众的。

在对观众大厅进行一番观察之后，卡夫卡转身望向舞台。现代舞台表演的受众已经接受了这样一种剧场理论：在舞台表演中存在着一面无形的墙，即"第四面墙"将演员和观众隔开。它对于观众而言是透明的，而对于演员来说则是不透明的。"第四面墙"的设定，是现代现实主义舞台表演的既定惯例。舞台力求真实，使观众忘记自己是在欣赏表演，而更像是在观看正在发生的事件；演员的表演则被封闭在墙内，演员在表演时彻底融入角色当中，他们以角色的身份生活在舞台上，潜心于角色的塑造，展现出现实生活的全貌而不必理睬观众的反应。从卡夫卡的梦境中，我们能够看到这位默默无闻的艺术家对"第四面墙"发起的进攻。

随着演出开始，"坐在第一排长椅上的许多人都离开了座位"，虽然舞台上的表演者来自"第一排观众行列"，但因为他们是从"舞台的后面"来到舞台上的，这种身份的转变被刻意地掩盖了。真实与表演被人为地分离了，在生活与艺术之间存在着一道鸿沟。通过这种观察，卡夫卡看到对这出戏"不再有信心"。在梦中，卡夫卡

---

① Franz Kafka, *Tagebücher: 1910-1923*, hg. Max Brod, Frankfurt am Main: Fischer Taschenbuch Verlag, 1983, s.120.

立即对这种难以令人满意的情况进行了补救，那面将演员与观众隔绝开来的"第四面墙"被打破，生活与艺术之间的鸿沟出现了弥合的迹象：那位男演员在同那位名叫哈克尔伯格的女演员打招呼时误用了她的真名；在演出的过程中，他所认识的一位名叫弗兰克尔的姑娘从观众席走上舞台，"她正从我的位子旁边跨越椅背，她的后背完全裸露，皮肤很不清洁，右胯上部甚至出现被抓破的血痕，有门把手那么大小。但后来，当她转向舞台以纯洁的面孔出现的时候，她演得非常好"①。她不是从舞台后面出来的，而是跨过了卡夫卡旁边的椅背，从观众席来到了舞台上参与表演的。对于这样一种直接冲击舞台与观众之间既有屏障的效果，卡夫卡一反此前失望的态度，他觉得"演得非常好"。

如果说此前的景象只是给舞台与观众席之间的屏障造成了一定程度的冲击，那么接下来的情景则表明，这一屏障即将瓦解，整个舞台呈现出一种朝观众席推进，直至整个剧院都成了表演舞台的趋势："这时，一位唱着歌的骑士骑着马从远处急驰而来，一架钢琴模仿着马蹄的声音，人们听到越来越近的狂热的歌唱。最后，我也看到了这位唱歌的人，他为了给这歌声造成一种自然的匆匆而近的感觉，从上面沿着顶层楼座跑向舞台。"②

然而，这种呼之欲出的趋势只是短暂的，即使在梦幻的氛围中，它也立刻被理性的压抑机制所察觉。在现实的不可能性面前，幻想的无力感很快显现出来："他还没有到达舞台，也还没有将歌唱完，

---

① Franz Kafka, *Tagebücher: 1910-1923*, hg. Max Brod, Frankfurt am Main: Fischer Taschenbuch Verlag, 1983, s.122.

② Franz Kafka, *Tagebücher: 1910-1923*, s.122.

他在匆促的速度和喊叫的歌声里却已达到了最大的限度，钢琴也无法更为清晰地模仿出撞击在石头上的马蹄声来了。因此这两者都停止了，歌唱者平静地唱着走来，他只是将自己装扮得那么矮小，唯有他的脑袋露出顶层楼座的护栏，让人们不那么清楚地看着他。"①

卡夫卡的日记充满了文学色彩，其丰富的文学性已超出了日记的纪实性本身，因此可以被视为特殊的卡夫卡式作品。同时，他的日记也成了人们进入其复杂且令人困惑的文学空间的重要路标。卡夫卡于1911年写下的这两则"梦见剧院"的日记，无疑为数年之后《在剧院顶层楼座》的到来进行了一场排练或预演。

《在剧院顶层楼座》的篇幅不长，只有简单的两段。然而作品不断地向读者发出召唤，要求读者深入察看这个文本的纹理。它所包含的内容是复杂的，"那两个长长的、完美无瑕的句子"描绘的是两幅截然不同的画面。②

在第一个句子中，卡夫卡用的是第二虚拟式，表明一种假设，一种想象，一个白日梦。而第二个句子采用直陈式，表明那名"坐在顶层楼座里的年轻观众"从第一个梦境中醒了过来，他面对"实际的情况"哭了。然而，演员的退场并未将那名年轻的观众拯救出来，他仍然"沉浸在"退场进行曲中没有醒来，犹如沉溺于"一场沉重的梦"。叙述者看到这名观众哭了，但他自己却"不知不觉"，他眼前的"实际情况"毋宁说是他的第二个梦境。卡夫卡的《在剧院顶层楼座》由此可以被视为是对两个梦境的描述，结合笔者此前

① Franz Kafka, *Tagebücher: 1910-1923*, hg. Max Brod, Frankfurt am Main: Fischer Taschenbuch Verlag, 1983, s.122.

② Reiner Stach, *Kafka: The Years of Insight*, trans. Shelley Frisch, Princeton and Oxford: Princeton University Press, 2013, pp.153-154.

对日记中的两个梦境的分析，二者间的关系可以表述为：《在剧院顶层楼座》是对两则日记在意象和结构上的高度浓缩。

在第一个梦境中，某个羸弱且患肺病的马戏团女骑手和一匹"摇摇晃晃"①的马出现在"不知足的"观众面前，她骑着马被"冷酷无情"的老板挥鞭驱赶着。卡夫卡在此处展示了静止与运动的悖论。女骑手"时而向观众飞吻，时而扭动着腰肢"，相对于那匹奔跑着的马而言，在马背上不断运动的她始终未能从马背上下来，她没能反抗无情的老板，也就无法找到"出路"；而一登台就显得"摇摇晃晃"的那匹马，只能在老板的鞭子下"绕场奔跑"，不断运动着的马实际上未能向前推进一步，它始终停留在马戏场的舞台上，同那位女骑手一样，尽管"犹豫不决"，却没有出路。正如卡夫卡自己所言："有一个目的地，但没有路。我们称之为路的，是犹豫不决。"②卡夫卡作品中的第一个梦境正是这种绝望的生活状态的反映。甚至观众"去而复返"的掌声也像"汽锤的冲击"，不断地重复运动，却始终没能带来光明的前景，一种"灰暗的未来"在不断延续。这场表演似乎将在乐队和通风机"不停顿"的咆哮声中一直进行下去，从而一种既运动又静止的状态呈现出来。那名年轻观众一连串梦幻般的动作则将这种悖论的氛围增强到极致：他"穿过"层层座位，"奔下"长长的阶梯，"冲进"马戏场。一系列的拯救动作在这名年轻观众的梦境中完成，他的介入为这个无形的封闭空间打开了一个缺口，也提供了一条"出路"。然而，这一次拯救并未

---

① 德语 schwankendem 一词又有"犹豫不决"之意。
② Franz Kafka, *The Blue Octavo Notebooks*, ed. Max Brod, trans. Ernst Kaiser, Eithne Wilkins, Cambridge: Exact Change, 1991, p.23.

彻底完成，他的喊声——"停下！"——在试图拯救这位女骑手的同时，也破坏了梦的生成机制，一切都停止了，一切也随之消失。这名年轻观众从原本无穷无尽的梦中"醒来"，而他自己仍身处"剧院顶层楼座"，拯救行动最终因梦的破碎而宣告失败。

在第一个梦境中，从马戏场外部的介入无法为女骑手找到"出路"。紧接着，这名年轻观众对第一个梦境进行了"改写"。在第二个梦境中，他试图从马戏场内部寻求突破。

原先那位"羸弱且患肺病"的女骑手，变成了一位"皮肤白里透红"的漂亮女士；而那名"冷酷无情"的老板，则变成了一名"满怀深情"的剧院经理。第一个梦境中的压迫景象成为拯救行动的最主要动因，而在第二个梦境中，这种拯救女骑手的必要性消失了，那名年轻观众在马戏场上找不到任何可以反抗的理由。相反地，在"实际情况"中需要拯救的，恰恰是那名"满怀深情"的剧院经理，理论上施加压迫的主体如今变成了遭受压迫的对象，施加压迫的主体变成了台下"不知足的观众"。一个马戏团为了维持生存，需要管理阶层别出心裁地迎合那些"不知足的观众"，"剧院经理"与"老板"也由此遭受着无形的压迫。在个体面前，压迫与被压迫者的角色表面上是清晰的，而对这种角色转换的追溯则无一例外地回归到了集体，这名试图采取拯救行动的年轻观众亦是这个集体中的一员。

剧院经理在女骑手面前表现出动物般的忠诚。他"满怀深情地牵着马朝她迎了上来"，"小心翼翼地把她扶上灰斑白马"，"用敏锐的目光注视着女骑手的一腾一跃"，"试图用英语大声提醒她要当心"，"把这个小姑娘从颤抖着的马背上抱下来，亲吻她的双颊"，

"搀扶着"她。剧院经理的举止在下属们面前显得如此卑微。作为马戏团的剧院经理，他本应将上述这些烦琐的事务交由勤务员来完成，然而"骄傲的穿着号衣的勤务员"在拉开帷幕后只是袖手旁观；在乐队面前，他"高举双手，像巫师乞神那样"，乞求他们停止演奏。不仅如此，在无形的压迫下，剧院经理甚至变成了动物，从而为观众和读者上演了一出"变形记"。在这个梦境中，剧院经理从最初"下不了扬鞭策马的决心"，到最后"总算战胜了自己"，随着"叭"的一声鞭响，如同向他发出了"变形"的信号，他将自己彻底异化成了那匹"摇摇晃晃"的马，"他张大着嘴，和马并排地跑着"。剧院经理在第二个梦境中的责任，是女骑手的幸福和观众对表演恰如其分的赞赏。他的"变形"既是受到外界压迫的"被异化"，也是主动迎合的"自我异化"，他的这一举动可被视为对生活的两极进行弥合的尝试。然而，生活向他展示的却是弥合的失败，他的使命只达成了一半：女骑手沉浸在她的幸福之中，而"观众的喝彩并不怎么热烈"。由此，他只好在生活的轨道上不断地滑行。

从第一个梦境到第二个梦境的转换，卡夫卡意在言明拯救的不可能性。在第一个梦境中，老板从观众"去而复返的掌声"中获得了拯救，这种拯救以牺牲女骑手的幸福为代价，而顶层楼座那名年轻观众为了拯救女骑手的幸福，衍生出了第二个梦境。在第二个梦境中，女骑手虽然收获了幸福，却导致了剧院经理的自我异化，他在"并不怎么热烈"的喝彩声中无法履行自己的责任。倘若顶层楼座的年轻观众试图拯救第二个梦境中的那名剧院经理，他需要再一次对梦境进行改写。然而，其结果是显而易见的，无论这名年轻的观众对自己的梦境进行多少次改写，一个又一个亟待拯救的对象将不断地出现，一场又一场"沉重的梦"将不断上演。他将始终沉浸在"退场进行曲"中，无法从自己的梦境中抽身。一旦他从梦中彻底醒来，拯救将无法完成。《在剧院顶层楼座》中那名年轻观众的遭遇，令人想起卡夫卡笔下那位"乡村医生"最后的忠告：一旦响应了夜铃的虚假召唤——事情就永远没法弄好。他同乡村医生一样遭遇到了失败的窘境，由此成为一个在自己的梦境中"到处流浪"的可怜人，一个亟待从"沉重的梦"中被拯救出来的人。

第三章

生命之"法"与存在之思

作为法学博士，卡夫卡对法律条文极为熟悉，但在他笔下所表现出来的"法"，并不是指现代法律，而是指与个体存在密切相关的生命之"法"。《一页古老的手稿》中皇帝的撤退，迫使"没有出路"的臣民们对自己的存在境况进行思考，而《在法的前面》中那扇无法进入的大门，则将人类有意遮蔽的自欺行为逼现出来。

第一节　没有出路的人

卡夫卡的《一页古老的手稿》写于 1917 年 3 月。有论者将该篇的解读与未完成的《中国长城建造时》联系起来。从众多研究者的解读来看，似乎这篇曾经单独发表过的作品还远不如那些残破的、未完成的作品那样拥有独立且顽强的生命。

《一页古老的手稿》从开头就彰显出一种"纪实"的姿态，它所记录的似乎是第一人称叙述者"我"向上级提交的一份"报告"。

"我"只是一个鞋匠,代表着一同陷入困境的同胞们,虽然只是卑微之辈,却承担着对国家的防御工作进行评估的重任。与《乡村医生》中的叙述者医生一样,鞋匠也参与到了自己所叙述的事件当中。但他所提出的问题与分析则表明,鞋匠更多是作为一个旁观的见证者,而从未像乡村医生那样深陷故事的情节发展中。因此,与医生的叙述相比,鞋匠的叙述具有更大的情感距离和更强的艺术控制力。同时,卡夫卡笔下的主人公大多是所谓的"弱者",因而大大缩短了读者与主人公之间的心理距离。卡夫卡这种"抛入式"的开头,不仅把他笔下的主人公"抛入"到困境中,连同读者也被"抛入"到了他织就的文本中,鞋匠的"忧虑"(Sorge)因此成了我们(读者)的"忧虑"。

首先,鞋匠突然发现自己被"包围"了。他"在皇宫前的广场上开了一间鞋店",而来自北方游牧民族的士兵突然入侵首都,"通向这里的所有街道的入口都被武装士兵占据着"[1]。同《一道圣旨》中的那位"使者"的境遇相似,鞋匠也被困在了皇宫前的广场,外面的人进不来,里面的人出不去。一方面,他再也无法继续经营自己的鞋店,因为客人们都被堵在了外面,游牧民族的士兵们也从仓库中"拿去了不少好的鞋子";另一方面,他无法找到"出路",仅凭这些工匠和商人微小的力量,根本无法突破武装士兵们的包围。

没有"出路",是《乡村医生:短故事集》中多数人物共同的

---

[1] 本节关于《一页古老的手稿》的引文均出自叶廷芳主编:《卡夫卡全集》第1卷,北京:中央编译出版社,2015年,第140–141页,同时参考德文本(Franz Kafka, *Drucke zu Lebzeiten*, hg. Wolf Kittler, Hans-Gerd Koch, Gerhard Naumann, Frankfurt am Main: S. Fischer Verlag, 1994, ss.263-267)对译文略有改动,因小说篇幅不长,为免烦琐,不再另注。

生存状态。《新律师》中由马变人的布塞法鲁斯，只能埋首于法律典籍；《乡村医生》中年老的医生，在无法出诊和无法归家的窘境中徘徊流浪；《在剧院顶层楼座》中的女骑手，只能骑着马绕场奔跑，向前延伸的是越来越灰暗的未来。在《一页古老的手稿》中，鞋匠作为普通民众的代表，最先发现了这种没有"出路"的窘境，倒不是因为他有什么先见之明，而是切实利益受到了损害的缘故。我们看到，卡夫卡的立场并不完全与他笔下的主人公等同，他在某种程度上对笔下的主人公进行讽刺，又在很大程度上支持着主人公怀揣"偏见"去"发现"，进而暴露出更为巨大的生存困境。

其次，鞋匠深陷无法维持有序生活的窘境，固有的生活习性有被同化的危险。在鞋匠的眼里，游牧民族的生活习性与本民族的生活习性之间存在着巨大的差异：他们露天而居，讨厌房屋；他们生性好动，崇尚武力，整日忙于磨剑、削箭、骑马，而"我们"则安静温和，把精力集中在生产和建设；他们不懂"我们"的语言，甚至没有自己的语言，他们之间的交流如同寒鸦般聒噪，双方交流的可能性被阻断；他们强取豪夺，没有"我们"那样的私有财产观念；他们和他们的马都只吃生肉，过着茹毛饮血的生活。与臣民们试图建立一个文明有序的生活环境相反，那些全副武装的游牧民族士兵和他们食肉的野马驻扎在广场中央，把广场弄得肮脏不堪。"我们"偶尔"从店里跑了出来"，却不是为了要把入侵者赶走，而只是试图"把最令人恶心的垃圾清扫掉"。似乎对臣民们而言，真正的威胁不是来自武装士兵的入侵，而只是游牧民族制造出的那些令人恶心的垃圾。在首都遭到入侵之前，原本宁静、洁净的广场是"我们"井然有序的生活之表征；但在入侵发生后，"我们"的生活变得混乱失序，如同生活在"一个货真价实的马厩"之中。在被皮鞭抽打和被野马踢伤等强大武力的压迫下，鞋匠和他的同胞们感到，任何试图改变这种混乱状态的努力都是徒劳的。他们无法抗拒这股力量，只好在自己的颓败中忍受这种混乱的生活。鞋匠的"报告"将来自北方的游牧民族描述成动物般的存在，他所"忧虑"的是既定的生活方式和文化将在同化中逐渐消解，在消解中被完全同化。

最后，北方游牧民族的入侵所带来的影响，不仅在于帝国的臣民们以往生活方式的巨大改变，而且在于对帝国境内所有既定价值观的强烈否定，并由此在"秩序"与其追寻者之间开辟了一条难以弥合的鸿沟。从根本上说，鸿沟并不是一日形成的，它的出现也绝非偶然。事实上，在鸿沟形成之前，裂缝早已存在，外部力量的介入只是强化了帝国内部此前已然存在的某种断裂。

从《一页古老的手稿》中的这位"皇帝"身上，我们不难看到《乡村医生》中那位"牧师"的影子，两者之间存在着某种晦暗不明的联系。这两个形象以各自不同的方式，显露出现代生活软弱无力的一面。正如卡夫卡所展现的那样，两者都曾是人类与绝对权威之间的中介。《新律师》中的那位"皇帝"（亚历山大大帝）已经死去很久了，他已经彻底失去了与臣民的联系，面对无法言说的战马和宝剑，臣民已经将这种联系遗忘殆尽；而《一道圣旨》中的那位"皇帝"正濒临死亡的边缘，他与臣民之间的联系仅仅通过一位信使维系着，但这位使者由于无法在短暂的时间内穿越重重阻隔，从而使这种联系变得无关紧要;《一页古老的手稿》中这位"皇帝"虽然还活着，但他与臣民的联系由于入侵者的出现而难以维系。皇帝非但没有让臣民们产生一种真实存在着的、基于绝对生存意识的目的，反而让他们完全专注于自己狭隘的个人关切，而他自己则退回到一种极其不负责任的孤立状态。这些情况揭示了绝对权威与世俗代表之间存在着的裂痕。这种裂痕在《一页古老的手稿》中尚且晦暗不明，但在《一道圣旨》中则表现得尤为清晰。

帝国力量的撤退显然已经进行一段时间了，他们几乎完全撤到了宫门的另一侧。作为臣民们始终遵从和维护的传统权威，"皇帝"——曾经那个确定的意义中心——不但无法解救他的臣民，甚至无法解救自己，如今已退回到宫殿的最深处。而往常总是身着盛装进出宫门的卫队，原应是抵抗入侵者的中坚力量，如今不但没有试图通过驱逐入侵者以保护帝国的臣民们，反而躲在了铁栅的窗户后面。当游牧民族士兵和他们的马正在宫殿前的广场上吞噬一头活牛的时候，鞋匠甚至怀疑，那头公牛震耳欲聋的吼叫声是否能够把皇帝带到窗前："就在那时，我以为自己看到了皇帝本人站在皇宫的一扇窗户后面；平时，他从不到宫殿的这些外部的房间，他总是生活在最里面的花园中；然而这一次，至少我是这样感觉，他却站在一扇窗户旁边，正低头看着宫前发生的事情。"帝国看似是一股强大得"不可摧毁"的力量，却在非理性力量面前脆弱得不堪一击，如今只能依赖那些紧闭的宫门和铁窗来自保。他们的藏身之处，实际上与《一份致某科学院的报告》中那个囚禁红彼得的铁笼子无异，而他们也将如红彼得所声称的那样，再也无法返回到此前的生活了。

借由一股强大的"非理性"力量，卡夫卡剥去了附着在意义表层的华丽外衣，将传统意义中心那软弱无力的一面逼现出来，并展示在了"我们"面前："皇帝的宫殿招引了这些游牧人，但它却没有办法把他们赶走。"北方游牧民族所代表的这股非理性力量之强大，在一夜之间便突破了边疆至首都的重重防御，并包围了皇宫；一度以追寻意义中心而自诩拥有崇高理性的人们，如今为一群象征着无意义与不确定性的强大力量所封闭，人们由此迷失在一个秩序不断沦陷、意义逐渐萎缩的旋涡之中。

最后，鞋匠和商人们的自问，表明了对未来的"忧虑"以及对过去的"反思"：这样下去会有什么结果？这种负担和折磨，"我们"还能忍耐多久？这是一种误解，"我们"将毁于这个误解。鞋匠所说的"误解"具有多重含义。一方面，"误解"意味着皇帝不仅"高估"了臣民们的承受能力，他甚至未能正确理解自己。由皇帝掌控的帝国力量，由于忽视了国家的防卫，未能履行其保护臣民们的责任，皇帝由此误解了他在臣民们面前的作用。另一方面，"误解"还意味着，臣民们不但"高估"了皇帝的保护能力，而且未能认识到自己缺乏自救的能力。在游牧民族入侵之前，尽管鞋匠和他的同胞们显然已经意识到，皇帝已经从帝国事务中撤退了，他们却并没有为此烦恼。他们没有考虑到这种撤退可能带来的影响以及由此而来的责任的转移，因此未能及时消除生活中的潜在威胁。在入侵发生后，他们继续经营自己的业务，表现得若无其事，好像他们和帝国之间的联系从未改变。他们对皇帝的信仰是盲目的，始终认为皇帝会保护他们，这同样是一种"误解"。

与《法的前面》中那个"乡下人"临死前认出了"一道正从法的每一重大门发出的永不熄灭的光环"① 相类似，帝国的臣民们实际上也深陷自我欺骗的旋涡。鞋匠"以为"自己看到了"皇帝本人站

---

① 叶廷芳主编：《卡夫卡全集》第 1 卷，北京：中央编译出版社，2015 年，第143 页。

在皇宫的一扇窗户后面"，"正低头看着宫前发生的事情"。实际上，这不过是鞋匠在长久地凝望与热切的期盼中出现的幻觉，幻觉的出现不但表明主人公的绝望情绪达到了顶点，而且将"自欺"的状态显露无遗。

卡夫卡笔下的大多数主人公无不处在一种"自欺"（Selbsttäuschung）的普遍生存状态中。从此前的分析来看，《新律师》中的布塞法鲁斯宁可"沉溺"（versenken）于法律典籍，也不愿直面当今社会制度下的"困境"（schwierigen Lage）；《乡村医生》中的医生宁愿在一个又一个"困境"（Verlegenheit）中穿行，也不愿承认他实际上是"被（自己）骗"了；《在剧院顶层楼座》中的那名年轻观众倒是在一定程度上看清了自欺的本质，却仍然无法实施自救，他依然"沉溺"（versinkend）于自己营造出的一个个沉重的梦境；《豺狼与阿拉伯人》中的豺狼一族，陶醉于集体营造出来的"毫无意义的热望"（Eine unsinnige Hoffnung）[1]；《一道圣旨》中那位卑微的臣民，正陷入使者终将抵达的"遐想"（erträumst）[2]之中；《兄弟谋杀》中的被害人韦斯则将自己的命运寄望于"高天"的暗示，而一切都停留在"毫无意义和难以理解"（unsinnigen unerforschlichen）[3]的位置上；《一场梦》中的约瑟夫·K.虽然从梦中"醒来"（erwachte），却仍然为梦中自己被埋葬的景象所"陶醉"（Entzückt）[4]。在卡夫卡未完成的长篇小说《城堡》中，这种"自欺"的生存状态尤为明显。

---

[1]　Franz Kafka, *Drucke zu Lebzeiten*, hg. Wolf Kittler, Hans-Gerd Koch, Gerhard Naumann, Frankfurt am Main: S. Fischer Verlag, 1994, s.247.

[2]　叶廷芳主编：《卡夫卡全集》第1卷，北京：中央编译出版社，2015年，第154页。

[3]　Franz Kafka, *Drucke zu Lebzeiten*, s.294.

[4]　叶廷芳主编：《卡夫卡全集》第1卷，第164页。

在面对施瓦尔策的质询时，K."谎称"自己是西西伯爵聘任的土地测量员，尽管在《城堡》中没有任何人对 K. 表现出了一丝信任，但为了维护这个最初的谎言，K. 开始了他在异乡的一系列"自欺"表演。索克尔进一步指出："他（卡夫卡）的主人公所犯的欺诈并未战胜其他的人物，而是战胜了读者。"① 这意味着，尽管卡夫卡笔下的人物与卡夫卡的"自我"具有某种程度的相似之处，可谓"自我"的某种变体，但卡夫卡的立场则要超然于他笔下的主人公，他实际上站在一个"纯净、真实和永恒"的立场上进行自我反思和自我批判。

《一页古老的手稿》（Ein altes Blatt），标题一般译作"往事一页"，卡夫卡最初拟定的标题是"一页来自中国的古老手稿"（Ein altes Blatt aus China）② 。国内外均有论者围绕该作品标题的前后变动，并联系大清帝国灭亡与奥匈帝国崩溃等历史事件进行阐释。例如，曾艳兵认为，《一页古老的手稿》直接地"源于中国"，体现了卡夫卡对遥远中国的想象和看法，并据此认定卡夫卡笔下"北方游牧民族"对"祖国"（Vaterland）的入侵在现实层面上影射了西方列强对大清帝国的侵略。③ 笔者认为，这种说法缺乏可靠的历史基础，同时也忽视了卡夫卡文本的细节。相较于所谓的西方列强，来自北方女真族（清帝国的前身）的士兵在入关后的行径倒更为符合卡夫卡对"来自北方的游牧民族"的描述。在中国读者看来，卡夫

①　Walter H. Sokel, *Franz Kafka*, New York and London: Columbia University Press, 1971, p.41.

②　Richard T. Gray, et al., *A Franz Kafka Encyclopedia*, London: Greenwood Press, 2005, p.11.

③　曾艳兵:《卡夫卡研究》，北京：商务印书馆，2009 年，第 264-279 页。

卡所"建构"的这个"中国"，在现实层面上与那个真实存在的国度有着天壤之别。对卡夫卡笔下"中国"形象的探寻无疑关系着"中国"形象在西方的异变，有着形象学等文化研究的价值。但对卡夫卡而言，"中国"不过是一种象征，一幅"闭上眼睛的图像"①。尽管异域"中国"深深地吸引着卡夫卡，他甚至在 1916 年 5 月致菲利斯的一张明信片上写"其实我是中国人"②，但这一切仅仅是引发卡夫卡丰富想象与深度哲思的起点，他对"中国"题材的挪用无疑是借"中国"之酒杯，浇自己心中之块垒，是为了"能够说出对本土文化（审视者文化）有时难于感受、表述、想象到的某些东西"③。他的最终关怀（如果有这样一种关怀的话）最终必然落在他的生活周遭。里奇·罗宾逊认为，卡夫卡在 1917 年创作《一页古老的手稿》时，欧洲正被第一次世界大战的疑云所笼罩，因此这个故事是对第一次世界大战以及衰弱的奥匈帝国的反映。④ 姜智芹则认为，这个故事是对一个不关心政治，只关心自己切身利益的民族进行批判。⑤

作为一种伴随文本，作品的标题在很大程度上影响着读者和批评家对作品的理解角度和阐释策略。这种对伴随文本的执着意味着，解释者试图从文本的外部找到一条进入文本的通道，而这种做法往

---

① Gustav Janouch, *Conversations with Kafka*, trans. Goronway Rees, New York: New Direction, 1971, p.31.

② Franz Kafka, *Letters to Felice*, ed. Erich Heller, Jürgen Born, trans. James Stern, Elisabeth Duckworth, New York: Schocken Books, 1973, p.468.

③ 达尼埃尔 – 亨利·巴柔：《形象》，孟华主编：《比较文学形象学》，北京：北京大学出版社，2001 年，第 156 页。

④ Ritchie Robertson, *Kafka: Judaism, Politics, and Literature*. Oxford: Clarendon Press, 1985, pp.136-137.

⑤ 姜智芹：《经典作家的可能：卡夫卡的文学继承与文学影响》，北京：商务印书馆，2011 年，第 124–135 页。

往以牺牲文本细节为代价，使文本沦为了外部因素的注释和附庸。实际上，"文本细节恰恰是卡夫卡研究的一切"①。换言之，无论是对中国还是对奥匈帝国的历史进行回顾，都只涉及文本的表层，读者对伴随文本的执着无益于寻获打开文本的钥匙，有时不但无法切近，甚至在很大程度上阻碍了卡夫卡艺术世界的开敞。有论者已经指出，卡夫卡所建构的"中国"呈现出"一种阴郁、陌生的形象"②，这与他在书信及日记中所表达出的对中国文化的认同和向往相左。卡夫卡有意抹去了标题中对具体国别的指涉，通过遮蔽文本与某些伴随文本的联系，事先拒绝了读者的某种"误解"，而意图将读者的目光引向"现代人的生存状况"这一更具普遍意义的主题上来，进而避免使他的读者沦为一群事不关己的"看客"。

　　《一页古老的手稿》与《乡村医生：短故事集》中的其他篇目一样，都凸显出"拯救"的主题。更具体地说，卡夫卡在该篇中将"拯救"主题进一步推进为"自救"问题，外部的入侵为"我们"提供了自我反思的合理契机。这份"报告"既是鞋匠对自己周遭的一种理解与解释，亦可视为卡夫卡对内心危机的自况。卡夫卡在《一页古老的手稿》中所提出或强调的是人的存在之问，读者所面临的并非哈姆雷特"生存或是毁灭"的两难选择，而是如何自救，如何存在的问题。黑格尔说："艺术作品……在本质上是一个问题，一句向起反应的心弦所说的话，一种向情感和思想所发出的呼吁。"③在黑格尔看来，作品不过是在对读者提问，它邀请读者进行思考与

① Patrick Bridgewater, *Kafka and Nietzsche*. Bonn: Bouvier Verlag, 1974, p.7.
② 孙纯、任卫东：《"中国"的多重面相：卡夫卡作品中的"中国"空间》，载《外国文学》，2017年第5期。
③ 黑格尔：《美学》第一卷，朱光潜译，北京：商务印书馆，2011年，第89页。

解答。卡夫卡则将自己的创作视为"祈祷的一种形式"，这里的"祈祷"并非对具体事务抱有美好的愿望，它所传达的是对被救的渴望，仅仅只为结束灵魂的流放状态而祈祷。卡夫卡通过写作所获得的是一种"自救"的力量，他既是作品的创作者，同时也是作品的第一个读者，尽管卡夫卡没有为他笔下的主人公提供一条坚实有效的自救途径，却通过鞋匠的叙述将隐藏的"伤口"指认出来。无论他身上的这个"伤口"最终能否被彻底治愈，伤口的被发现就已经意味着，他拥有了被救治的可能性。

正如"一页古老的手稿"这一标题所指明的，故事的内容是"直接"源自"我们古老卷帙的书页"中散落的一页。[1] 卡夫卡的《一页古老的手稿》继承了"发现手稿"这一传统文学程式，却并未像传统小说那样详述手稿的获取情况与恢复程度，仅以简短的标题暗示了这个故事与古老卷帙的联系。在与卡夫卡同时代的读者看来，这一页中的故事具有某种"直接性"，例如北方游牧民族的入侵很容易让他们联想到奥匈帝国在 1914 年对俄宣战后的节节溃败与俄国军队入侵的危机，因而暗示了这本古老的卷帙所具有的某种"预言"性质。它仿佛是那本来自"天上"的"生命之书"。按照奥古斯丁的说法，由于它具有"某种神力"，是生活在"尘世"的人们所无法企及的，我们只能通过阅读其遗失在大地上的这一页，"使每个人回忆起自己做的事"，借此"控诉或放过自己的良知"，在洞见自己未来的同时，提前对自己进行"审判"。[2]

---

① Franz Kafka, *Drucke zu Lebzeiten*, hg. von Wolf Kittler, Hans-Gerd Koch, Gerhard Naumann, S. Fischer Verlag, 1994, s.252.

② 奥古斯丁：《上帝之城：驳异教徒》下卷，吴飞译，上海：上海三联书店，2009 年，第 196 页。

第二节 无法进入的门

《在法的前面》(Vor dem Gesetz)[1] 是卡夫卡最脍炙人口的短篇之一。根据帕斯莱(Malcolm Pasley)的德文校勘本,该篇是神父对约瑟夫·K. 所讲的寓言故事,出现在《审判》的第九章《在大教堂里》。[2] 学界历来将《在法的前面》视作长篇小说《审判》的一部分,由此导致对该短篇的研究大多置于长篇小说的语境中。但在卡夫卡看来,《在法的前面》似乎要比《审判》更令自己感到满意。

从卡夫卡写作《审判》期间的 33 则日记中[3],我们可以清晰地看到,自 1914 年 8 月提笔至 1915 年 1 月搁笔,卡夫卡写作《审判》的策略,如他后来在《中国长城建造时》中所述,是“两头发端”“分段修建”[4] 的。为了避免陷入故事从身边“逃离旋即消失”[5] 的状态,他在完成首章《被捕》之后,立即写下了末章《结局》。与整部长篇的“建造”策略相类似,第九章《在大教堂里》同样也是“分段修建”的。他在 1914 年 12 月 13 日的日记中写道:

> 我没有工作,只写了一页(传说的解释),——看了

---

① 该篇原标题 "Vor dem Gesetz" 直译为 “在法的前面”,中译本《卡夫卡全集》译作《在法的门前》,本书采用直译。

② Franz Kafka, *Der Proceß*, hg. Malcolm Pasley, Frankfurt am Main: S. Fischer Verlag, 1990, ss.292-295.

③ Franz Kafka, Franz Kafka-Hefte 1, ss.27-31. // *Der Process. Handschriften-Faksimiles mit diplomatischer Transkription in 16 Heften*, hg. Roland Reuss, Peter Staengle, Frankfurt am Main: Stroemfeld Verlag, 1997.

④ 叶廷芳主编:《卡夫卡全集》第 1 卷,北京:中央编译出版社,2015 年,第 331 页。

⑤ Franz Kafka, *Tagebücher: 1910-1923*, hg. Max Brod, Frankfurt am Main: Fischer Taschenbuch Verlag, 1983, s.331.

一遍已完成的章节，发现其中的一些部分是好的。我总是
意识到，我所拥有的每一种满足与幸福的感觉都必须付出
代价，尤其是"传说"在我身上所激发出来的感觉，而且
必定在将来的某个时刻付出代价，以否定我目前所有恢复
的可能性。①

此处，卡夫卡所谓的"传说"（Legende）指的就是《在法的前
面》，而所谓的"解释"（Exegese）则是指《审判》的第九章《在
大教堂里》中神父与约瑟夫·K. 围绕《在法的前面》所进行的讨
论。② 显然，卡夫卡只有事先写好《在法的前面》这则"传说"，才
能对其进行"解释"。国内已有论者从中看出端倪:《审判》中的许
多情节是后于《在法的前面》完成的，但《审判》又"并不能完全
被寓言所解释"，相较于《在法的前面》,《审判》"具有一定程度的
独立性"，两者"构成的是一种平行的关系"。③ 如此，我们同样可
以认为，《在法的前面》一定程度上是独立于《审判》的。

这种独立性意味着，我们可以从《审判》的语境中解脱出来，
并赋予《在法的前面》以新的生命力。卡夫卡生前将其多次发表或
出版，则进一步证明了这种解读策略的有效性和重要性。1915 年 9

---

① Franz Kafka, *Tagebücher: 1910-1923*, hg. Max Brod, Frankfurt am Main:
Fischer Taschenbuch Verlag, 1983, s.326.

② 英译版《卡夫卡日记》也对此进行了说明:"'传说' 及其解释均收录于《寓
言集》（肖肯图书馆丛书，第 7 册）。"（参见 Franz Kafka, *Diaries, 1910-1923*, ed. Max
Brod, trans. Joseph Kresh, Martin Greenberg, New York: Schocken Books, 1976, p.498,
n.87）在《寓言集》中，神父与 K. 的谈话紧接着《在法的前面》，参见 Franz Kafka,
Parables: In German and English, New York: Schocken Books, 1947, pp.44-63.

③ 李军:《出生前的踌躇：卡夫卡新解》，北京：北京大学出版社，2011 年，
第 118 页。

月 7 日，卡夫卡将《在法的前面》首次发表在《自卫》(*Selbstwehr*)杂志；同年 12 月，库尔特·沃尔夫出版社在卡夫卡的允诺下将其收录于《末日审判：新创作年鉴》(*Vom jüngsten Tag. Ein Almanach neuer Dichtung*)；1916 年 11 月，库尔特·沃尔夫出版社在新版《末日审判：新创作年鉴》中再次收录了该篇；1919 年，卡夫卡将其收录于他期盼已久的《乡村医生：短故事集》。[1] 无论是在艺术层面还是在思想层面，《在法的前面》都相对完整地表达了卡夫卡的追求，并且令他感到“满足与幸福”。

《在法的前面》的主要内容是发生在守门人与乡下人之间的“对话”。但据笔者统计，文中守门人的话共有 7 句，其中有 5 句都是以直接引语形式呈现的，仅有 2 句是由叙述者用间接引语形式转述的；反观乡下人，整个文本只呈现了他所说的 4 句话，除故事结尾处有 1 句是直接引语外，另外 3 句话均是叙述者的间接引语。

现代叙述学认为，作者不过是叙述文本的发送者，而叙述文本的存在必须首先依靠叙述者将其叙述出来，叙述者总是在故事底本的全部构成中筛选出一部分内容加以叙述，而无法将底本详尽无余地予以呈现。[2] 我们不难推测，在故事“底本”中，发生在守门人与乡下人之间的“对话”必定是一种你来我往、一问一答的状态，否则就不成其为“对话”。而“述本”所呈现出来的乡下人与守门人的话语，不仅在数量上显得不对等，从完整程度上看也表现得过度失衡。叙述者并未将故事底本中两人之间应有的对话性质完全呈

---

① Joachim Unseld, *Franz Kafka: A Writer's Life*, trans. Paul F. Dvorak, Riverside: Ariadne Press, 1994, pp.374-378.

② 赵毅衡：《当说者被说的时候：比较叙述学导论》，成都：四川文艺出版社，2013 年，第 24 页。

现在述本中，而是采取"一扬一抑"的形式，即尽可能完整地呈现出守门人的原话，同时又极力遮蔽乡下人自己的话语。

在《在法的前面》中，守门人对他自己所说的话仍然保持着主体性的控制力，他的主体意识在一定程度上与叙述语境所产生的压力相抗衡，这使得守门人的回答在述本中显得尤为醒目。叙述者对底本的"加工"意在迫使文本的读者将目光聚焦在守门人言论的"质地分析"上。与守门人的情况相反，述本中的乡下人显然对自己所说的话失去了主体性控制，它们在很大程度上因受到叙述语境的挤压变形，显得软弱无力。在叙述者的间接转述中，乡下人原本的语调色彩及感情因素很大程度上被遮蔽了，并且渗透着叙述者自己对故事的理解及相应的感情色彩。叙述者通过对乡下人话语中主体性的压制，有意凸显了守门人话语的可信程度。读者由此掉进了叙述者（或者说卡夫卡）精心设计的陷阱，在不知不觉中扮演了乡下人的角色，如文中那位乡下人一样，读者在很大程度上将守门人的话当作了某种"真理"。这种情况实际上早已在卡夫卡的预料之中，在其所谓"传说的解释"中，卡夫卡写道："不，你不必将一切都当作真理，你只需把它视为必须如此。"[①]

在这则寓言中，叙述者频繁地使用了一个时间副词——"现在"（jetzt）。这个词共出现了6次，其中有3次出现在守门人的直接引语中，1次出现在守门人的间接引语中，2次出现在叙述者的一般叙述中。我们不禁要问：守门人对"现在"的青睐究竟有何特殊的寓意？

---

① Franz Kafka, *Der Proceß*, hg. Malcolm Pasley, Frankfurt am Main: S. Fischer Verlag, 1990, ss.302-303.

在故事的开头，"一位乡下人请求进入法，但守门人说，他现在不能准许他进去"①。乡下人又问守门人"他以后（später）是否可以进入"，守门人的回答（述者直接引用了守门人的原话）是："有可能，但现在（jetzt）不行。"

守门人的第一次回答是由叙述者作客观的间接转述②，我们将其还原成直接引语形式为："我现在不能准许你进去。"此前已经提到，间接引语的使用受到叙述语境的挤压，必然使得直接引语中的人称和时态发生变形。我们看到，直接引语中的第一人称代词"我"和第二人称代词"你"，在叙述者的间接转述中都相应地变为第三人称代词"他"。如果将叙述者正在讲述的时间点视为"现在"，那么守门人的回答显然发生在"过去"。有意思的是，叙述者并未将直接引语中的时间副词"现在"在间接引语中相应地转换为表示"过去"的时间副词"当时"。按照德语的叙事语法，jetzt 一词既可以表示"现在"，也可用以表示"当时"，而表示"当时"的时间副词有很多，叙述者却仍然沿用了 jetzt 这个两可型时间副词。笔者认为，此乃叙述者有意为之，意在与全篇所使用的现在时态保持一致。③换言之，"过去"与"现在"之间的时间间隔被叙述者有意

① 本节关于《在法的前面》的引文均出自叶廷芳主编：《卡夫卡全集》第 1 卷，北京：中央编译出版社，2015 年，第 142—143 页，同时参考德文本（Franz Kafka, *Drucke zu Lebzeiten*, hg. Wolf Kittler, Hans-Gerd Koch, Gerhard Naumann, Frankfurt am Main: S. Fischer Verlag, 1994, ss.267-269）对译文略有改动，因小说篇幅不长，为免烦琐，不再另注。

② 情态动词"能够"由 können 变为 könne 标示了叙述者此时所用的是第三人称第一虚拟式现在时，当它与动词搭配使用时，动词一律变为原形。在这里，第一虚拟式的使用，并不表示叙述者对守门人话语的认同与否。

③ 文中的 steht（站着），kommt（来到），bittet（请求），sagt（说）等动词变形都表明，叙述者的一般叙述采用的是第三人称直陈式现在时，这些动词的原形分别为：stehen, kommen, bitten, sagen。

弥合了。由于叙述者与他口中的守门人共同分有着同一个"现在"，两者之间的距离几乎消失，我们甚至可以推测，叙述者的身份似乎就是他口中的那位守门人。而在《审判》中，神父才是这个故事的叙述者，他与故事中的守门人的确拥有着"相同的身份"，按照神父自己的说法，他们都是"属于法院的"。[①] 卡夫卡采用直陈式现在时态"拉近"了文本与读者的距离，同时又使用第三人称视角将叙述者从故事人物中"分离"出来，整个故事的生成机制因此可以表述为：守门人躲在了他自己的"后面"——在他的后面站着一个又一个守门人——"观察"着另一个自己与乡下人周旋。

守门人第二次回答的前半句话，给予了乡下人进入"法"的一切可能性，因为这种可能性只属于乡下人。乡下人似乎只听到了这前半句话，并将其视作当下状况必然有所改善的保证，从而遗漏了更为重要的后半句话。守门人的后半句话暗示了乡下人进入"法"的不可能性，这种不可能性为守门人所独有。叙述者对守门人话语的强调，似乎是对守门人暗示的暗示：叙述者向读者暗示了，守门人实际上对乡下人所期待的未来进行了某种暗示。

在故事的结尾，乡下人提出了他人生中的最后一个问题："人人都在追求法，这么多年来除我之外没有任何人要求进入，这是为什么呢？"守门人咆哮着回答道："再没有其他任何人能够从这里进入了，因为这个入口仅仅是专为你而开的。我现在就去关上它。"这最后一个"现在"，显然使乡下人进入"法"的可能性彻底丧失。我们看到，守门人的"现在"，乡下人的"现在"以及叙述者的"现

---

① Franz Kafka, *Der Proceß*, hg. Malcolm Pasley, S. Fischer Verlag, 1990, s.304.

在",结出了最终的果实。

首先,乡下人与守门人对时间有着不同的体验。乡下人的询问表明,他将时间截然地三分为过去、现在和将来。乡下人的时间体验,我们可称之为"物理时间",与人类在漫长历史中形成的时间观念一致,代表着时间的"世俗维度"。如亚里士多德所说,时间"是关于前和后的运动的数,并且是连续的"[①]。人们将时间之流标记为物理空间的连续性变化,它匀质且可被人们准确地度量。乡下人等待许可的过程,清晰地标示出"物理时间"的流逝,在这股时间之流的冲击下,乡下人的视力逐渐变弱,听觉正在消失,身体僵硬得无法站立,生命也行将就木。时间在乡下人那里呈现为一种"线性"状态。而守门人的回答则表明,他所体验的时间并非截然地三分。守门人对"现在"的反复提及,实际上凸显了被我们称为"心理时间"的力量,因而是对时间之"精神维度"的强调。按照奥古斯丁的说法,时间不过是"思想的伸展",它只"存在于我们心中",并不能将时间截然分为过去、现在和将来,而应当将其视为"过去的现在、现在的现在和将来的现在"三类,分别对应着此刻人类内心深处的"记忆、感觉和期望",因此"将来和过去并不存在",时间只表现为心灵永恒的"现在"。[②] 我们看到,叙述者在详述乡下人逐渐衰老过程的同时,却并未提及守门人的样貌有任何大的改变,与乡下人的"喃喃讷讷"形成鲜明对比,守门人依然能够在乡下人生命即将完结时对他"大声喊叫"。此前已经提到,守门人与叙

---

① 亚里士多德:《物理学》,张竹明译,北京:商务印书馆,2011年,第117页。

② 奥古斯丁:《忏悔录》,周士良译,北京:商务印书馆,2015年,第261、262页。

述者实际上共用了同一个"现在"，叙述者似乎在暗示我们，守门人并不像乡下人那样受到"尘世"力量的制约，他似乎从属于一个"非尘世"（unirdischen）世界，在那个维度，时间处于一种几乎停滞、凝结的状态。

其次，守门人与乡下人形象的变化。两人最初的形象都是模糊的，并且都是站着的；但在乡下人的请求受阻时，守门人的形象在乡下人眼中变得清晰起来，他"穿着皮大衣，高高的大鼻子，鞑靼人的稀稀拉拉、又长又黑的胡子"；在乡下人决心等待许可的时候，守门人给了他一张小板凳，于是乡下人坐着，而守门人仍旧站着；在年年岁岁的等待中，乡下人日渐衰老，身体僵硬得无法站立，而守门人却并无多大变化。叙述者提到，"两个人个子的差别正朝着对乡下人不利的方向变化"：乡下人在守门人眼中变得越来越柔弱和渺小，几乎就要成为皮领上的那只跳蚤；与此同时，守门人也在乡下人眼中变得越来越强壮和高大。在这里，人物外在形象的变化实际上是对内在心灵世界的描摹，我们由此可对乡下人心灵力量的逐渐萎缩进行更为直观的把握。在故事中，乡下人从未与守门人有过正面的实质性"对抗"，他最终的"失败"因此并非由外部力量的悬殊导致，而正在于他心灵力量的贫乏。乡下人每次进入"法"的尝试，都受到守门人的叙述力量的干扰与消解。守门人对"法"的内部情形的描述，使他自身的力量在乡下人的印象中得到了强化：内部一扇又一扇的大门，实际上是对第一扇大门的延异，它们延缓了乡下人的冲动，同时也使乡下人产生了闯入第一扇大门根本无济于事的印象；而内部那些一个比一个强大的守门人，则显然与第一个守门人的形象重合。

最后，乡下人与守门人对"法"有着各自的理解。乡下人对"法"抱着一种无忧无虑的态度。叙述者并未向我们透露乡下人请求进入"法"的具体缘由，似乎乡下人求"法"仅仅是出于他的"任性"，而这一点正与他对"法"的认识相吻合。因为在他看来，个人与"法"之间的关系是相当直接的，"法应该是人人都有份的，并且随时都可以进入"。"法"的所有入口似乎只有一个，他甚至期待着在这个入口处看到其他求法之人。而他对"法"的代理人（即守门人）的认识也仅仅局限于表面的观察：他仔细地打量着守门人的外表（穿着皮大衣，高高的大鼻子，鞑靼人的胡子），这使他决心等待许可；在等待许可的过程中，他又"几乎从不间断地观察守门人"，"长年研究守门人，连他皮领上的跳蚤都认得出来"。

守门人对"法"的内部情形进行了描述，这无疑为乡下人透露出了"法"的关键信息。"法"的内部有着一扇又一扇大门，而每一个入口处都有愈加强大的守门人严格地把守着，层层叠叠的阻碍使得乡下人无法一眼洞见"法"的最深处。初看之下，似乎这种设置仅仅是为了使乡下人与他的目标分隔开来。类似的情况时常从卡夫卡的笔下冒出来，譬如在《一道圣旨》中，遥远的距离和数不清的障碍，把皇帝的信使和等待消息的人永久地分隔开来。这两个故事构成了真正意义上的"围城"：城内的人出不去，城外的人进不来。但若细究起来，这种设置显然大有问题。若"法"仅仅是为了"保护"自己不受外部的"入侵"，就不可能为乡下人预留一个入口；"内部的情形"也不可能如守门人所描述的那样，呈现为一种自外而内由弱渐强的力量分配，而应当颠倒过来，即应该自外而内由强渐弱地分配众多守门人的力量，以便将所有的"入侵者"（包括乡下人）毫无例外地阻挡在最外围，而不必担心乡下人真的不顾守门人的禁令闯了进去。倘若守门人对"内部情形"的描述为真，那么他无疑揭示了"法"的本真状态："法"实际上被最接近它的也是最强大的那位守门人牢牢地"囚禁"在了内部的最深处，而无法实现"突围"。从这个意义上来说，那个入口倒的确是专为乡下人而设置的。在乡下人日复一日地等待来自"法"的许可的同时，"法"也在等待着乡下人将它解救出来。

第四章

危险的"形而下"之旅

卡夫卡的《豺狼与阿拉伯人》和《视察矿井》都是以"旅行"为主线建构起来的,所体现的是作家所处时代的两个方面,而这两个方面都是整个社会结构的底层或边缘。在前者中,卡夫卡着眼于宗教上的偏见;而在后者中,卡夫卡关注的是职业上的偏见。两则故事均包含着卡夫卡对人类"形而下"生活的洞察。

第一节 古老教义与欲望火焰

《豺狼与阿拉伯人》于 1917 年 10 月首次发表在犹太思想家马丁·布伯主编的《犹太人》月刊;同年 12 月 3 日,《奥地利晨报》未经卡夫卡本人同意便刊印了这篇作品;1918 年收录于桑德迈尔主编的两卷本《当代德语作家》。①

---

① Joachim Unseld, *Franz Kafka: A Writer's Life*, trans. Paul F. Dvorak, Riverside: Ariadne Press, 1994, p.376,377.

布伯与卡夫卡的最初相识，是经由布罗德的牵线。当时布伯正在筹备创办《犹太人》杂志，布罗德在 1915 年 11 月 17 日写信向布伯推荐卡夫卡，布伯随后向卡夫卡约稿，而卡夫卡在 1915 年 11 月 29 日致布伯的信中婉拒了他的邀请。中译本《卡夫卡全集》并未收录这封信，其全文如下：

> 敬爱的布伯博士，
>
> 您友好的邀约在我是莫大的荣幸，我却无法答应。我目前——当然是一种朦胧的希望促使我说"目前"——负担太重，也没有自信在这样一个群体面前讲话，哪怕是以最微弱的声音。
>
> 但敬爱的布伯博士，请允许我借此机会对您表示感谢，感谢近两年前您让我在贵社度过的那个下午。迟来的感谢，但从我的角度看，还不算太迟，因为和您共处的几个小时将在我的脑海里始终保持住鲜活。从各个方面来说，它象征着我对柏林最纯洁的记忆，这记忆常常是我的避难所，它更加安全只因我未曾表达过感谢，因而无人知晓这件珍宝。①

卡夫卡所谓的近两年前的那个下午，即 1914 年 5 月 31 日，卡夫卡与未婚妻菲莉斯在柏林拜访了马丁·布伯。其实，参加所谓的"家庭活动"，即 6 月 1 日在菲莉斯父母家举办的订婚宴，才是两人

---

① Franz Kafka, *Letters to Friends, Family, and Editors*, trans. Richard and Clara Winston, New York: Schocken Books, 1977, p.115.

的"正事",而拜访布伯则是"顺便"。但在卡夫卡看来则正好相反,他拜访这位犹太思想家的当天正好是犹太教的五旬节,同时也是基督教的圣灵降临节。① 卡夫卡与布伯在那个下午究竟谈论了什么,我们不得而知,但可以肯定,这应该是卡夫卡对犹太教以及由此延伸出的犹太复国主义思想的一次深入了解。

1916 年 4 月,《犹太人》第 1 期出刊。布罗德于 1916 年 5 月 2 日致信布伯,建议布伯在刊物上增加文学版面以扩大其影响力,他写道:"你应该在杂志中让最优秀的作家同我们最优秀的社会思想家为邻;最年轻一代的作家包括:韦尔弗、卡夫卡、沃芬斯坦等。"② 随后,布伯再次向卡夫卡约稿,而卡夫卡这次也欣然答应并给布伯寄去了自己新近完成的"12 篇作品"。③ 布伯从中挑选了两篇,即《豺狼与阿拉伯人》和《一份致某科学院的报告》,并打算以"两则寓言"的总标题发表。然而,卡夫卡本人却极力避免以"寓言"一词来引导读者。他在 1917 年 5 月给布伯的信中写道:

> 非常感谢您友好的来信。所以,我的作品最终将在《犹太人》杂志上发表,我一直认为这是不可能的。我请求您不要将它们称作寓言(Gleichnisse);它们并非真正的寓言。如果它们必须要有一个总标题的话,或许最好是:"两则动物故事"。④

---

① 参见 Franz Kafka, *Letters to Friends, Family, and Editors*, p.107.

② Martin Buber: *Briefwechsel aus sieben Jahrzehnten, Band I: 1897-1918*, hg. Grete Schaeder, Heidelberg: Verlag Lambert Schneider, 1972, s.429.

③ Franz Kafka, *Letters to Friends, Family, and Editors*, pp.131-132.

④ Robert Kauf, "Verantwortung: The Theme of Kafka's Landarzt Cycle", *Modern Language Quarterly*, 1972, 33(4), p.421.

卡夫卡与布伯在这两篇作品归类上的差异，实际上代表了对这两篇作品的不同理解。而卡夫卡此举并未完全排除将文本解读为"寓言"的可能性。后来的绝大多数评论者也和马丁·布伯一样，倾向于把这两篇作品归为"寓言"，它们或许不是"真正的寓言"，但可能与"寓言"相差不远。

有论者指出，"寓言"这一古老的文学样式在英文中有三种类型：第一种是 fable，指的是"动物寓言"，借动物间的故事来表达人世的道理，例如著名的《伊索寓言》和《拉封丹寓言》都是赋予动物故事以人世训诫；第二种是 parable，它与 fable 的不同之处在于，它指的是"人物寓言"，即以"他山之石"作为一种起警世作用的范式，这种寓言类型通常与亚伯拉罕的宗教联系在一起，在口头和书面的传统中都扮演着重要的角色，例如耶稣布道的故事大多属于此类；第三种是 allegory，它所指的并不如前两者那样是独立的故事，而主要是一种修辞手法，借用形象或者图像来代表抽象的含义和观念。[1] 在德语中常以 Gleichnis 一词表示"寓言"，从词源学来看，该词意为"并置"，对应的是上述三种类型中的 parable。该类型有两个主要的方面：第一，它是一种教学文本，更准确地说，是一种说教文本；第二，它通过延伸的类比来达到其说教效果，旨在揭示一种道德真理。典型的类比通过模式化的观念来建立，这种模式化观念具有易于理解的文化意义，例如："父亲与儿子"到"国王与臣民"再到"上帝与造物"。

卡夫卡建议采用"两则动物故事"这一标题，一方面因为它明

---

① 李军：《出生前的踌躇：卡夫卡新解》，北京：北京大学出版社，2011 年，第 129–130 页。

显与文本保持一致，即故事的主角是"豺狼"和"黑猩猩"这两种动物；其次，它是卡夫卡乐衷于不确定性的表现，借此避免读者落入"寓言"的特定期待程式。

卡夫卡本人对《豺狼与阿拉伯人》的定位，为我们理解这一作品提供了一条线索。他明确地将这则故事与"真正的寓言"区别开来，表明它只具有"寓言"虚假的外衣。在他看来，人们不应该怀有一种试图从中汲取道德训诫的期待。而正是在这一点上，卡夫卡式寓言有别于传统寓言所应有的内涵。

《豺狼与阿拉伯人》的叙述者，是一位来自欧洲北部的旅行者。"旅行者"这一形象，曾在卡夫卡1914年写成的《在流放地》中出现过。两者的相似之处在于：他们都是介入故事情节的人物，都身处一个陌生的国度，并且对各自所处的文明无法完全理解。两者的相异之处在于：《在流放地》中的那位旅行者更多的是作为一位"法官"，他在军官的引导下对流放地的事业进行观察和评判；而在《豺狼与阿拉伯人》中，豺狼们将这位旅行者视作拯救全族的"希望"，它们不仅要求他对豺狼一族的事业有所了解，而且更进一步地要求他加入它们的事业中，赋予他"结束"豺狼与阿拉伯人之间"由来已久的争端"的使命。简言之，这位旅行者被豺狼们要求充当正义的"执行者"。

根据豺狼首领的说法，旅行者是"理性"的代表，它们世世代代都在等待他的到来："我的母亲，我母亲的母亲，我祖上的所有各代的母亲，乃至所有豺狼的始祖，都一直在等待你的降临。"① 豺狼的说法，很容易让读者做宗教方面的联想。"等待"似乎成为豺狼们的一种远古传统，而它们在旅行者身上看到了"弥赛亚"的影子。在犹太人的概念里，"弥赛亚"只是一个身负神圣使命的凡人，而不是神；他并非要建立一个如基督教所谓的"上帝之城"，而是要建立起一个理想化的世俗社会。为此，迈蒙尼德在他的《信仰原则十三条》中提出："弥赛亚尚未到来，人们必须持之以恒地等待他的降临。"② 他对此解释道："我们应该相信，弥赛亚迟早会来的，如果他来迟了，那就等待他。不要为他的到来设定时限，人们不该根据《圣经》去推测弥赛亚何时到来。"③ 然而，豺狼一族所等待的"弥赛亚"，却并非来自它们族群的内部，它们似乎对那位将犹太人从"巴比伦之囚"的不幸中拯救出来的波斯王居流士有所了解，企盼着有一个同样来自外邦的人将它们从阿拉伯人手中解救出来。

　　作为被豺狼崇拜并视为拯救神话的中心人物，旅行者本人对加诸他的使命全然不知，他"感到百般奇怪"，更不可能对豺狼一族的不幸有任何了解。他声称，自己从遥远的北方来到这片绿洲不过是"纯属偶然"，而且"这只是一次短暂的旅行"。这种"偶然"也被阿拉伯人的话所证实："在豺狼们看来，每一个欧洲人正是它们

---

① 本节关于《豺狼与阿拉伯人》的引文均出自叶廷芳主编：《卡夫卡全集》第1卷，北京：中央编译出版社，2015年，第144—147页，同时参考德文本（Franz Kafka, *Drucke zu Lebzeiten*, hg. Wolf Kittler, Hans-Gerd Koch, Gerhard Naumann, Frankfurt am Main: S. Fischer Verlag, 1994, ss.270-275）对译文略有改动，因小说篇幅不长，为免烦琐，不再另注。

② Norman Solomon, *Judaism: A Very Short Introduction*. New York: Oxford University Press, 2000, p.136.

③ Moses Maimonides, *A Maimonides Reader*, ed. Isadore Twersky, New Jersey: Behrman House, Inc., 1972, p.422.

心目中能胜任这一事业的理想人选。"这意味着，旅行者之所以在全然无知的状态下成了豺狼们的弥赛亚，并非凭借他天生具有某种达成使命的特质，而仅仅是由于豺狼们"挑中"了他。豺狼们挑中旅行者的唯一根据在于：他是一个欧洲人。卡夫卡将"弥赛亚"所肩负的拯救使命解构为一种纯粹的偶然性，从而颠覆了"弥赛亚"救赎的崇高意义。在这样一种偶然性中，获得救赎的渴望变得不可能且无意义。

关于"弥赛亚"，卡夫卡在 1917 年的一则日记中写道："当弥赛亚变得不必要时，他会到来的，他将在到达之后才来，它将不是在最后一天来，而是在最后的最后。"[1] 在卡夫卡看来，对弥赛亚的热望不过是一种无能为力的表现，唯有将弥赛亚的救赎转变为乞求者自己的力量，个人才能够在真正意义上获救。换言之，卡夫卡认为，"只要信仰上最肆无忌惮的个人主义成为可能"，而这种基于个人力量实现拯救的可能性"不为任何人所摧毁，任何人也都不容忍这种摧毁"，弥赛亚的拯救就能够实现。[2] 卡夫卡试图将人们对外部力量的崇拜目光引向自身，即对个体力量的确信。

在犹太历史上，虚假的"弥赛亚"候选人一次又一次地出现，文中的旅行者也被证明是其中之一。但有所不同的是，作为一个客观上不能实现、主观上也不想实现豺狼们的救赎希望之人，旅行者的"虚假"完全是豺狼们矛盾的态度导致的。一方面，豺狼们以极大的热忱维系着它们传承至今的远古传统，不致使它们独有的信

---

① Franz Kafka, *Nachgelassene Schriften und Fragmente II*, hg. Jost Schillemeit, Frankfurt am Main: S. Fischer, 1992, s.57.

② Franz Kafka, *Nachgelassene Schriften und Fragmente II*, s.55.

仰过早地消散于时间长河；另一方面，它们又难以忍受这种长久的"等待"，以至于"差一点儿就要放弃希望了"。由于豺狼们仍然对"弥赛亚"的到来抱有希望，所以它们必须耐心"等待"；但是"弥赛亚"迟迟不来，它们只好选中了"偶然"到来的旅行者。旅行者在豺狼一族中所充当的这个虚假的"弥赛亚"角色，正是豺狼一族"缺乏耐心"的心理体现。与此同时，豺狼们对自己的境况也表现出一种"漫不经心"的态度。它们为自己被驱赶到阿拉伯人中间感到不幸，然而面对这种不幸，它们却选择逃避，并将自我救赎的无力感归咎于以下几点。

首先，"纯洁"是整个豺狼一族所献身的事业："纯洁，我们要的无非只是纯洁。"而在豺狼们看来，阿拉伯人是"肮脏"的。豺狼们所谓的"肮脏"，主要表现在两个方面。一是阿拉伯人的身体散发出的体臭令豺狼们无法忍受："他们的白衣变得肮脏；他们的黑衣沾满污秽；他们的胡须令人胆寒；他们的眼窝不堪入目，令人作呕；他们一旦举起双手，腋窝下就会显出地狱般的渊暗。"豺狼们对"纯洁"空气的需求，使它们厌恶阿拉伯人，甚至不愿靠近他们，只要看见阿拉伯人，它们就都选择逃离，"跑到空气更加清新的地方，逃进沙漠里去"。二是阿拉伯人的饮食方式令豺狼们感到厌恶。阿拉伯人宰杀活着的动物为食，而豺狼们则只吃自然死去的动物的腐肉。在豺狼们看来，自己的行为是温和且高尚的；而阿拉伯人的行为是暴力和凶残的，他们"谋杀"了豺狼们的食物。正如吉尔曼所指出的，犹太读者可以毫不费力地从中辨识出他们所持守的"洁食律"（shehitah）。[①] 有论者由此出发，认为卡夫卡旨在表明自己作为素食主义者的观点："人和动物的区别在于，两者的食物类别和食用方式：动物以其他动物为食，但人类无须做出同样的选择。"[②] 这种观点不可谓错误，却在一定程度上偏离了故事主旨。

应当看到，将豺狼一族与犹太人对应起来，这本身就带有一定讽刺意味，而身为犹太人，卡夫卡对豺狼与犹太人力求食物的"纯洁"更是持一种反讽的姿态。众所周知，饮食方面的禁忌是犹太人的重要标志之一，他们所信奉的《旧约》对食物的洁净与否做了严格的规定。按照犹太人的"古老教义"，"骆驼"和"血"被归为"不洁净"的一类而禁止食用。但在故事的结尾，我们看到的却是豺狼们在骆驼尸体上"狂欢"的场景："一只已经紧紧抓住了脖子，第一口就咬住了动脉。如同一台飞速运转的小水泵，毅然决然却毫无希望地试图扑灭一场熊熊烈火，它身上的每一块肌肉都在那儿抽动着并拉扯着。转眼间，它们全都爬到了那具尸体的上面，聚集得像小山那么高，干着同样的工作。"卡夫卡在此既反讽了豺狼们所谓的"纯洁"，同时也反讽了犹太教的道德戒律。

事实上，豺狼们所谓的"纯洁"的事业无不暴露出它们的虚伪本质。一方面，它们宣称自己根本不想杀死阿拉伯人，因为一旦这样做"即便尼罗河的水再多，也无法洗净身上的血污"；另一方面，当旅行者将它们与阿拉伯人的争端归结为"血统"使然，并猜测这

---

① Sander L. Gilman, *Franz Kafka: The Jewish Patient*, New York and London: Routledge, 1995, p.150.

② Hadea Nell Kriesberg, "'Czechs, Jews and Dogs Not Allowed': Identity, Boundary, and Moral Stance in Kafka's 'A Crossbreed' and 'Jackals and Arabs'" // *Kafka's Creatures: Animals, Hybrids, and Other Fantastic Beings*, ed. Marc Lucht and Donna Yarri, Lexington Books, 2010, p.45.

场争端最终将以"鲜血"结束时，豺狼们立即表现出对"鲜血"的热望——"我们要取他们的鲜血"。在它们所谓"和平"的虚伪面纱之下，涌动着杀死所有阿拉伯人的企图。这样做的唯一目的，便是可以"不受干扰地"——既不用担心阿拉伯人过早地夺取它们所中意的食物，也不必忍受动物被阿拉伯人宰杀时的哀鸣——把所有牲畜的血喝干，将它们所有的肉吃净，"只留下一些骨头"。豺狼们对"纯洁"的信仰不过是一种自我欺骗。

其次，豺狼的首领声称，它们无论要做任何事情，"好事或者坏事"，都"只有一副牙齿"。显然，它们不愿意用自己的牙齿咬断敌人的喉咙——这种最古老也最有效的结束争端的方式，由于它们对"纯洁"的追求而受到排斥。所以，作为"动物"的豺狼的策略是，"按照人的方式行动"，即用一把"剪刀"来结束争端。可问题是，它们压根儿就没有"手"，故而根本无法凭借自己的力量使用它，旅行者所描述的剪刀上的斑斑锈迹正暗示了这一点。卡夫卡的作品往往为了展现一种独有的喜剧色彩而不吝笔墨，一如《审判》中那两个看守，他们对职业的热情源自一种将犯人的早餐吃掉的强烈欲望。在这里，豺狼一族对旅行者的需要得以真正展现，尽管带有一种黑色幽默。对于人类而言，"手"是他们身体的一部分，一如"牙齿"之于豺狼。套用豺狼首领的说法，人类无论要做任何事，好事或者坏事，都只有一双手。而剪刀这种工具，正是人类凭借"理性"的构思，并借助自己的双手制造出来的，它是供人类的双手使用的，其本质是人类为了满足自我需求的"创造"，因而是人类"理性"与本能的合体。

豺狼的矛盾在于，它们所采取的行动方式与自身身体本能的冲突。它们既没有制造工具以满足自身需求的"理性",同时又缺乏使用外物的可靠力量。因此,豺狼们对旅行者的呼唤,实际上是对"理性"与"本能"的双重呼唤:"所以,哦,先生,所以,哦,尊贵的先生,请用你万能的双手,请用你万能的双手拿起这把剪刀,割断他们的喉咙吧!"① 在这样一种呼唤中,豺狼一族暴露出自己深陷"虚无"旋涡的处境。

卡夫卡在同一时期的笔记中将人类的"罪行"归结为两点:缺乏耐心和漫不经心。两者实际上是漫步者"两个步子之间的瞬间",由于缺乏耐心,人类只好用漫不经心来加以掩饰,后者不过是前者的自然衍生罢了。故而卡夫卡接着写道:"(人类)也许只有一个主罪:由于缺乏耐心,他们(从天堂)被驱逐,由于缺乏耐心,他们再也回不去。"② 豺狼们在言语和行动中的矛盾也是它们"缺乏耐心"的表现,其更深层的原因在于它们精神上的"重负"。

文中的"骆驼"实际上就是这种"重负"的表征。在这则故事中,"骆驼"曾两次出场:第一次出现在故事开头,阿拉伯人正照料着几只"活着的"骆驼,在这一背景下,豺狼们开始向旅行者讲述它们"古老的教义",但旅行者却拒绝对其做任何评判;第二

---

①　在德语中,Herr 一词除了表示"先生"外,还有"主人"之意,因此卡夫卡很有可能用该词来称呼"主"或"上帝",且德语中 Gott(上帝)一词与 Herr 的构词法是一致的。卡夫卡研究学者瓦尔特·索克尔就将 Herr 译为 lord(主,上帝)。参见 Walter Sokel, *The Myth of Power and the Self: Essays on Franz Kafka*, Michigan: Wayne State University Press, 2002, p.130. 此外值得注意的是,文中豺狼首领对旅行者的呼唤程式,具有浓厚的宗教色彩,与基督教再洗礼派的领袖门诺·西蒙斯(Menno Simons)在作品中对上帝的呼唤程式"O Lord, O dear Lord"近乎一致。尽管笔者并未见到相关的论证,但门诺·西蒙斯关于"基督教新娘"和"和平主义"和"禁欲主义"的神学观点与卡夫卡的思想不无联系。参见 Menno Simons, *The Complete Works of Menno Simon*, Vol.2, Indiana: John F. Funk & Brother, 1871, p.83.

②　Franz Kafka, *Nachgelassene Schriften und Fragmente II*, hg. Jost Schillemeit, Frankfurt am Main: S. Fischer Verlag, 1992, p.xx.

次出现在故事的尾声，阿拉伯人派人将一只在夜里"死了的"骆驼抬到了豺狼们面前，豺狼们此时"忘记了阿拉伯人，忘记了仇恨"，当然也忘记了它们"古老的教义"中对"纯洁"的规定，展示出它们的真实本性。面对豺狼们在尸体上"狂欢"的场景，旅行者此时投射出赞赏的目光。

"骆驼"本身在这次旅途中履行着"负重"的职责，尽管文中并未提及它的死因，但我们不难推测，"骆驼"的死亡其实与《乡村医生》中医生自己的马的死亡如出一辙，两者均因"过度劳累"而死。"骆驼"的死亡意味着它对"重负"的无力承受，这其实也是现今的豺狼一族与其沉重信仰的关系模型。"骆驼"的两次出场，是卡夫卡哲学立场的重要标志。此前所引卡夫卡论及"弥赛亚"的日记，已经暗含了他对宗教神学的反叛，强调了个人主义的"自我救赎"。在这里，随着"骆驼"的第一次出场，卡夫卡对豺狼们深陷于"虚无主义"旋涡进行了温和的讽刺；而随着"骆驼"以尸体的形式第二次出现，卡夫卡卸下了传统的道德形而上学的重负，将目光转向了对贴近"大地"的形而下欲望的认同。

在《豺狼与阿拉伯人》的前半部分，我们对阿拉伯人形象的把握，仅局限于豺狼们的言说。而阿拉伯向导的突然出现终结了豺狼们的"表演"："剪刀终于拿来了，好戏该收场了！"[①]他将此前豺狼们向叙述者所展现的一切都称作是它们的一场"表演"。而事实上，这场"表演"尚未彻底结束，阿拉伯人自己也是一个压轴出场的

---

① 在德语中，Schere（剪刀）一词与Schluß（结束，终结，结尾）一词的发音相近，豺狼们企图让旅行者用"剪刀"来"结束"它们与阿拉伯人的争端，而阿拉伯人的出场反倒"终结"了豺狼们的表演，与此同时，叙述者所讲述的故事也临近"结尾"。

角色。

叙述者特别提到了阿拉伯向导手中那条"巨大的鞭子"。在卡夫卡的作品中,"鞭子"这一意象总是频繁地出现,其作用归结起来无非两种。一是象征着某种外部的权力与秩序。例如在《在流放地》中,上尉用"鞭子"抽打勤务兵的脸,但勤务兵却对着上尉嚷"把鞭子丢开,不然我就把你吃掉"[①],军官将两者的关系描述为"主子与仆人"(Herrn und Diener);在《乡村医生》中,医生对着马夫喊"你这个畜生,你是不是想挨鞭子";在《在剧院顶层楼座》中,女骑手被冷酷无情的老板数月不停地挥鞭驱赶着绕场奔跑;在《一页古老的手稿》中,臣民们不敢再去清扫广场上的垃圾,因为有被北方游牧民族士兵"鞭打"的危险。"鞭子"的第二种作用是对内心自我反省意识的凸显。例如在《一份致某科学院的报告》中,红彼得也提到了"鞭子":"如果你想找一条出路,你就得学习,毫无顾忌地学习。你甚至会用鞭子监督自己……"[②]而卡夫卡在日记中也写道:"我们可以实现这样的意志,用我们的手让鞭子在自己身上挥动。"[③]

在《豺狼与阿拉伯人》中,卡夫卡实际上植入了两条"鞭子"。其中一条"鞭子"是"显性"的,它掌握在阿拉伯向导的手中。一方面,阿拉伯向导对豺狼们的鞭打,是对豺狼们企图建立新秩序的欲望进行压抑,是对既定文明秩序的维护;另一方面,这种鞭打,

---

① 叶廷芳主编:《卡夫卡全集》第 1 卷,北京:中央编译出版社,2015 年,第70 页。

② Franz Kafka, *Drucke zu Lebzeiten*, hg. Wolf Kittler, Hans-Gerd Koch, Gerhard Naumann, Frankfurt am Main: S. Fischer Verlag, 1994, s.311.

③ Franz Kafka, *Tagebücher: 1910-1923*, hg. Max Brod, Frankfurt am Main: Fischer Taschenbuch Verlag, 1983, s.513.

为旅行者（同时也为读者）呈现了一个"镜像"，一个可供参照的反思模型。我们甚至可以认为，正是基于后者，旅行者才拥有了将这个故事叙述出来的动力。这另一条"鞭子"是"隐性"的，且往往为人们所忽略，它为豺狼一族所拥有。豺狼们口中"古老的教义"实际上就是那条"鞭策"着它们去实现伟大事业的"鞭子"。旅行者在故事的开头就为我们描述了它的存在："一群豺狼围住了我；它们的眼睛一闪一闪的，射出暗淡的金黄色的光；它们细长的身躯，像是被一条鞭子抽打着似的，敏捷而有节奏地扭动着。"这条"鞭子"在对豺狼们的身体本能进行压抑的同时，也规训着它们对自我身份的认同，并将它们的本能欲望引到它们伟大的事业中去。豺狼们所从事的伟大事业，实际上成了它们宣泄自己被压抑着的身体本能的另一个出口。

瓦尔特·索克尔指出，《豺狼与阿拉伯人》的尾声与《审判》第五章"鞭笞手"的情节之间存在着"一种惊人的平行关系"。[①] 在"鞭笞手"一章中出现的人物，约瑟夫·K.、两个看守（弗朗茨与维勒姆）和鞭笞手，三者分别对应了这则故事中的旅行者、豺狼一族、阿拉伯向导，他们分别充当了观众、受难者和施难者的角色。两者中的"受难者"都请求"观众"将他们从"施难者"手中解救出来，而"施难者"都对"受难者"持一种嘲讽的态度，并试图证明他们毫无价值。两者唯一的不同之处在于"观众"的态度。

在"鞭笞手"中，约瑟夫·K. 最初是作为一个旁观者，他偶然发现了银行储物间里正在上演的"鞭笞"场景，但鞭笞手却告诉

---

① Walter Sokel, *The Myth of Power and the Self: Essays on Franz Kafka*, Michigan: Wayne State University Press, 2002, p.123.

他：弗朗茨和维勒姆受到"鞭笞"的原因在于，他向预审法官告发了他们。于是，约瑟夫·K.感到自己有责任介入他所目睹的事件，尝试贿赂鞭笞手，以消除自己最初的告发行为所带来的后果，但他并没有成功，反而因此失去了作为"观众"应有的反思距离。在约瑟夫·K.深陷"内疚"旋涡的同时，他也使自己成了唯一的"主角"。实际上，在储物间里发生的鞭笞场景，正是法院为约瑟夫·K.所提供的一个"镜像"，但失去"观众"位置的约瑟夫·K.已没有了任何反思的可能。

对观《豺狼与阿拉伯人》，旅行者始终保持自己作为"观众"的角色。故事的开头提到，旅行者既与同伴们分开，又远离了阿拉伯人，独自睡在一个看起来不无危险的地方；尽管他因忘记点燃柴禾以驱赶豺狼，从而被动地卷入事件中去，但他并不需要像约瑟夫·K.那样进行自我辩护，而是出于对豺狼们的好奇，并不失质疑的态度。旅行者两次质问豺狼："你们（到底）想干什么？"而每一次的质问，都迫使豺狼们进一步暴露出它们的本质。在豺狼们请求得到他的赞同时，他却表明"对那些与我不相干的事，我不愿妄加评论"；而当阿拉伯向导扬起鞭子准备再次挥向"狂欢"着的豺狼们的时候，旅行者制止了他，两人最终达成一致："先生，你做得对，我们让它们干自己的行业吧。"

卡夫卡的作品，往往与他本人的实际生活有着紧密的联系，这是毋庸置疑的。我们的确可以将《豺狼与阿拉伯人》中的情节视为作家生活的一个缩影。从个人层面上看，体现在豺狼一族身上的精神重负与本能欲望之间的矛盾，可以视为卡夫卡本人在精神世界与世俗生活之间的摇摆。作为一个作家，他需要与周遭保持一定的审视距离，并用写作对尘世的边界发起冲击；同时，作为一个来自"大地"的人，他不但渴望在尘世生活，并且苦苦地寻求生活之"法"。从政治历史的角度看，我们也完全可以将豺狼与阿拉伯人的争端，视为犹太复国主义与既定社会政治秩序之间的冲突。在宗教的视域下，我们从故事中听出了《旧约》的弦外之音，以及卡夫卡对"虚无主义"的摒弃。进而从哲学史的角度，我们也可以发现，故事中对立着的双方与尼采在《论道德的谱系》中的论述有着诸多相似的二重性。

大多数研究者在解读该作品时着重强调其强烈的"寓言"色彩，但仅将故事中的形象与外在的群体或原则作简单的比附，则是"草草地了结了卡夫卡"。正如波利策所指出的："他的寓言就像《圣经》原型一样是多层次的。但两者的不同之处在于，他的寓言还是一个模棱两可的多面体，并且可以有如此众多的解释，但归根结底，它们同时接受和拒绝所有的解释。"① 而同等有效的解释，其本质上是无效的。因为故事中的"豺狼"或"阿拉伯人"既是又都不是上述这些群体，它们象征着所有可能落入这种"争端"中的群体或个人。

第二节　检视文学"矿井"

《视察矿井》（Ein Besuch im Bergwerk）这一作品，其标题最早出现于 1917 年 8 月 20 日卡夫卡致库尔特·沃尔夫的书信中，而它

---

① Heinz Politzer, *Franz Kafka: Parable and Paradox*, New York: Cornell University Press, 1962, p.21.

首次出版便是在《乡村医生：短故事集》一书中，被置于该书的第七篇。但布罗德认为，卡夫卡列在第一本蓝色八开笔记本中的"等级偏见"（Kastengeist）这一标题，很可能就是《视察矿井》最初的标题。[①] 如果布罗德的说法可靠，那么卡夫卡创作《视察矿井》的时间大致是在 1917 年 1 月至 2 月间。[②]

《视察矿井》的基调极为平淡，情节也相对简单。长期在地表工作的工程师们接到新任务，要下到矿井中进行初步的测量，随行的还有一名"矿井经理办事处的仆人"。故事的叙述者是一个长期工作在"底层"的矿工，整个故事的内容，即他对工程师们和仆人的观察和描述。

故事从开头便设定了一种对立关系，即矿工与工程师之间固有的"等级差异"："顶层的工程师们下到我们底层来了。"[③] 而工程师、仆人和矿工这三种"职业"，实际上代表了三种截然不同的生存状态。

首先是工程师。在矿工的想象中，工程师代表的是一种整体性与和谐性的理想。这种理想表现为以下两个方面：

第一，工程师的数量，支撑着他们在故事中所假定的理想性质。在矿工眼里，工程师是高高在上的存在，他们很少会下到底层来。

---

① Franz Kafka, *The Blue Octavo Notebooks*, ed. Max Brod, trans. Ernst Kaiser and Eithne Wilkins, Cambridge: Exact Change, 1991, p.102. 中译本通常译作《视察矿山》。

② 卡夫卡的第一本蓝色八开笔记本的写作时间即是 1917 年 1 月中旬至 2 月初。

③ 本节关于《视察矿井》的引文均出自叶廷芳主编：《卡夫卡全集》第 1 卷，北京：中央编译出版社，2015 年，第 148—150 页，同时参考德文本（Franz Kafka, *Drucke zu Lebzeiten*, hg. Wolf Kittler, Hans-Gerd Koch, Gerhard Naumann, Frankfurt am Main: S. Fischer Verlag, 1994, ss.276-280）对译文略有改动，因小说篇幅不长，为免烦琐，不再另注。

故而在矿工的叙述中，他们都没有具体的名字，而只是一个个编号，以凸显他们的高深莫测。在这里，卡夫卡使用了一种他此前从未采用过的技巧，波利策将其描述为"基本上都是没有情节的，都是对无名之人的列举"[①]。卡夫卡选择用抽象的数字而不是具体的人名来指代工程师，并以连续的数字作为文本的主要结构原则之一，使平淡的故事中又融入了一种神秘的氛围。这种神秘的氛围主要体现在工程师的数量上。初看之下，10个工程师似乎完全是卡夫卡随意选择的[②]；但在几乎所有的文化传统中，"10"（Zehn）这个数字都象征着一种和谐、完美的有机整体。对于远古时代用手指计数的人类而言，"10"这个数字成了"开始"或"结束"的同义词，由于它等于前四个自然数的和（$1+2+3+4=10$），因此被视为完美与和谐的标志。例如在汉语中，"十全十美"中的"十"即有"齐全、完备"之意；在犹太教和基督教中，"十诫"与"十灾"中的"十"亦扮演着重要的角色；在卡巴拉神秘主义中，"10"意味着"塞菲罗斯"（Sephiroth，即生命之树的"散发"）的数量。如此看来，数字"10"普遍象征着秩序、绝对和全体。而正是基于这种性质的理想化成分，我们看到，尽管矿工表面上对工程师不无仰慕和赞美，但同时也夹杂着一定程度的讽刺。

第二，工程师各自所表现出来的品质形成了一种互补的关系。对每一个工程师的描述，显然不是卡夫卡随意为之，而是经过了一

---

① Heinz Politzer, *Franz Kafka: Parable and Paradox*, New York: Cornell University Press, 1962, p.94.

② 有学者误认了工程师的数量，例如 Helmut Richter（*Franz Kafka: Werk und Entwurf*, Berlin: Rütten & Loening, 1962, s.143.）与 Heinz Politzer（*Franz Kafka: Parable and Paradox*, New York: Cornell University Press, 1962, p.94），两者都认为这则故事中有 11 个工程师，这显然与原文不符。

番精心设计，目的是让工程师们围绕一个中心或支点，形成互补配对。文中特别提到，第五个工程师是一个意志坚定的"独行者"，"一会儿在前，一会儿在后"，他"可能是级别最高的"，其他人"按他来调整自己的步伐"，因此他对整个团队的行动起着控制作用。第一个工程师"活泼，两只眼睛滴溜溜地四处张望"，显得无忧无虑，有着广泛的视野；与其相辅相成的是第二个工程师，他具有仔细观察的品质，四处比较，"边走边记"。第三个工程师略带紧张，沉默寡言，显得庄重；而第四个工程师则喋喋不休，略显草率，两人结伴而行则很好地弥补了各自的缺陷。第六个和第七个工程师被视为一个整体，两人"头挨着头，手挽着手"，他们对工作的专注度最低，"如此明目张胆地只沉迷于自己的，或者至少是与当前任务无关的事务之中"；与他们相比，第八个工程师要"专心致志得多"，他是集中注意力的典范，"什么他都得摸一摸，并用一个小锤子敲一敲"。第九个工程师对儿童车里的仪器完全不了解，却执意要推车，险些把车撞到墙上去；而第十个工程师具有冷静的控制力，对车里的仪器极为熟悉，能够防止可能发生的事故，他"在车旁行走，防止车子撞墙"。

从另一个角度来看，尽管他们之间的互补关系，一定程度上印证了工程师们作为一个整体具有某种和谐的特质，但在矿工对每一个工程师的描述中，明显存在着一种讽刺性的力量，它阻碍着读者对工程师的认同。而事实上，每个工程师的品质中都包含着某种缺陷。

其次是随工程师们一同下到矿井的"矿井经理办事处的仆人"。他是作为小组的第 11 位成员出场的，而"11"这个数字意味着：

在追求完美的过程中所表现出的不完美的一面。[①] 与工程师们一样，他沉浸在自己的世界里，对矿工的行为视而不见，以至于在他们眼中，这个仆人同样是"不可理解的"；但与工程师们不同的是，他对自己的地位充满了自豪感，甚至"积聚了一身的傲气"，矿工们因此在背后嘲笑他。就"不可理解"而言，仆人与工程师也有着截然的不同：由于缺乏渊博的知识，他在矿井之"外"只能作为一个仆人；又由于对矿井之"内"的状况一无所知，他受到矿工们的嘲笑。在矿工们眼中，这个仆人是对工程师的拙劣模仿，他自豪与傲慢的态度缺乏说服力，在这支队伍中是一种不完美的存在。

通过对仆人的描述，卡夫卡有意破坏了整个队伍的完美表象，从而将原本的整体性与和谐性消解为零散的状态，这种落差体现为从"顶层"到"底层"的坠落。在故事的结尾，矿工们一反此前对工程师们的仰慕与赞美，将此前压抑着的嘲讽完全释放出来："今天干的活不会多；间断过于频繁；这样的视察使大家不能专心致志地工作。望着先生们的背影消失在试用坑道的黑暗中，这简直太诱人了。我们这一拨也快要下班了，我们将看不到先生们返回啦。"而在这种零散的状态与矿工的嘲讽中，每一个工程师的缺点都暴露无遗。

最后是矿工们。他们的生存状态，是以工程师们为参照的。叙述者对工程师的描述，实际上既透露出自己的生存状态，同时也揭示了工程师的本质。

第一，矿工并不具有工程师那样渊博的知识。工程师所拥有的

---

① A.E. Abbott, *Encyclopedia of Numbers: Their Essence and Meaning*, London: Emerson Press, 1962, p.79.

知识，使他们在某一个领域成为卓越的存在，但在矿井中，这种知识显然是成问题的。他们展现出来的工作方式，甚至令如此熟悉矿井的矿工们都感觉到不可思议和无法理解。在对第八个工程师进行描述时，矿工感叹道："我们以为我们了解我们的矿井和它的矿石，但是这位工程师以这样的方式在这里不停地探究着什么，这我们就不明白了。"表面上似乎是矿工的自惭形秽，实际上却暴露了工程师的知识是成问题的。

第二，工程师们可以"一心二用"，一面进行当下的任务，一面完全沉浸于个人的事务。如同第六个和第七个工程师："这两位先生必定对自己的地位有很大的把握……他们竟然能在这里，在如此重要的视察中，在他们上司的注视下，毫不动摇地沉浸于他们自己的事业，或者至少是与眼前的任务无关的事情。又或者，尽管他们大笑，表面上心不在焉，但他们很清楚自己需要什么。"矿工自己显然无法承受这种"一心二用"的状态："这样的视察使大家不能专心致志地工作。"表面上的赞美变成了一种温和的讽刺。

第三，工程师们清晰且明朗的存在状态，令矿工羡慕不已："这些人多么年轻，可是却已经互相很不一样！他们全都自由自在地成长起来了，年纪轻轻便无拘无束地显现出自己清晰而明确的心性。"言外之意是，矿工们长期工作于黑暗的"地下"，由此导致了他们对自己存在状态的含糊不清。实际上，工程师们在矿井中的表现同样堪忧，他们代表的确定性是有限的，仅体现在他们所熟知的事物中；而他们"消失在试用坑道的黑暗中"，同样为巨大的不确定性包裹着。

帕斯莱认为，文中叙述者与矿工身份合一，这使他成为一位来自"底层"的"诗人"，而这恰恰符合卡夫卡的自我定位。关于"视察矿井"这个标题，我们不能仅从字面意义上来理解。在文本的内部，它指的是十个工程师和一个仆人对矿井内部的一次视察；而在文本的外部，它还意味着十位作家和一位出版商的突然到访。在帕斯莱看来，文中的十个工程师，指的是与卡夫卡同时代的赫赫有名的作家；那个经理办事处的仆人，则是指库尔特·沃尔夫出版社的员工，而出版人库尔特·沃尔夫就是那位矿井的"经理"。[①] 尽管帕斯莱的文献考证不无想象的成分，但是通过这种解读，我们得以将"矿井"这一意象与卡夫卡的"文学"事业联系起来。

在卡夫卡的笔记中，有一段描写与《视察矿井》有着密切的联系："情况并非：你被埋在了矿井里，大量的岩石块把你与世界及其光线隔离了开来；而是：你在外面，想要突破到被埋在里面的人那儿去，面对着岩石块你感到晕眩，世界及其光线使你更加眩晕。而你想要救的那个人随时都可能窒息，所以你不得不发疯一样地干，而他实际上永远不会窒息，所以你永远也不能停止工作。"[②]

这段描述呈现了两种不同的状况。在第一种状况中，卡夫卡确乎成了《视察矿井》中的那名矿工，他长期工作在"底层"，因故

---

① 帕斯莱的考证依据的是库尔特·沃尔夫出版社于 1917 年出版的《新小说年鉴》(*Der neue Roman: ein Almanach*, Kurt Wolff Verlag, 1917)，他认为，《视察矿井》中所描述的十个工程师，分别对应了该书中的十位作家：马克斯·布罗德 (Max Brod)，鲁道夫·莱昂哈德 (Rudolf Leonhard)，阿纳托尔·法郎士 (Anatole France)，乔治·布兰德斯 (Georg Brandes)，海因里希·曼 (Heinrich Mann)，奥西普·迪莫 (Ossip Dymow)，古斯塔夫·梅林克 (Gustav Meyrink)，卡尔·斯特恩海姆 (Carl Sternheim)，马克西姆·高尔基 (Maxim Gorki)，胡戈·冯·霍夫曼斯塔尔 (Hugo von Hofmannsthal)。参见 J. M. S. Pasley, "Franz Kafka: 'Ein Besuch im Bergwerk'", *German Life and Letters*, 1964, Vol.18, No.1, pp.40-46.

② Franz Kafka, *Hochzeitsvorbereitungen auf dem Lande: und andere Prosa aus dem Nachlaß*, hg. Max Brod, Frankfurt am Main: Fischer Taschenbuch Verlag, 1983, ss.251-252.

被埋在了“矿井”的内部，等待着别人的拯救。而在第二种状况中，卡夫卡似乎成了来自“顶层”的工程师，他要从“矿井”的外面深入其内部，试图拯救被埋在里头的矿工。表面上，卡夫卡以否定的姿态将前者颠倒为后者，而事实上，后者正是对前者的修正，前者由此被纳入后者之中。因此，这段描写是对上述两种状况的综合。卡夫卡既在“矿井”的最外面，同时又被掩埋在其内部的最深处；他在扮演工程师角色的同时，又是一名深入“底层”的矿工；他的拯救行动，在本质上是一种自我拯救。在这一系列的描述中，“拯救”行动最终与“开掘”过程等同起来，在永不停止的“开掘”中，他得以将文学“矿井”中那些令人们感到晕眩的“矿石”运到世界的光线之中，我们的目光不由自主地被吸引过去。

第五章

不可抵达与"研习"的人生

卡夫卡对日常生活的体验，总是彰显出一种奇特的悖论色彩，这在《邻村》与《一道圣旨》中尤为明显，两个故事中的主人公都遭遇到一种极限境遇，并且最终都无法抵达自己的目的地。以这种极限境遇为背景，卡夫卡旨在对人生价值及生命形态进行思考与研习。

第一节 "顶风相向的骑行"

《邻村》（Das nächste Dorf）的创作时间大约在 1916 年 12 月至 1917 年 2 月间，学界普遍认为，卡夫卡最初在第一本蓝色八开笔记本中将其命名为《一个骑手》（Ein Reiter），随后在第六本蓝色八开笔记本中将其改为《短暂的时间》（Die kurze Zeit），最终在 1917 年 8 月 20 日致库尔特·沃尔夫的信中定名为《邻村》，收录于《乡村医生：短故事集》首次出版。①《邻村》是《乡村医生：短故事集》中最不引人注目的篇目之一，全文是叙述者引用祖父说的两句话，德文本不过短短 8 行，是卡夫卡生前发表或出版的作品中篇幅第二短的作品。②《邻村》全文如下：

> 我的祖父曾说："生命出奇地短暂。现在回忆起来，它是如此地凝结，以至我几乎无法理解，比如，一个年轻人怎么会决定骑马到邻村去，而丝毫不担心——完全撇开诸多不幸的偶然事件——即便是一种寻常幸福生活的时间跨度，对这样一次骑行来说也是远远不够的。"③

对于《邻村》这类篇幅短小的作品，相关的解读极为罕见，纵有论及也往往是一带而过，其从未获得充分的关注。造成这种现象的原因有很多，但最主要的无非两点。其一，解读这类作品的疑难之处在于，它往往为一种"沉思"的色彩所笼罩。卡夫卡似乎有意让文本与生命的"凝结"状态相适应，在沉入自身的同时将读者封

---

① Richard T. Gray, Ruth V. Gross, Rolf J. Goebel, and Clayton Koelb ed., *A Franz Kafka Encyclopedia*, London: Greenwood Press, 2005, p.202. 但值得一提的是，"短暂的时间"这一短语，曾在《变形记》中出现过。参见 Franz Kafka, *Drucke zu Lebzeiten*, hg. Wolf Kittler, Hans-Gerd Koch, Gerhard Naumann, Frankfurt am Main: S. Fischer Verlag, 1994, s.148.

② 在卡夫卡生前发表或出版过的作品中，篇幅最短的作品是卡夫卡在大学时代写下的《树》(Die Bäume)，后被收录于短文集《沉思》(*Betrachtungen*, 1913)。参见 Franz Kafka, *Drucke zu Lebzeiten*, hg. Wolf Kittler, Hans-Gerd Koch, Gerhard Naumann, Frankfurt am Main: S. Fischer Verlag, 1994, s.33.

③ 本节关于《邻村》的引文均由笔者根据德文本 (Franz Kafka, *Drucke zu Lebzeiten*, hg. Wolf Kittler, Hans-Gerd Koch, Gerhard Naumann, Frankfurt am Main: S. Fischer Verlag, 1994, s.280) 译出，通行中译本参见叶廷芳主编：《卡夫卡全集》第 1 卷，北京：中央编译出版社，2015 年，第 151 页。因小说篇幅不长，为免烦琐，不再另注。

闭在了它的外面。而读者在面对这类作品时，无不像文中的那位祖父一样发出"几乎无法理解"的感叹。其二，篇幅较长的作品，往往容易生出更多的细枝末节来，读者似乎从中随意抓取，便可借此发挥；而在这类箴言式作品中，卡夫卡往往赋予这寥寥数语以丰富的内涵，使得"每一个意象、词组或句子在文本中所占据的意义的比例就更大"①。卡夫卡在自己如此重视的"最后一本书"中收录这篇作品，无疑在向他的读者发出召唤：应当像卡夫卡本人那样，深入到一座文学的"矿井"中去挖掘一番。而在这种挖掘中，细致而专注的目光是必不可少的，否则必然会遗漏卡夫卡的"关键之物"。

卡夫卡的《邻村》显然是模仿了老子《道德经》第八十章中的一句："邻国相望，鸡犬之声相闻，民至老死，不相往来。"老子旨在描绘一个理想的社会形态，而卡夫卡从老子的描绘中截取出这幅图景，用以表达"人生如白驹过隙"这一老者般的感叹。

在《邻村》中，为"祖父"所"无法理解"的是：年轻人为什么要到邻村去？或许这个问题也可以引申为："邻村"究竟有什么？对此，卡夫卡并没有在《邻村》中给出具体的答案，但他却在其他地方回答了这一问题。

对于《乡村医生》中的乡村医生而言，"邻村"有"病人"正等待着他去救治；对于《一次日常的混乱》中的 A. 而言，"邻村"有一笔重要的"生意"正等待他进行最后的确认；对于《在法的前面》中的乡下人而言，"邻村"有他请求见到的"法"。尽管卡夫卡给出的这些答案各不相同，但它们却有一共通之处，即"邻村"总

---

① 连晗生：《卡夫卡的〈邻村〉：兼论本雅明和布莱希特的分歧》，载《上海文化》，2015 年第 3 期，第 112–119 页。

是意味着某种既定的目标，而前往"邻村"就意味着，响应某一关键之物的"召唤"。因此，我们有理由推测，"祖父"口中的这个年轻人同样是到"邻村"去寻求那向他发出"召唤"的"关键之物"。

既然如此，那么接下来的问题便是：该如何前往"邻村"呢？卡夫卡笔下的人物前往"邻村"的方式也不尽相同。"祖父"口中的这个年轻人是"骑马"前往；而乡村医生先是"不幸"地发现没有马拉车，他自己的马因过度劳累而死了，在女仆四处借马无果后，乡村医生"偶然"地从"猪圈"里踢出两匹"非尘世"的马来，它们拉着一辆来自"尘世"的马车将他送往病人的家里，这实在是乡村医生"不幸"中的"偶然"；而 A. 则是"连蹦带跳"地前往；那个求"法"的乡下人似乎同 A. 一样凭借着自己的"双脚"前往。

尽管卡夫卡笔下的主人公们前往"邻村"的方式五花八门，但最终的结果却是无一真正地达成自己的目标。乡村医生倒是凭借着"偶然"在"瞬间"抵达了十英里开外的村子，但他却无法成功地救治病人，"不幸"所导致的"偶然"最终转化为更大的"不幸"，使他在自己返家的途中流浪。A. 虽然最终抵达了 H. 处，但原本只需十分钟的路程却"十分不幸"地耗费了他十个小时，而因为他的迟迟不到，与他进行交易的 B. 已经在 A. 抵达的半个小时前就出发赶往 A. 所在的村子了，A. 接着匆匆地返回到家中，此时 B. 已在他家楼上的房间里等候多时，因为这一次"不幸"的"混乱"，反倒使 A. 与 B. 之间的距离"偶然"间变得比此前更近了，甚至比"邻村"要近得多，两人如今都在 A. 的家里，只不过一个在楼上，一个在楼下。但就在 A. 跑向 B. 的时候，"祖父"口中那"不幸的偶然事件"发生了，A. 被他脚下的"最后一级楼梯"绊倒并因此扭伤了，他在暗自哭泣时模糊地听到 B. 怒气冲冲地离去的声音。乡下人几乎没有任何阻碍地来到了"法"的门前，但是守门人却不能允许他进入，他只好在门前长久地等待准入许可，最终耗尽了自己的一生，而他在死前才得知，这扇大门是专为他而开的。按照"祖父"的预测，《邻村》中的那个年轻人，同样无法实现自己的目标，因为"即便是一种寻常幸福生活的时间跨度，对这样一次骑行来说也是远远不够的"，更别说还有许多诸多"不幸的偶然事件"。

我们不难发现，卡夫卡笔下的主人公，无一例外地在生活中遭遇到无法挽回的挫败，有的甚至因此付出了生命的代价。而他们的失败，都是卡夫卡对生活中经验的不可靠性质的确认。这种对生活的"不确定性"的强调，无疑透露出卡夫卡对现代生活的体验与反思。

现代生活的不可靠因素，首先表现在卡夫卡对"时间"的理解上。在"祖父"看来，"生命出奇地短暂"，它无法支撑一个年轻人骑马抵达邻村。"祖父"对"时间"的感知由此与日常的"时间"概念区别开来。

与卡夫卡同时代的哲学家海德格尔，从存在论—时间性出发，认为关于"时间"的概念可以区分为两类：一种是"流俗时间"概念；另一种是海德格尔自己的"世界时间"概念。所谓"流俗时间"，指的是我们通常所理解的钟表时间，它源自亚里士多德。亚里士多德在《物理学》中认为："时间是关于前和后的运动的数，并且是连续的。"[①] 据此，人们将"时间"理解为一股不可逆的前后

---

① 亚里士多德：《物理学》，张竹明译，北京：商务印书馆，2011 年，第 117 页。

相继的"流",它是不可定时的,即不断"流逝"的,同时又是匀质且无限的。

海德格尔认为,这样一种"流俗时间"概念是缺乏意义的。因为在这种时间概念中,"流逝"意味着过去、现在和将来的不可定,因此只有已经过去的"现在"与即将到来的"现在",而"现在"则被遮蔽了;"无限"就意味着,"时间"没有开端和终结,个人出生时它已经存在,个人死亡后它仍然存在,个体生命的出现与消失丝毫不影响这种时间的进程;这就使得"时间"沉沦为一种冷漠的形式,而不具有与个体生命相关联的意义,个体存在就此为这种"流俗时间"所遮蔽了;它进而使得"时间"具有"公共性",表面上为所有人共有的同一个"时间",实际上却意味着,它不属于任何个人,而丧失了"时间"的个体,同时也就丧失了"存在"最本己的力量。对此,海德格尔则将"时间"引向个体"存在"的维度,把日常"此在"的"实践"时间称为"世界时间",认为"现在"不是纯粹的一个点,其本质是"现在正……",它是作为一种与"世界"联系起来的"实践"的时间,每一个体的"现在"都是各不相同的,是可定时的、异质的、有意义的,因而也是有限的,它的有限性就表现为个体生命的有限性,本己时间性的"现在"即是"瞬间"。①

与海德格尔对"时间"的个体存在性解释相比,卡夫卡对"时间"的理解固然存在矛盾之处,但他显然更为强调尘世生活中个体生命的有限性与存在的"瞬间"力量。

---

① 张汝伦:《〈存在与时间〉释义》,上海:上海人民出版社,2014年,第1093-1107页。

　　一方面，他对"时间"的观点难免落入"流俗时间"概念，在这一点上，卡夫卡并不具有超前的理解，这实际上是他不自觉地向公共性质的时间妥协："一切都是无限的，或者是不确定的，所以也等于是无限的。时间是无限的，因此不存在太晚的问题。"①

　　与此同时，卡夫卡已经对"流俗时间"概念感到困惑，他在1917年11月11日的笔记中写道："总有某种跨越时间的东西与每一个瞬间相应。一个彼岸之物不能跟随此岸之物，因为那彼岸是永恒的，所以不可能同此岸之物发生时间上的接触。"②卡夫卡看到了"时间"之外的"永恒"与"时间"之内的"瞬间"彼此分离，这已经触及对"时间"作"存在"维度的理解。他进一步说道："永恒不是时间性的静止。想象永恒时的令人压抑之处是：时间在永恒中必然要求的我们所无法理解的辩白和由此而来的我们自己的辩白，即我们本身。"③

　　进一步地，卡夫卡强调了"世界"的有限性："这个世界最重要的特性是其可逝性。在这个意义上，过去的一个个世纪并没有走在这个当前的瞬间前面。所以可逝性的延续不能给人任何安慰；新的生命从废墟中发芽开花，与其说证明了生命的坚韧，不如说证明了死亡的坚韧。如果我要与这个世界斗争，我就必须在它关键的特性中斗争，即在其可逝性中。我在此生中能够真正地，而不仅仅凭希望和信念做到吗？"④与"世界"之有限性的斗争，毋宁说就是在

---

　　① Franz Kafka, *Hochzeitsvorbereitungen auf dem Lande: und andere Prosa aus dem Nachlaß*, hg. Max Brod, Frankfurt am Main: Fischer Taschenbuch Verlag, 1983, s.166.
　　② Franz Kafka, *The Blue Octavo Notebooks*, ed. Max Brod, trans. Ernst Kaiser and Eithne Wilkins, Cambridge: Exact Change, 1991, p.31.
　　③ Franz Kafka, *The Blue Octavo Notebooks*, p.46.
　　④ Franz Kafka, *The Blue Octavo Notebooks*, p.47-48.

"世界时间"中对个人存在的"操劳"，在这种状态中，个人能够时刻意识到自己的"死亡"。当雅诺赫认为时间是两面神，它有两副面孔，并就此询问卡夫卡时间是否公正时，卡夫卡回答："它甚至有两重底，它是延续，对衰落的抵御，它与未来的可能性相联系，与期待新的延续的希望相联系，它是变化，是赋予每个现象以自觉存在的变化。"① 在这里，卡夫卡直接道出了"时间"对个体存在的"自觉"认识具有重要意义。卡夫卡在向雅诺赫解释庄子"不以生生死，不以死死生，死生有待邪？皆有所一体"一句时认为："这是一切宗教和人生哲理的根本问题、首要问题。这里重要的问题是把握事物和时间的内在关联，认识自身，深入自己的形成与消亡过程。"②

由此，我们看到，卡夫卡对"时间"的理解最终脱离了"流俗时间"概念，从而与海德格尔的"世界时间"概念具有思想意蕴层面上的亲近之处。两者同样是将"时间"引入到与"世界"的有限性，尤其是与个体事物的"存在"相关联的境域进行理解，从而对个体生命进行祛蔽与肯定。所不同的是，海德格尔从形而上的层面对个体存在之重要性进行了系统性论述，而卡夫卡则是用艺术之笔将其勾勒出来。洛维特称呼前者为"贫乏时代的思想家"，刘晓枫则将后者比作"贫乏时代的修士"③。这无疑是对两者在同一个"贫乏时代"下燃烧着的两束思想火焰的确认。

---

① 古斯塔夫·雅诺赫：《卡夫卡口述》，赵登荣译，上海：上海三联书店，2009年，第72页。
② 古斯塔夫·雅诺赫：《卡夫卡口述》，第152–153页。
③ 刘小枫：《沉重的肉身：现代性伦理的叙事纬语》，北京：华夏出版社，2004年，第203页。

在卡夫卡笔下，故事展开的同时总是弥漫着一股"乡村"的气息。诚如本雅明所说，这股"乡村"的气息，来自《乡村医生》中那个两匹"非尘世"的马从中拥挤而出的"猪圈"，也来自《城堡》中那个空气污浊的"酒吧后间"，当然还有本雅明所没有指出的《在法的前面》中那扇专为乡下人而开却不允许他进入的"大门"，以及守门人皮领中的"跳蚤"，还有《一次日常的混乱》中那条由A.所在村子向外面世界延伸而出的道路……总而言之，卡夫卡笔下弥漫着的"乡村"的气息，来自一个被遗忘了的经验世界。在这个世界中，"所有尚未形成和已经烂熟之物的气味融为一体"①。

借此，我们不难看出《邻村》中那"尚未形成"与"已经烂熟"之物，即是由"年轻人"与"祖父"交织而成的生命形态。"祖父"在快要走到生命尽头的时候，"回忆"起自己的一生，在"回忆"的"瞬间"，他触及了本己的存在，进而将自己从那个被遗忘了的经验世界中挣脱出来。"祖父"的"回忆"，因此可以被视为他对生命的一种"研习"。

在卡夫卡对生命的"研习"中，出现了两个"洞穴"。一个"洞穴"我们名之为"出生"，它显现为《乡村医生》中两匹马所从中"挤出"的"门洞"，也显现为《一份致某科学院的报告》中红彼得从中爬出的那个"洞"；另一个"洞穴"则被我们唤为"死亡"，它显现为《一场梦》中约瑟夫·K.所看见的那个"有着峭壁的大洞穴"。在卡夫卡笔下，生命的形态无非就是从一个"洞穴"到另一个"洞穴"，是在两个"洞穴"之间的旅程。名为"旅程"，实际

---

① 本雅明：《无法扼杀的愉悦：文学与美学漫笔》，陈敏译，北京：北京师范大学出版社，2016年，第23页。

上没有"回返"的余地，因为从第一个"洞穴"中持续不断地吹出一股"风"：乡村医生看到了"一股热气"从中冒了出来；约瑟夫·K.则感到"一股轻微的气流从背后推了他一下"，旋即坠入洞中；而据红彼得的描述，有一股"气流从中发出"，并且从他的过去猛烈地向他的身后吹来。我们由此获得了卡夫卡笔下基本的生命图式：生命就是在出生后不断被推向死亡，而在死亡后又不断返回出生的循环过程。

按照柏拉图笔下的苏格拉底所说，先知第俄提玛曾向他透露"灵魂学"的秘密，那就是：身体必死，而灵魂不灭；灵魂将再度出生，"穿上"新的身体；而灵魂的不断出生，带来"经验"的不断增生与聚合，这种增生与聚合的过程就是灵魂不断"遗忘"和"研习"的过程。在柏拉图看来，"遗忘"就是经验的出离，而"研习"就是用新的经验代替旧的经验。[①] 在《邻村》中，祖父在"回忆"中所感知到的生命的凝结，同时也是经验的凝结。卡夫卡则试图逆转这种经验的"流变"，试图返回到生命的"开端"状态，即"灵魂的起源"处，以获取所有的"经验"，从而制作出美好的诗篇。于是我们从《邻村》看到的，实际上是两幅画面：一幅画面中，"年轻人"在"遗忘"之风的助力下骑马赶往"邻村"；另一幅画面中，在迎面而来的"遗忘"之风的吹拂下，"祖父"正作一次"顶风相向的骑行"[②]。我们不难想象，"年轻人"要比"祖父"快得多，两人必然在途中相遇，我们甚至可以假定，《邻村》一文就是在那

---

① 刘小枫编译：《柏拉图四书》，北京：生活·读书·新知三联书店，2015年，第242页。

② 本雅明：《无法扼杀的愉悦：文学与美学漫笔》，陈敏译，北京：北京师范大学出版社，2016年，第39页。

一次相遇时"祖父"留给"我"的反思，而"我"则通过"回忆"起祖父的"回忆"，再一次"研习"着那被遗忘了的正在凝结的生命与经验。

卡夫卡在 1922 年的一则日记中写道："如果通过紧迫的自我观察，人们涌向世界所穿过的那个洞口，是太小了或是彻底关上了？有几次我离洞口不远，一条回流的河，很长一段时间以来，大部分时间都是这样。利用攻击者的马作自己的骑行。唯一的可能性。但这需要多大的力量和技巧啊！而且现在都什么时候了！"[1] 在卡夫卡看来，此时的自己已经接近生命的终结，而他试图返回到"灵魂的起源"处去获得为自己所遗忘的关键之物，尽管他声称"有几次离洞口不远"，但他似乎已然缺乏再做这样一次"研习"的力量。卡夫卡的这段话，似乎是对《邻村》的接续，是对未能获得"邻村"关键之物的慨叹。

第二节　卡夫卡的"信使梦"

《一道圣旨》（Eine kaiserliche Botschaft）的创作时间大约在 1917 年 2—3 月间，这一标题最早见于第六本蓝色八开笔记本，后又出现在 1917 年 4 月 20 日卡夫卡致库尔特·沃尔夫的信中。卡夫卡最初计划将其收录于《乡村医生：短故事集》，但该书的出版计划因故被推迟了，卡夫卡于 1919 年 9 月 24 日将其首次发表在了

---

[1]　Franz Kafka, *Tagebücher: 1910-1923*, hg. Max Brod, Frankfurt am Main: Fischer Taschenbuch Verlag, 1983, s.422.

《自卫》(*Selbstwehr*) 杂志, 杂志的编辑注有 "源自即将出版的《乡村医生: 短故事集》一书"[①] 的字样。

《一道圣旨》与此前的《一页古老的手稿》, 历来被置于同一个语境下进行解读。尽管两者最初同属一个篇幅较长的故事, 即《中国长城建造时》(Beim Bau der chinesischen Mauer), 但卡夫卡将两者抽出单独发表的时间, 前后却相隔了两年之久。而在卡夫卡计划将两者都收录进《乡村医生: 短故事集》时, 并没有把两篇作品放在一起, 而是将它们远远地分开, 分别放在了第四和第九的位置。[②] 实际上, 除了题材上的相似外,《一道圣旨》与《一页古老的手稿》之间并不具有紧密的联系, 反倒出现了某种分裂, 一如卡夫卡在故事中所描述的那样, 它们仿佛是在分段修筑 "万里长城" 时未能连接起来的两段, 而两者之间的缺口, 卡夫卡最终也未能将其堵上。这种分裂主要表现在两个方面。

其一, 在艺术层面,《一道圣旨》中的叙述者是以第三人称视角进行全知叙述, 他并未在故事中现身, 几乎是非人格化地独立于故事情节之外; 而《一页古老的手稿》中的叙述者则是以第一人称视角进行有限叙述, 他自己深入到了故事当中, 明显具有个性化的倾向, 两种叙述视角带来的是截然不同的阅读体验。其二, 在主题层面,《一页古老的手稿》处理的主题是责任与罪咎, 外部力量的入侵造成了皇帝与臣民的疏离; 而《一道圣旨》中所处理的主题则

---

① Joachim Unseld, *Franz Kafka: A Writer's Life*, trans. Paul F. Dvorak, Ariadne Press, 1994, p.377-378.

② 中译本全集 (叶廷芳主编:《卡夫卡全集》第 1 卷, 北京: 中央编译出版社, 2015 年) 将《一道圣旨》与《家长的忧虑》互换了顺序, 这与国外学界通行的编订原则 (即遵照初版《乡村医生: 短故事集》的篇目顺序) 不一致, 本书仍以初版篇目顺序为准。

更多关乎帝国内部的性质，在这里，没有外部力量的入侵，因而也没有拯救的责任。由此看来，两者是同一个故事中出现的两个彼此分裂的主题，而卡夫卡显然感受到了这种分裂，这或许也是他未能完成《中国长城建造时》，并且将其中两部分单独发表的主要原因。

在《一道圣旨》中，帝国系统的稳固结构是按降序排列的。作为庞大的帝国系统至关重要的存在，皇帝如太阳般占据着太阳系的中心位置，帝国的所有生命都围绕着他运转。而那个"孤独的个人，最卑微的臣民，从皇天的太阳下逃到最遥远处的微弱阴影"[①]，他虽然生活在帝国的境内，却位于帝国最边缘的位置，处于一种被遗忘的状态。故事的大致框架是，皇帝在临死之前向他的臣民下了一道圣旨，这道圣旨要靠使者来传递。由于皇帝和他的臣民分别处于帝国系统的中心与边缘，使者就成为这道圣旨能否最终抵达的关键所在，他所要克服的是将两者分隔开来的遥远距离。

在人类的日常经验中，距离问题总是与时间问题密切相关。在经典时空中，只要拥有足够多的时间，无论多么遥远的距离最后总是能够被克服。但卡夫卡却为我们勾勒出一个与日常经验脱离开来的世界，在这个世界中，时空飘忽不定，甚至是扭曲的。

在《一道圣旨》中，皇帝与臣民之间的遥远距离固然不变，但时间却似乎在不断地分岔。传递圣旨的使者，如同在时间的长河中

---

① 本节关于《一道圣旨》的引文均出自叶廷芳主编：《卡夫卡全集》第 1 卷，北京：中央编译出版社，2015 年，第 154 页，同时参考德文本（Franz Kafka, *Drucke zu Lebzeiten*, hg. Wolf Kittler, Hans-Gerd Koch, Gerhard Naumann, Frankfurt am Main: S. Fischer Verlag, 1994, ss.280-282）对译文略有改动，因小说篇幅不长，为免烦琐，不再另注。

逆流而上，好不容易跨出几步，却被湍急的水流带回到原处。事实上，距离的远近对使者而言不再重要，因为哪怕是突围到皇宫最外面的大门，对他而言也是"永远也不会发生的事"。

卡夫卡笔下"无法抵达"的场景，无疑会使人联想起著名的芝诺悖论。在博尔赫斯看来，芝诺悖论中的飞矢和阿喀琉斯是"文学中最初的卡夫卡的人物"。[①] 从这个古老的哲学诡辩中，博尔赫斯看到了卡夫卡的先驱者，二者确有神似之处。阿喀琉斯与乌龟的赛跑，在卡夫卡笔下变成了使者与皇帝的"赌赛"。而不同之处在于，卡夫卡这次让跑得更快也更为"孔武有力、不知疲倦"的使者先行出发，而让甚至行将就木的皇帝躺在病榻上原地不动。但使者甚至无法穿越内宫的殿堂，遑论跨越皇帝与臣民之间的遥远距离，他被困在皇帝下令建造的"迷宫"之中，并且肩负着皇帝赋予的一个永远无法达成的使命。从这一点来看，在卡夫卡的现代版"赌赛"中，皇帝毫不费力地赢了。

而另一处，在列举了诸多学者对阿喀琉斯与乌龟的故事的反驳观点后，博尔赫斯语重心长地说道："芝诺是不可回答的，除非我们相信空间和时间的完美性。"[②] 在他看来，只有在完美的时空中，芝诺悖论才能被证明是彻底的谎言。而卡夫卡却紧紧抓住了这种不完美，借助这种谎言的特质，即悖谬艺术，将其与现代人的日常生活结合起来，反倒织就出一个个具有"惊颤"（Schocker fahrung）效果的现代寓言。例如，在《一次日常的混乱》中，A. 在此前花

---

① 博尔赫斯：《探讨别集》，王永年等译，上海：上海译文出版社，2015年，第148页。

② 博尔赫斯：《讨论集》，徐鹤林、王永年译，上海：上海译文出版社，2015年，第141页。

费十分钟就抵达的路程，在第二天却十分不幸地花费了十个小时；在《算了吧》中，私人时间与公共时间的差异，让主人公顿感惊慌，他在问路时又被警察所拒绝；在《审判》中，约瑟夫·K. 的表也比教堂的时钟晚了一个小时；而在《邻村》中的祖父看来，即便耗尽自己的一生，最终也无法抵达最近的村庄。就此而言，卡夫卡同样是不可回答的。

卡夫卡笔下的时空变异，总是在某个不经意的瞬间发生，主人公们与"偶然性"的不期而遇，造成了无法挽回的挫败感，似乎除此之外再没有什么是可靠的了。他曾经的女友米莲娜在信中回忆道："整个世界对他而言就是并将永远是一个谜"，甚至"一台打字机对他来说都是神秘的事物。"① 卡夫卡对现代日常生活经验的不可靠性质的洞见，同时也是他本人在日常生活中的"惊颤"。

时空变异、日常混乱与不可抵达，这些与其说是世界本身的法则，毋宁说是现代生活中个体生命的存在状态。而布莱希特与本雅明的一次谈话，正是就卡夫卡笔下的"生命"问题展开。布莱希特将卡夫卡笔下"不可抵达"的场景，同样视为芝诺的"阿喀琉斯与乌龟的故事"的一个翻版。② 在他看来，旅行者之所以无法抵达，在于旅程被无限地细分，而一个完整的生命却在无限细分的过程中被消耗掉了。但本雅明却并不认同布莱希特的说法，他指出："谬误在于'一'这个词。因为如果旅程被细分的话，那么旅行者也同样如此。如果生命的统一性被摧毁，那么它的短暂性也是如此。将

---

① Max Brod, *Franz Kafka: A Biography*, trans. G. Humphreys Roberts, Richard Winston, New York: Schocken Books, 1960, p.227, 229.

② Walter Benjamin, *Understanding Brecht*, trans. Anna Bostock, London and New York: Verso, 1998, p.111.

生命尽可能地细分，这并不重要，因为抵达之人，已不再是踏上旅程的人，而是另一个。"①

在本雅明看来，终点已经抵达了，只不过抵达终点的人，已不再是最初尚未踏上旅途的那一个。而布莱希特的"谬误"在于，二分之后又重新组合而成的"一"，不再是那个未被二分之前的"一"，前后两个"一"之间的差别，就像那个已然抵达终点之人那样，仿佛经历了些什么。本雅明将个体人生的旅程视为用"生命"写成的"书卷"，而对个体生命的理解就仿佛是在阅读一本"生命之书"，写书之人必须重返这本书的起点，才能获得对生命的真正理解。似乎在起点处，有着某种被我们所遗漏的事物。

卡夫卡曾在 1923 年 12 月 19 日致信克洛普斯托克（Robert Klopstock）时写道："或许不只是听希伯来语课；你也许还要听关于《塔木德》的课程（每周一次！你不一定全都听得懂。但这又有什么关系呢。你将从远处听它；如果它不是远方传来的消息，还能是什么呢）。"②《塔木德》是在公元 70 年圣殿被毁后，犹太拉比们为使人民不至于忘记"上帝的律法"，对《摩西五经》进行持续宣讲和阐释的汇编，又名"口传圣经"。从"口传"这一形态来看，《塔木德》的确是一则"远方传来的消息"。哈罗德·布鲁姆据此认为，《一道圣旨》中皇帝在临死前"口传"给使者的那道圣旨，就是《塔木德》。③ 但这不免让人感到疑惑，卡夫卡笔下的使者甚至未能穿越

---

①　Walter Benjamin, *Understanding Brecht*, pp.111-112.

②　Franz Kafka, *Briefe, 1902-1924*, hg. Willy Haas, Frankfurt am Main: S. Fischer, 1958, s.470.

③　Harold Bloom, *Short Story Writers and Short Stories*, Philadelphia: Chelsea House Publishers, 2005, p.98.

皇宫，又是如何将这道口传圣旨向"你"或者读者传达的呢？况且我们不应忽略，上帝口传给摩西的"律法"，是经由摩西之口传给民众的，故又名《摩西五经》，而民众并不全然理解这些"律法"，便由犹太拉比们对这些"律法"进行持续宣讲和阐释，如此口传持续到公元 3 至 5 世纪，历经了几千年。所谓"口传圣经"，实际上是对上帝口传"圣旨"的口传的口传的口传……

正如故事中所描述的，皇帝在使者的耳边悄声交代了旨意，满朝的文武大臣们只是见证了确有一道圣旨发出，但圣旨的内容却成为皇帝与使者共有的一个秘密。使者也在皇帝的耳边准确无误地复述了圣旨的内容，这意味着，这道圣旨的内容是不会变的，不断变动着的只是人们关于这道圣旨的理解或是猜测。如此看来，卡夫卡所谓"远方传来的消息"（ Nachrichten aus der Ferne ），只不过是些模糊不清的声音，如同《城堡》中 K. 从电话机这头听到的嗡嗡声，"可这又不像是真正的嗡嗡声，而是从远方，从异常遥远的远方传来的哼唱"[1]，我们全都像 K. 那样全神贯注地听着。情况或许是：携带圣旨的使者仍未抵达，已经抵达的不过是关于圣旨的确存在的传说。

《一道圣旨》正是以一个"传说"的程式开头的："皇帝——据

---

[1]　Franz Kafka, *Das Schloß*, hg. Malcolm Pasley, Frankrut am Main: S. Fischer Verlag, 1982, s.36.

说是——向你……"① 这个开头，实际上有两重含义：凭借着"传说"，臣民由此建立起了与皇帝的联系；但正是由于"传说"的性质，臣民与皇帝之间真正的联系永远得不到落实。由此，关于圣旨能否抵达，叙述者与"你"之间存在着明显的差异。在"你"的遐想中，圣旨将会迅速抵达："使者立即出发；一个孔武有力、不知疲倦的人；一会儿伸出这只手臂，一会儿伸出另一只手臂在人群中开路；如果遇到抵抗，他就指一指胸前，那是太阳的标志；他快步向前，如入无人之境。"而在叙述者看来，实际情况并非如此：

> 他的挣扎是多么徒劳；他仍在奋力地穿越宫殿最深处的房间；却永远也穿不过去；即便他成功了，也无济于事；下台阶时，他还得奋斗一番；即便他成功了，仍无济于事；还有许多庭院要穿越；穿过庭院之后还有第二重宫殿包围着；接着又有台阶和庭院；此外又是一重宫殿；如此重重叠叠，几千年也走不完；即便最后穿过了最外面的那扇大门——但这是永远也不会发生的事——他首先面对的是帝都，这世界的中心，到处都堆满了人类的垃圾。②

---

① 德文原文为 "Der Kaiser - so heißt es - hat Dir"，英译本有两种译法：一种译为 "The Emperor, so a parable runs, has sent a message to you…"（参见 Franz Kafka, *The Complete Stories*, ed. Nahum N. Glatzer, New York: Schocken Books, 1971, p.4）；另一种则译为 "The Emperor - so the story goes - has sent a message to you…"（参见 Franz Kafka, *The Metamorphosis and Other Stories*, trans. Willa and Edwin Muir, New York: Schocken Books, 1995, p.158）。以上两种译法均为穆尔夫妇所译，但后者显然更为准确，它严格忠实于卡夫卡的行文，使得即便是译文的读者也不难发现：卡夫卡将"皇帝"与"你"远远地分隔开来，同时又用一则"传说"将两者维系在一起。笔者目前见到的中译本均未体现出这一点。

② Franz Kafka, *Drucke zu Lebzeiten*, hg. Wolf Kittler, Hans-Gerd Koch, Gerhard Naumann, Frankrut am Main: S. Fischer Verlag, 1994, s.281.

在叙述者一系列的假设与让步中，在"重重叠叠"的空间高度和"几千年"的时间广度中，读者获得了一种宇宙视野。我们看到，使者不仅被永远地封闭在"宫殿最深处的房间"，而且他的穿越似乎是在梦境中发生，他奋力奔跑的姿态具有"延时摄影"般的效果，被凝固成永恒的一个瞬间。直到故事的结尾，叙述者最终打破了梦境："当夜幕降临时，你正坐在窗边遐想它呢。"一切都是"你"的"遐想"，是根据"传说"生发出来的"白日梦"。臣民的想象与叙述者的描绘，两者都使用了大量的分号，更是将梦幻的氛围推向了极致。叙述者的描绘甚至有意地模仿了臣民的遐想，其梦幻色彩甚至远超臣民的遐想，从而将圣旨的抵达无限地推迟了。显然，叙述者在对抗中的获胜意味着，在卡夫卡看来，希望是存在的，但却与我们无关。

关于"皇帝是否死了"，叙述者说："没有人能够穿越这里，即便是带着一个死人的圣旨。"布鲁姆认为，故事中的皇帝实际上并没有死。[1] 这种说法在一定程度上得到了文本的支持。在故事中，圣旨是皇帝在他"临终前"（von seinem Sterbebett）下达的，叙述者口中所谓的"死人"（Toten）实际上是一种假设。波利策则认为，皇帝实际上已经死了，并且"皇帝死了"就是卡夫卡的《一道圣旨》的真正含义："这个消息是卡夫卡从尼采那里得来的。"[2]

在 1882 年的《快乐的科学》中，尼采明确道出"上帝死了"的断言：

---

① Harold Bloom, *Short Story Writers and Short Stories*, Philadelphia: Chelsea House Publishers, 2005, p.98.

② Heinz Politzer, *Franz Kafka: Parable and Paradox*, New York: Cornell University Press, 1962, p.87.

"上帝到哪里去了?"他大声喊叫,"我要对你们说出真相! 我们把它杀死了——你们和我! 我们都是凶手! ……当我们把地球移向太阳照耀的距离之外时我们又该做些什么? 它现在移往何方? 我们又移往何方? 要远离整个太阳系吗? ……上帝死了! 上帝真的死了! 是我们杀死了他! ……难道我们不能使自身成为上帝,就算只是感觉仿佛值得一试? 再也没有更伟大的行为了——而因此之故,我们的后人将生活在一个前所未有的更高的历史之中!"说到这里,疯子静下来,举目望望四周的听众,听众也寂然无声并惊讶地看着他。……"我来得太早了",他接着说,"我来得不是时候,这件惊人的大事尚未传到人们的耳朵里,雷电需要时间,星光需要时间,大事也需要时间,即使在人们耳闻目睹之后亦然,而这件大事比最远的星辰距离人们还要更为遥远。"①

从这段话中,我们不难发现卡夫卡对尼采的借鉴:尼采将"上帝"比作"太阳",卡夫卡则将居于帝国中心位置的"皇帝"比作"太阳";尼采把"地球移向太阳照耀的距离之外",卡夫卡在故事中将臣民描述为"从皇天的太阳下逃到最遥远处的微弱阴影"。两人的暗合之处还在于,尼采借助"疯子"之口道出"上帝死了"的真相,却不为听众所理解,在听众眼里他成了十足的"疯子",他不由感叹自己"来得太早了",人们认识到这一点需要"时间"。在

---

① 转引自孙周兴:《未来哲学序曲:尼采与后形而上学》,上海:上海人民出版社,2016 年,第 59-60 页。

《一道圣旨》中，卡夫卡有意让使者迟迟不来，甚至根本不可能到来。表面上看，这似乎与尼采的意图相反，但事实上，卡夫卡故事中的"你"，正是尼采笔下无法理解真相的听众，他们宁可尽情地沉溺于自己的"遐想"之中。卡夫卡正是借助"时间"的推延，将人们"自欺"的状态呈现出来。

　　由此看来，卡夫卡的《一道圣旨》正是在尼采断言的基础上，向后退了一步，退到了消息刚刚出发的场景，并且将其永远定格在"宫殿最深处的房间"。从这一点来看，我们无法确定皇帝是否已经死了，但这已经变得不再重要，更为重要的是卡夫卡在故事起点已经确定了的事实：皇天的"太阳"已经无力地躺在了临死的床上，并且永远正在死去；而我们，则在苦苦等待中对这一场景感到惊颤。

第六章

逃离:"父与子"之谜

　　卡夫卡的作品常被称为叙事的迷宫,这种说法其实并不准确。因为,建造迷宫的工匠,并不会站在迷宫的外面守住迷宫的入口;而卡夫卡却总是用尽一切可能的手段来躲避读者,预先将他所能预料到的对其作品的阐释置于文本之中,并用另一种阐释否定掉前一种。如此循环下去,卡夫卡的文本形同一条自噬其尾的蛇,围绕着一个虚空打转。《家长的忧虑》和《十一个儿子》这两篇作品,无疑就是卡夫卡笔下难解的两则谜题,其标题已然指涉了"父与子"的关系问题,并且卡夫卡将两者置于《乡村医生:短故事集》中第十和第十一的位置,则进一步印证了"父与子"的主题在卡夫卡笔下的重要性。对这一主题的思考,实际上贯穿着卡夫卡的一生,二者可以被视为卡夫卡《致父亲的信》的前奏。

第一节 "奥德拉德克"之谜

《家长的忧虑》是卡夫卡在 1917 年 4 月至 8 月间完成的。[①] 由于库尔特·沃尔夫出版社因故将计划中的《乡村医生：短故事集》延迟出版，卡夫卡便在 1919 年 12 月 19 日将这篇作品首次发表于犹太复国主义杂志《自卫》(*Selbstwehr*)。[②]

卡夫卡往往用尽一切可能的手段来躲避读者，使得对文本的解释变得异常困难。布鲁姆认为，其目的"是要写出言外之意"[③]。卡夫卡的《家长的忧虑》正是如此。

故事的中心人物"奥德拉德克"是卡夫卡寓言式的造物之一，与《乡村医生：短故事集》中其他生物的不同之处在于，虽然它在本质上是人性化的，却是"半物半人"或"非物非人"的存在，并且未能获得完整的生命。奥德拉德克这个不确定的人物，与一个主题密切相关，这个主题在《新律师》中有明确的阐述，形成了此后几篇作品的基本前提，即现代生活没有任何真正的目的、价值或意义。卡夫卡深刻地认识到这种匮乏，并且认为绝对有补救的必要，因此在《乡村医生：短故事集》中隐含了他对这些基本生活原则的

① 在第一本（写于 1917 年 1–2 月）和第六本（写于 1917 年 2–3 月）蓝色八开笔记本的两份清单中，均未出现《家长的忧虑》这一标题，参见 Franz Kafka, *The Blue Octavo Notebooks*, ed. Max Brod, trans. Ernst Kaiser and Eithne Wilkins, Cambridge: Exact Change, 1991, p.102,106. 该标题首次出现在 1917 年 8 月 20 日致库尔特沃尔夫的信中，参见 Franz Kafka, *Briefe, 1902-1924*, hg. Willy Haas, Frankfurt am Main: S. Fischer, 1958, s.158.

② Joachim Unseld, *Franz Kafka: A Writer's Life*, trans. Paul F. Dvorak, Ariadne Press, 1994, p.378. 此时《自卫》杂志的编辑是卡夫卡与布罗德的好友菲利克斯·韦尔奇（Felix Weltsch）。

③ Harold Bloom, *Short Story Writers and Short Stories*, Philadelphia: Chelsea House Publishers, 2005, p.94.

追求。但是,从一篇作品到另一篇作品,寻得这种生活原则的可能性已经逐渐降低,以至于人们或许已经不得不认为,现代生活中永远地失去了这些原则。在叙述者"家父"看来,"奥德拉德克"这种状态几乎是纯粹的,甚至是毫无价值、毫无目的、毫无意义的。

就"奥德拉德克"一词的起源,卡夫卡预设人们会有两种不同的观点。一种观点认为,这个词源自斯拉夫语,并对该词的形成进行说明;另一种观点认为,这个词源自德语,只不过是受到了斯拉夫语的影响。从这两种争论中,"奥德拉德克"进入到读者的视野。埃姆里希曾对"奥德拉德克"一词进行了词源学分析:

> 在捷克语(西斯拉夫语的一支)中,动词 odraditi 的意思是"劝告某人反对某事"。从词源上看,这个词来源于德语:捷克语中的 rad=德语中的 Rat,意为"劝告,顾问"。斯拉夫语的"影响"相应地延伸到前缀 od-(德语前缀 ab-,意为"离开,远离")和后缀 -ek,表示"小的"。但是,第一种观点也是有道理的,根据这种观点,这个词是一种纯粹的斯拉夫语形式,它的"形式"完全可以通过斯拉夫语得以阐明。在这种情况下,"奥德拉德克"意味着:一个小的存在,它会劝告某人反对某事,或者通常总是消极的建议。①

但是,叙述者"家父"认为,这两种解释都是"不确定"的,

---

① Wilhelm Emrich, *Franz Kafka: A Critical Study of His Writings*, trans. Sheema Zeben Buehne, New York: Frederick Ungar Publishing, 1968, p.103.

原因在于：它们并没有赋予"奥德拉德克"以"确定"的"意义"。卡夫卡在故事的开头处有意模仿了学者们的考究癖，其意在指明，这种仅局限于"知识"层面的考究存在着弊端，它无视了"奥德拉德克"在日常生活中的实际存在。而埃姆里希的分析，恰恰掉入了卡夫卡预先设置的陷阱。我们看到，叙述者正是从"存在"角度来解释"奥德拉德克"的。

叙述者首先确定了"奥德拉德克"是实际存在的，因为"要是的确不存在叫作奥德拉德克的生物，谁也不会从事这样的研究"。卡夫卡俨然成了一位现象学家，因为在现象学家看来，把握"存在"的首要条件，就是"描述现象"。文中也对"奥德拉德克"的形象做了相当精确的描述。

这个叫作"奥德拉德克"的生物，是一个由各种碎片"拼凑"起来的整体：乍一看，它像个扁平的星状线轴，很可能缠着一些"被扯断的、用旧了的、用结连起来的线"，或是一些"各色各样的乱七八糟的线块"，同时，它还连着两根小木棒，"一根木棒从星的中央穿出来，另一根木棒以直角的形式与之联结起来"，借助于后一根木棒和星的一个尖角，"整个的线轴就能像借助于两条腿一样直立起来"。①

从外表上看，"奥德拉德克"似乎是一件"死物"，故而"家父"称之为"这个东西"。然而，"奥德拉德克"却又能够像"活物"一

---

① 本节关于《家长的忧虑》的引文均出自叶廷芳主编：《卡夫卡全集》第 1 卷，北京：中央编译出版社，2015 年，第 152-153 页，同时参考德文本（Franz Kafka, *Drucke zu Lebzeiten*, hg. Wolf Kittler, Hans-Gerd Koch, Gerhard Naumann, Frankfurt am Main: S. Fischer Verlag, 1994, ss.282-284）对译文略有改动，因小说篇幅不长，为免烦琐，不再另注。

样四处活动。它"极其地灵活，不容易抓住"，"交替地守候在阁楼、楼梯间、过道和门厅里"。不仅如此，当人们问及它的名字和住所时，它还能用语言与人们进行简短的谈话，并且发出一种"像是缺肺的人发出的笑声"。如此看来，"奥德拉德克"确乎是介于"死物"与"活物"之间的一种"似物又非物，似人又非人"[①] 的生物。而正是这个生物，引起了家父的"忧虑"。我们不禁要问，究竟是什么引起了这种"忧虑"呢？

根据此前埃姆里希的分析，"奥德拉德克"总是给人以"消极的建议"，总是"劝告某人反对某事"。尽管"家父"并不清楚地知道"奥德拉德克"一词的确定意义，但是通过对它的观察，他发现：在它生命的每一个方面，奥德拉德克都彻底逃脱了自己的控制。

它居无定所，处于一种流浪的状态，这实际上是"不确定性"的表征，在"家父"试图将一个确定的"意义"固定在它身上时，他无法将其抓住。与此同时，它身上又潜藏着一种深刻的"必然性"，因为它"必然回到我们的家里来"。在有限的"确定性"与无限的"不确定性"之间，"奥德拉德克"的存在，对"家父"所依赖的存在基础发起了挑战，甚至对正常心理过程的有效性提出了质疑。

它尤其是对人类本能的存在前提——即所有的生物都必定有确定的"意义"，而这种"意义"可能在一个家庭的生育和养育过程中被发现——进行了否定。因此，当"家父"将自己有目的的生活与"奥德拉德克"的生活进行比较时，他充满了"忧虑"。

在一定程度上，"奥德拉德克"对"家父"的挑战，也是"作

---

① Wilhelm Emrich, *Franz Kafka: A Critical Study of His Writings*, trans. Sheema Zeben Buehne, New York: Frederick Ungar Publishing, 1968, p.106.

品"对卡夫卡本人的挑战。卡夫卡将自己的作品亲切地称为"儿子们"，但这位严苛的"家父"却时常受到"儿子们"的挑战，"家父"的"忧虑"也正是卡夫卡本人的"忧虑"。

在 1911 年的日记中，他抱怨自己的故事往往只有一个"零乱的开头"："要是我能够写出一些大而完整的东西，从头到尾都构思得那么好，那么这个故事可能永远不会从我这里逃脱。"① 而在 1916 年的日记中，卡夫卡仍然如文中的"家父"一般，体会着"难言的痛苦"："痛苦啊，痛苦啊，这是最重要的词。我如何能够将碎片焊接在一起，形成一个能席卷所有人的故事呢？"②

在"家父"的描述中，"奥德拉德克"是如此奇怪的造物，是由一堆破碎的物品"拼凑"而成的整体，只获得了一半的生命；而那些停留在支离破碎阶段的故事片段，它们难以构成完整的故事，因而从未真正获得生命，这是令卡夫卡这位文学上的"家父"感到"忧虑"的根源。文中"奥德拉德克"那神秘的笑声，听起来像是"落叶发出的沙沙声"，既像是我们一气呵成地翻动书页的"沙沙声"，也像是卡夫卡写作时笔尖划过纸页发出的"沙沙声"。③

作为"奥德拉德克"这个词的创造者，卡夫卡显然知晓它的隐藏含义。我们不禁要问：为何卡夫卡有意不让"家父"和读者知晓这个词的确切含义？显然，这种神秘化对于作品意图的实现是至关重要的。

---

① Franz Kafka, *Tagebücher: 1910-1923*, Frankfurt am Main: Fischer Taschenbuch Verlag, 1983, s.105.

② Franz Kafka, *Tagebücher: 1910-1923*, s.363.

③ 在德语中，blätt 一词既可指"树叶"，也有"纸张，书页"之意；其动词形式 blättern 意为"脱落；翻阅"。

如果叙述者确切地知晓了"奥德拉德克"一词的含义，它不但丧失了完全逃脱家父控制的可能性，更不可能被彻底地视为"无意义"。如此一来，它就无法达到其名字所暗示的效果，也就是说，它将不能有效地劝阻叙述者。而正因为"家父"并不知晓这一目的，"奥德拉德克"反倒有效地对"家父"实施了劝阻，而读者也不会想当然地认为"家父"这一概念所依据的价值观就是正确无疑的。同样地，卡夫卡也用"奥德拉德克"这个词对读者进行劝阻。体现在"奥德拉德克"身上的一切，实际上处处指向了现代读者。

《圣经》中被奉为人类始祖的亚当，正是上帝用尘土创造出来的，人类通过神话将自身的起源追溯到上帝，由此分有了上帝的"神性"。这种"神性"正是人之为人的内在性力量，而这种力量的缺失，必然导致"以往曾有过某种合乎目的的形式，如今只不过是一堆破碎的物品"。而现代人最重要的体验在于，漫无目的的生活，以及在这种生活中弥漫开来的一种"难言的痛苦"。

值得注意的是，"奥德拉德克"虽给人以缺乏生命、意义和目的的印象，但与此同时又似乎什么都不缺。人们很自然地将其解释为一种消极状态的东西，但它根本就不贫乏，"整个东西看上去毫无意义，但就其风格来说是自成一体的"。作为无生命的事物，"奥德拉德克"超越了生死的边界，从而将它所代表的巨大的不确定性和无意义，朝着"家父"的"孩子"以及"孩子的孩子"，即遥远的未来延伸。而现代人无疑就是那个"孩子"以及"孩子的孩子"。换言之，在现代人身上表现出的完整性背后，实际上正是"奥德拉德克"式的碎片本质，是一种缺乏生命、意义和目的的存在状态。

现代人的生活实际上是由碎片拼凑起来的整体，与"奥德拉德克"一样，尽管可以理解和使用人类的语言，却并不知道自己如今的目的何在，更不知道自己曾经是否有过任何目的。一如卡夫卡在《新律师》中所描述的："如今，大门被抬到了不知什么地方，被抬到了更远和更高的地方；没有人指出方向；许多人佩戴着宝剑，但只是为了挥动它们而已；而追随它们的目光则是茫然的。"因此，现代人成了"家父"眼中那个成问题的孩子，而"奥德拉德克"或许就是卡夫卡为现代人起的别名。

"奥德拉德克"的目的，并非要取代家父有目的的存在。实际上，卡夫卡既没有肯定"家父"的价值，也没有肯定"奥德拉德克"的价值，而是通过创造一种完全难以捉摸的存在，提出了一种可能性，这种可能性使人类最基本的假设——即"意义"是一种积极的品质，没有意义的生活是不可想象的——变得不确定。

在正常情况下，成为一个"家父"，是履行人类本能的、身体的职能，从而实现人的自我保护和延续这一自然目的。与此同时，只要他的后代继续活下去，父母也就超越了个人死亡的极限。由于这两种原因，为人父母被视为生活中一种安全、明确，甚至是终极的价值，人类认为这是生存所必需的。然而，正如已经指出的，奥德拉德克的作用是，通过提出这样一种可能性，即目的的概念本身是不确定的，来挑战这种假设，它甚至不具有任何价值，遑论积极的价值。

第二节　"十一个儿子"之谜

众所周知，卡夫卡终身未婚，虽然数次订婚又数次退婚，在世俗的眼光中，他仍然是一个"单身汉"；他膝下从无子嗣，尽管据说他曾有过一个幼年夭折的私生子，但卡夫卡本人并不知情；他也从不认为自己具有世俗意义上的"父亲"身份。因而在世俗生活中，他是一个"永恒之子"。[1]

但是在"另一个世界"，即卡夫卡的精神世界，情形就变得很不一样。早在 1913 年 4 月 4 日，卡夫卡致信出版商库尔特·沃尔夫，提议将自己的三篇作品，即《司炉》《变形记》和《判决》结集出版，并取名为"儿子们"（Die Söhne）[2]。卡夫卡将自己的作品视为"儿子"，从而在精神上成了作品的"父亲"。

卡夫卡的《十一个儿子》，正是以父亲的视角，对自己的"儿子们"逐一地进行介绍。布罗德在《卡夫卡传》中回忆起卡夫卡曾对他说过的话："《十一个儿子》只是我目前正在写的十一个故事。"[3]布罗德曾于 1917 年 2 月到访卡夫卡的住所，并在 11 日的日记中写道："和卡夫卡在炼金术士巷。他精彩地高声朗读。修士的小屋中一位真正的作家。"[4]卡夫卡的话很可能就是在那时说的。

据此，诸多学者试图从卡夫卡的作品中考证出与《十一个儿子》的描述相对应的十一篇作品。其中，最具代表性的考证报告，出自卡夫卡研究专家马尔科姆·帕斯莱。在卡夫卡的第六本蓝色八开笔记本中，帕斯莱发现了卡夫卡列出的一份包含十二个故事标题的清

---

① Peter-André Alt, *Franz Kafka: Der ewige Sohn*, München: Verlag C.H. Beck, 2005.

② Franz Kafka, *Briefe, 1902-1924*, hg. Willy Haas, Frankfurt am Main: S. Fischer, 1958, s.116.

③ Max Brod, *Franz Kafka: A Biography*, trans. G. Humphreys Roberts and Richard Winston, New York: Schocken Books, 1973, p.140.

④ Max Brod, *Franz Kafka: A Biography*, p.156.

单，而《十一个儿子》的标题赫然在列。①据此，他将《十一个儿子》与另外的十一个故事对应起来。笔者将对帕斯莱的观点作简要评述。②

帕斯莱认为，第一个"儿子"指的是《一场梦》。因为"他的思想过于简单。他既不朝右看也不朝左看，更不朝远处看……"③这对应着《一场梦》中的唯一关注点，即约瑟夫·K. 无意识中的死亡冲动，他那迷迷糊糊的目光仍然盯着自己的坟墓。

第二个"儿子"指的是《在法的前面》。这个"儿子"是卡夫卡"精心构造"（wohlgebaut）的。而"他击剑时的姿势，使人看了心醉神迷"，这指的是：面对约瑟夫·K. 的强烈反对，神父用《在法的前面》这则故事进行了巧妙的回应，两人的论辩一如"击剑"时的一系列躲避和反击，卡夫卡对此由衷地感到满意。这个"儿子"具有《在法的前面》中乡下人的特点：与第一个"儿子"相反，他"涉世颇深"，已经离开了家去"游历"，这正与"乡下人"离开自己的"故乡"，"游历"到了"法"的门前相暗合；而"就连家乡的人也喜欢和他亲切交谈，而不愿和待在家里不出远门的人交谈"，帕斯莱认为这是卡夫卡幽默的暗示，暗指乡下人试图与守门人皮领

---

① Franz Kafka, *The Blue Octavo Notebooks*, ed. Max Brod, trans. Ernst Kaiser, Eithne Wilkins, Cambridge: Exact Change, 1991, p.106. 除列在最后的《十一个儿子》外，前十一个故事的标题分别为：《一场梦》《在法的前面》《一道圣旨》《短暂的时间》《一页古老的手稿》《豺狼与阿拉伯人》《在剧院顶层楼座》《铁桶骑士》《乡村医生》《新律师》《兄弟谋杀》。

② J.M.S. Pasley, "Two Kafka Enigmas: 'Elf Söhne' and 'Die Sorge des Hausvaters'", *The Modern Language Review*, 1964, 59(1), pp.73-81.

③ 本节关于《十一个儿子》的引文均出自叶廷芳主编：《卡夫卡全集》第1卷，北京：中央编译出版社，2015年，第155-159页，同时参考德文本（Franz Kafka, *Drucke zu Lebzeiten*, hg. Wolf Kittler, Hans-Gerd Koch, Gerhard Naumann, Frankfurt am Main: S. Fischer Verlag, 1994, ss.284-292）对译文略有改动，因小说篇幅不长，为免烦琐，不再另注。

中的跳蚤交谈。这个"儿子"的特征还来自乡下人的对手，即守门人：这个"儿子"的脸是"大胆放肆"的，我们被告知他具有"令人难以接近的孤傲性情"，这一点也符合守门人始终不让乡下人进入"法"的情节。

第三个"儿子"指的是《一道圣旨》。正是这则故事的抒情性，让这个"儿子"具有了"歌唱家的美"，卡夫卡补充说，"但并非我所欣赏的那种美"。他拥有"需要后面有帷幔衬托才给人以印象的脑袋"，指的是《一道圣旨》的开头："皇帝——据说是——向你，这位单独的可怜的臣仆，在皇天下逃避到最远的阴影下的卑微之辈，皇帝在弥留之际恰恰向你下了一道圣旨。"这句话充分展现了《中国长城建造时》的中国背景，而这句话正是由此而来。他"高高隆起的胸脯"与故事中间部分强有力的修辞有关，同时也与信使那骄傲的姿态有关："他便指一指胸前那标志着皇天的太阳。"而他那双"动不动就迅速地扬起、动不动就更加迅速地放下的手"，指的是信使"时而伸出这只胳膊，时而又伸出那只胳膊"的开路情形。这个"儿子"那双"因为不能承受重量而忸怩作态的腿"也属于故事中的信使，因此他永远也无法将消息送达目的地。此外，第三个儿子"感到跟我们的时代格格不入"，原因恰恰在于《一道圣旨》是一个古老的中国传说。

第四个"儿子"指的是《邻村》①。这个"儿子"是"他那个时

---

① 在此，帕斯莱用的是该则故事的最终标题。学界普遍认为，卡夫卡最初在第一本蓝色八开笔记本中将其命名为《一个骑手》（Ein Reiter），随后在第六本蓝色八开笔记本中又改为《短暂的时间》（Die kurze Zeit），最终在《乡村医生：短故事集》中定名为《邻村》（Das nächste Dorf）。参见 Richard T. Gray, et al., *A Franz Kafka Encyclopedia*, London: Greenwood Press, 2005, p.202. 由于未留下手稿，这种说法暂且存疑，但值得一提的是，"短暂的时间"这一短语，曾在《变形记》中出现过。

代真正的孩子"，与之对应的是，《邻村》中对时间流逝的沉思，当然是"每个人都能理解"的；作为《乡村医生：短故事集》中最简短的作品，《邻村》具有"格言"的性质，而这个"儿子"的"某些格言，人们时常想加以引用"。

第五个"儿子"指的是《一页古老的手稿》。他是"无辜的，也许过于无辜"，这个特点来自故事中的那些臣民，他们把北方游牧民族的入侵归咎于皇帝，认为"皇帝的宫殿招引了这些游牧民族。"并且，与这个"儿子"一样，他们"对每个人都友好，也许过于友好"，甚至入侵者的愿望都予以满足："他们动手抓取的时候，你只好走到一边，任凭他们为所欲为。"故事中"过于友好"的肉店老板，将一头活牛献给了北方游牧民族入侵者；而"这个世界上的暴风骤雨"指的就是突然入侵的北方游牧民族士兵。

第六个"儿子"指的是《豺狼与阿拉伯人》。他是"一个垂头丧气的人"，这与故事中"豺狼们……都纷纷低下了头，将其夹在两只前腿之间"的描写相吻合；他还是一个"空谈家"，这是对故事中的豺狼们空谈古老教义而无切实行动的有力概括。故事中对豺狼一族的描述，也与这个"儿子"的性格特征如出一辙："如果处于劣势，他便陷入难以克服的悲伤之中；一旦占据优势，他便用喋喋不休的空谈来保持这种优势。"

第七个"儿子"指的是《在剧院顶层楼座》。他怀有"不安"和"对传统习俗的敬畏"两种情绪，两者分别体现为《在剧院顶层楼座》中的第一段和第二段。卡夫卡补充道："至少我是这样认为的，他把这两者结合在一起，使之成了一个无可争议的整体。"故事中的年轻人，通过"传统的"马戏表演，看到了人类生存的境况，但却无能为力：“因为情形是这个样子，所以那位顶层楼座上的观众便把他的脸靠在栏杆上……不知不觉地哭了。”故事的结局与这个“儿子”的状态一致，因为“未来的车轮永远不会由他来转动”，而只能任由它“一直延伸到越来越明显的灰暗的未来”。

　　第八个“儿子”指的是《铁桶骑士》。这个故事源自卡夫卡本人的直接经验，在1916年与1917年相交的那个冬季，他经历了燃料短缺的状况。这个“儿子”让卡夫卡想起了那个冬季的严寒：“时间已经弥补了许多，减轻了痛苦；但在从前，我一想到他就会不寒而栗。”卡夫卡将这个“儿子”的特点，与故事中那个昂首阔步的煤桶的特点，融合在了一起：他有着“硬脑壳，矮小壮实的身体”，但“那两条腿小时候就相当虚弱”；在故事中，作为“良驹”的铁桶同样没有抵抗力，“女人的一件围裙把它一扇，它的两条腿就飘离了地面”。

　　第九个“儿子”指的是《乡村医生》。我们得知，这个“儿子”的毕生追求只是“躺在沙发上，痴望着天花板，或者最好是垂下眼皮闭目养神”；而故事中那个生病的男孩也始终躺在自己的床上，整个故事展现为一系列“闭上眼睛的图像”，具有梦幻色彩，笼罩在一种“超自然的光辉”中。故事中的那两匹马，不可思议地从猪圈里“出生”，而且在某种更高的神意的指引下行动：在医生准备返家时，两匹马同时嘶叫起来，医生感到“这声音一定是来自高天的安排，是特地来帮助我检查病人的”；在故事的结尾，乡村医生坐着一辆尘世的马车，驾着“非尘世”的马，在严寒中缓慢前进。然而，卡夫卡这位“父亲”知道：“一块湿漉漉的（nassen）海绵就足以抹去所有超自然的光辉。"①

第十个"儿子"指的是《新律师》。这个"儿子"穿着"一件总是扣得紧紧的礼服大衣"，戴着"一顶精心刷过的旧黑帽子"，这个形象正是《新律师》中"法学博士"布塞法鲁斯的形象。作为"律师"，布塞法鲁斯在辩护时必然"以尖刻而活泼的语言探讨问题"，这也正是卡夫卡对这个"儿子"的描述。"布塞法鲁斯"这个名字，是历史上真实存在过的亚历山大大帝的战马的名字，他因"在世界历史中的重要地位"而受到这个时代的人们友好的接待，而这个"儿子"也同样"与整个世界保持着惊人的、自然而又愉快的一致"。

第十一个"儿子"指的是《兄弟谋杀》。尽管他是所有的"儿子"中"最虚弱的"一个，但他"有时会显得强壮而果断"。帕斯莱认为，这表现了《兄弟谋杀》中的谋杀者施马尔在整个行凶过程中的特质，虚弱却果断，强壮又不无软弱。卡夫卡提到，这个"儿子"所具有的这种特质，其目的在于"毁掉一个家庭"；而故事中的施马尔的确将韦斯夫妇一家给"毁掉"了。

跟随帕斯莱的解读至此，我们可以确定的是，卡夫卡的确以一种相当隐蔽的方式在文学的"矿井"中"开掘"。帕斯莱的解读在很大程度上为我们揭开了《十一个儿子》的神秘面纱，在尝试将这

① 在德语中，naß（湿的）一词，同样具有"模糊不清，不透明"之意，与 blind 一词相近。在卡夫卡 1907 年左右写的片断《乡村婚礼筹备》（Hochzeitsvorbereitungen auf dem Lande）中，主人公拉班（Raban）驻足在一个橱窗前，此时叙述者提到了橱窗里的一块"湿漉漉的"（nassen）玻璃，暗示了拉班朦胧的想象色彩。参见 Franz Kafka, *Hochzeitsvorbereitungen auf dem Lande: und andere Prosa aus dem Nachlaß*, hg. Max Brod, Frankfurt am Main: Fischer Taschenbuch Verlag, 1983, s.10.

种对应关系落到实处的过程中,帕斯莱的论述不乏深刻的洞见。但是,这种解读也不无草率和牵强之嫌。

首先,帕斯莱所依据的那份清单,并非确凿无疑的。因为在第一本蓝色八开笔记本中,同样存在一份由卡夫卡本人列出的清单,包含了十一个故事的标题,它们分别为:《在剧院顶层楼座》《等级偏见》《铁桶骑士》《一个骑手》《一个商人》《乡村医生》《一场梦》《在法的前面》《兄弟谋杀》《豺狼与阿拉伯人》《新律师》。[①]

从时间上看,这份清单是卡夫卡在 1917 年 2 月对新近创作的初次整理;而帕斯莱所依据的那份清单大约写于 1917 年 3 月,卡夫卡此时对作品的结集出版(即后来的《乡村医生:短故事集》)有了较为明确的计划。此前已经提到,《一个骑手》即是《邻村》,那么两份清单的不同之处仅在于:前者中的《等级偏见》和《一个商人》,到后者中则换成了《一道圣旨》和《一页古老的手稿》。而布罗德认为,《等级偏见》很可能就是《视察矿井》,《一个商人》则是《邻居》。[②] 如果布罗德的说法可靠的话,那么《视察矿井》在创作时间上要先于《十一个儿子》,而后者显然与前者也有着明显的相似之处,正如波利策所说,两者"基本上都是没有情节的,都是对无名之人的列举"[③]。两者的文本结构,都是以从小到大的自然数序列串起来的,且都包含了 12 个人物;被串起来的文本各要素

① Franz Kafka, *The Blue Octavo Notebooks*, ed. Max Brod, trans. Ernst Kaiser, Eithne Wilkins, Cambridge: Exact Change, 1991, p.102.

② Franz Kafka, *The Blue Octavo Notebooks*, p.102.《邻居》实际上是布罗德起的标题。关于卡夫卡的八本八开笔记本的时间顺序,参见 Richard T. Gray, et al., *A Franz Kafka Encyclopedia*, pp.210-211.

③ Heinz Politzer, *Franz Kafka: Parable and Paradox*, New York: Cornell University Press, 1962, p.94.

之间，似乎并不具有紧密的联系；两者在风格上也都显得极为平和，甚至近于平淡。既然《十一个儿子》的构思是来自《视察矿井》，并且两者都被收录于《乡村医生：短故事集》，可见卡夫卡对它的重视程度，那么，卡夫卡完全有可能将《视察矿井》归为自己的"十一个儿子"之一。

从内容上看，《视察矿井》也的确与《十一个儿子》中的第五个"儿子"有几分神似。按照帕斯莱在另一处的解读，《视察矿井》中的十一位工程师，代表了与卡夫卡同时代的十一位"高高在上的"作家，而那名身为矿工的叙述者，代表了卡夫卡自己，一名工作于"底层的"诗人。[①] 在卡夫卡看来，自己"一向是那么微不足道"，以至于这些工程师形象的作家在自己面前"确实会感到孤独"；但是，凭借着这种孤独，自己反倒"赢得了某种声誉"。这是卡夫卡在《视察矿井》中对自己在文学领域的定位，也符合《十一个儿子》中"父亲"对第五个"儿子"的评价。

其次，我们应该看到，仅局限于这种对应关系的落实，实际上并不足以把握住《十一个儿子》的精髓，反倒有草草了结卡夫卡之嫌。在帕斯莱之后，不少学者对这篇作品尤为关注，卡夫卡作品的英译者与研究者巴伦·米切尔就是其中一位。他对《十一个儿子》与十一篇作品进行了重新"配对"，其中仅第六个"儿子"的匹配与帕斯莱的解读一致[②]，由此可见卡夫卡"儿子"之谜的难解与复杂

[①] J.M.S. Pasley, "Franz Kafka: 'Ein Besuch im Bergwerk'" *German Life and Letters*, 1964, 18(1), pp.40-46.

[②] Breon Mitchell, "Franz Kafka's 'Elf Söhne': A New Look at the Puzzle", *The German Quarterly*, 1974, 47(2), pp.191-203. 米切尔认为，这十一个"儿子"对应的顺序分别为：《兄弟谋杀》《新律师》《乡村医生》《铁桶骑士》《在剧院顶层楼座》《豺狼与阿拉伯人》《一页古老的手稿》《邻村》《一道圣旨》《在法的前面》《一场梦》。

程度。笔者认为,这种微弱的对应关系,之所以长期未被察觉,而即便有所察觉仍难以决断,与其说是卡夫卡留下的蛛丝马迹尚且不够,毋宁说是卡夫卡有意地将其遮蔽了。正是在这一点上,卡夫卡有着更为深层的考虑,而执迷于这种对应关系,无疑会令大多数读者止步于此。

第三节　父与子的纠缠

《十一个儿子》与《家长的忧虑》都对父亲和儿子之间的关系进行了处理。在《家长的忧虑》中,对父亲既定价值的挑战来自家庭"外部"的一种名为"奥德拉德克"的生物;但在《十一个儿子》中,这种挑战则直接源自家庭的"内部",即父亲的"儿子们"。事实上,《十一个儿子》的创作时间要早于《家长的忧虑》,但是在《乡村医生:短故事集》中,后者却排在了前面。两者之间的关系可以表述为"问题"与"答案"的关系,只不过我们通常的做法是:先提出问题,然后才给出答案。而卡夫卡则是先有了"答案",然后才将"问题"构想出来。我们不妨回到《家长的忧虑》的结尾,作为"家父"的叙述者自问道:

对他该怎么办呢?难道他会死去吗?一切正在死亡的东西,以前都曾有过某种目的,某种活动,正是它们耗尽了它的精力;这并不符合奥德拉德克的情况。由此可见,他将来是否会带着拖在身后的合股线咕噜咕噜地滚下楼梯，一直滚到我的孩子和孩子的孩子的脚前呢？显然，他绝对不会伤害任何人；但是，一想到他也许比我活得更长，这对我来说，几乎是一种难言的痛苦。①

从《家长的忧虑》的结尾，我们了解到，"奥德拉德克"是毫无目的、毫无意义可言的存在，他的精力并不因此损耗；由于它是"非人非物"的存在，未曾获得过完整的生命，却由此超越了生命。我们并不清楚这位"家父"是否真的拥有孩子，但至少在精神层面，他对自己作为"父亲"有着强烈的愿望与职责，"家父"的"忧虑"也因此伸向了更遥远的未来。他预料到，他的孩子以及孩子的孩子，仍然要面对"奥德拉德克"所代表的无意义的生活。而《十一个儿子》则像是从"家父"的"忧虑"中流溢出来的故事，只不过，这一次，"奥德拉德克"的确"回到了我们的家里"，并寄生在"父亲"的"十一个儿子"身上。

在对每一个儿子的评价中，父亲肯定了他对所有儿子的爱，同时也表达了儿子们所引发的不同程度的不满和幻灭。父亲并不认为这些成就是一种积极人生目标的实现，因为他未能在儿子们身上获得延续家族血统的安慰。例如第七个儿子，父亲希望看到他也成为父亲，但他对异性丝毫不感兴趣，宁愿独自一人到处流浪。而唯一关心父亲未来的，是第十一个儿子，但他却最为虚弱，父亲最为信任他，但同时也意识到，他的性格注定要毁掉这个家庭。

因此，对于这个家庭的主人来说，父权远不能代表一种明确

---

① Franz Kafka, *Drucke zu Lebzeiten*, hg. Wolf Kittler, Hans-Gerd Koch, Gerhard Naumann, S. Fischer Verlag, 1994, s.284.

的、持久的存在价值。相反，在他看来，这在很大程度上是"不完美"的延续。因此，尽管他公开表示爱他的儿子，并意识到他们的优点，但他同时也意识到，所有的儿子都有一个共同的特点，那就是整个家庭的普遍弱点："使我担心的不是身体上的缺陷，而是某种与他的性格相符的精神上的小小的失常，某种在他血液里迷乱的毒素，某种只有我能看出来的无能，即无法充分发挥他与生俱来的天赋。另一方面，恰恰是这种无能使他成为我真正的儿子，因为他的这个缺点也是我们全家人的缺点，只不过在这个儿子身上表现得尤为明显罢了。"

尽管父亲意识到整个家庭都有这种缺陷，但并没有迹象表明儿子们同样意识到这一点。如果他们都像第二个儿子那样，就不可能意识到这种缺陷，因为只有父亲知道儿子们无法完全实现的潜能。因此，儿子们的普遍弱点，实际上也是父亲自我意识的投射。当父亲意识到他对儿子们所采取的严厉批判和失望的态度时，引发他不满的真正根源，与其说是这十一个儿子的缺陷，毋宁说是父亲意识到却未能克服的自身缺陷。他希望通过生育使这种缺陷被克服，却在儿子们身上遭到了拒绝。在儿子们身上，父亲传播着自己不完美的一面。

卡夫卡在《十一个儿子》中采用了与《视察矿井》基本相同的技巧，即通过使用从小到大的数字序列来强调父亲的重要性。卡夫卡对这十一个儿子的序号排列是随意的，他让父亲只能用数字而不是用名字来称呼他们，试图让人们注意到，父亲代表着以"完美"为目标的"不完美"的存在。与工程师的随从不同，父亲不是通过自己，而是通过他的十一个儿子来努力实现自己的目标。因此

"十一个儿子"象征着父亲的目标，同时也象征着他的失败。

在传统象征主义的框架内，儿子们的具体编号受以下原则的支配：每个儿子都与前一个相对照，即使两者在某些方面相似，但总体效果仍然形成对比。例如，第一个和第二个儿子都很聪明，但前者在有限的范围内显示出他聪明的一面，从不与世界妥协，而后者则将其与广泛的经验和世俗的智慧相结合。同样，第二个和第三个儿子都很帅，但在帅的类型上各不相同。通过这些方式，卡夫卡以"儿子们"的外表、气质和与社会历史环境的关系为具体参照，创造了一个有机的整体。

在一个精神、智力和情感方面都充满不确定性的时代里，《家长的忧虑》和《十一个儿子》显然没有为寻找一种积极的方案提供更多的希望。尽管它与生命和希望有着根本的关联，具有明确的目的和持久的价值，但事实证明，父亲的身份与绝对的世俗权威或主观理想一样，都是幻灭和痛苦的源泉。因此，在最后一次不顾一切地缩小范围时，作者关注的是通过死亡来寻求解脱。如果现代生活的不确定性如此之大，甚至生育在目的和价值上都变得模棱两可，那么人类唯一的希望或许在于：摧毁这种生活。由于对人类状况的详细研究未能揭示任何其他肯定存在的方法，人类唯一的真正选择或许是，通过消灭身体从而肯定身体，也就是说，试图通过摧毁"无意义"的化身来创造"意义"。正是这种极端而矛盾的方式，为接下来《乡村医生：短故事集》中最后一对主题建立了联系。

第七章

艺术家：诗与思的相遇

对人类非理性因素的关注，是卡夫卡获取艺术资源的主要途径。卡夫卡的艺术并非在游戏层面的自娱自乐，而是基于形而上的思考。《兄弟谋杀》中对"谋杀"动机的报告按而不表，在《一场梦》中以梦的"接力"方式进行死亡想象，这都是他作为艺术家对人类理性的哲思，体现了卡夫卡融合诗与思的努力。

第一节　非理性谋杀与精神分析

卡夫卡的《兄弟谋杀》（Ein Brudermord）实际上有两个版本。早期版本的标题为《一场谋杀》（Der Mord）；后期版本则是卡夫卡在前者的基础上做"无关紧要的修改"的结果，虽在情节上并无大的改动，但标题却改为了《兄弟谋杀》。

如果将两个版本都算在内的话，《兄弟谋杀》在卡夫卡生前出版过 4 次，可被列入卡夫卡生前发表次数最多的作品之一：1917

年 7、8 月间，首次以《兄弟谋杀》为标题，与《一页古老的手稿》和《新律师》一起发表在《玛尔叙阿斯》（*Marsyas*）杂志的创刊号上；1917 年 12 月，以《一场谋杀》为标题，与《乡村医生》一同发表在库尔特·沃尔夫出版社的《新创作年鉴》上；1920 年 5 月，以《兄弟谋杀》为标题收入《乡村医生：短故事集》；1920 年 12 月，以《兄弟谋杀》为标题，收入由马克斯·克雷尔（Max Krell）主编的《成长：当代短篇小说选集》。① 卡夫卡对作品的发表有着极为严苛的标准，而像《兄弟谋杀》这样频繁出版或发表的情况实属罕见。除此之外，只有《一场梦》得到过卡夫卡如此的青睐。

有人曾误以为《一场谋杀》与《兄弟谋杀》是两个不同的故事，而在 1920 年致信米莲娜时，卡夫卡表达了对这种误解的不满："在（《新创作年鉴》）目录中出现的一篇名为'谋杀者'（Mörder）（即《一场谋杀》）的小说，我不曾写过，这是一种误解；但既然她被认为是众多篇目中最好的，这一点或许又是对的。"② 显然，卡夫卡对早期版本的态度是矛盾的。卡夫卡的"不满"，首先主要针对的是库尔特·沃尔夫出版社的草率之举；其次是针对《一场谋杀》这一标题，因为作为伴随文本，不同的标题有可能导致截然不同的解释，在这个层面上讲，卡夫卡着重强调了"兄弟"一词赋予作品的深层含义。但卡夫卡同时又表现出一种"满足"，他在信中对这篇作品的评价竟然超过了首次发表的《乡村医生》，这的确耐人寻味。

《兄弟谋杀》这个故事很简短，但却是整个系列中最复杂、最

---

① Joachim Unseld, *Franz Kafka: A Writer's Life*, trans. Paul F. Dvorak, Ariadne Press, 1994, p.376, 378, 379.

② Franz Kafka, *Briefe an Milena*, Frankfurt am Main: S. Fischer Verlag, 1983, s.5.

令人费解的一篇。这在很大程度上是由它独特的风格、冷静的事实、轰动的效应以及古典资源的多重混合造成的。

故事的主人公之一是受害者韦斯，他代表了普通公民的善良本质。韦斯是一个勤勉的、不无成功的上班族，他的婚姻也很幸福。他显然没有被终极问题和现代社会的痛苦所困扰，过着相对平静的生活，与世界和平相处。他的名字"韦斯"（Wese）源自德语Wesen，意为"存在、本质"，因而是人类"智慧"与"理性"的代表。他在命运的十字路口止住脚步、脱下帽子、摸了摸头发、眺望天空，试图探究即将发生的事情，然而在命运的"非理性"因素面前，"理性"的探究却只能得到"糊里糊涂"的回应："一切都待在自己毫无意义和玄妙莫测的位置上。"[①] 在韦斯"理性"的思维中，"继续往前走是非常合理的行为"，最终却遭到了"非理性"的谋杀。

故事的主人公之二是谋杀者施马尔，在那场激情恣意的毁灭中，他是人类非人行为的缩影。他埋伏在一条街道的拐角处，手持"一半像刺刀，一半像菜刀"的杀人凶器，等待着必经此地的韦斯。施马尔身上"蓝色的制服"和手中"一半像刺刀"的凶器，令人联想到具有公开性质的"战场"；而"扣子开着的短外衣"和"一半像菜刀"的凶器，则令人联想到具有隐私性质的"家庭"。作为故事主要情节的谋杀，实际上是一场具有隐秘性质的战争。叙述者的描述暗示了人类在普通市民与职业军人之间的角色转换，这既是人类

---

① 本节关于《兄弟谋杀》的引文均出自叶廷芳主编：《卡夫卡全集》第1卷，北京：中央编译出版社，2015年，第160-162页，同时参考德文本（Franz Kafka, *Drucke zu Lebzeiten*, hg. Wolf Kittler, Hans-Gerd Koch, Gerhard Naumann, Frankfurt am Main: S. Fischer Verlag, 1994, ss.292-295）对译文略有改动，因小说篇幅不长，为免烦琐，不再另注。

日常生活的战争化，也是战争对个人日常生活的入侵。

叙述者对埋伏场景的描述，与《旧约》有着某种渊源。其中写道："在将这个人（亚当）赶出去后，他（上帝）又在伊甸园的东面安设了基路伯和一把四面挥动并不断发出火焰的剑，为的是守卫通往生命树的道路。"[①] 手持利剑的基路伯形象，他的职责是守卫生命树；而卡夫卡笔下的施马尔，他名字的含义和手中的凶器，恰恰构成了对《旧约》的反讽。波利策认为，"施马尔"（Schmar）这个名字源于希伯来语词汇 shamar，意为"看守，守卫"。[②] 他在等待的过程中不断摆弄着手中的凶器，"对着月光……刀刃发出闪光"，"朝铺石路面的砖石砍去，顿时火光进溅"，"像拉小提琴似的在他靴底上抹擦刀口"，"同时窥视着这条充满宿命的小巷"。曾经守卫生命的天使，如今却成为终结生命的谋杀者，"守卫"的本质由此被卡夫卡推向了极致，从而走向了它的反面，变成了"谋杀"。在这则故事中，叙述者始终对施马尔杀害韦斯的动机保持沉默，而这种沉默实际上已经显露了凶杀案的非理性因素。那些试图用理性的眼光去寻找谋杀动机的读者将会发现，自己的努力无疑是徒劳的，因为故事的开场白已经"表明"：这则具有"报告"程式的故事，仅仅是对谋杀的"方式"进行描述。

故事的主人公之三是观察者帕拉斯，一个普通的公民。他认识凶手，并且显然知道他将要做什么，但没有试图干预：他"肥硕的

---

① 基路伯（Cherubim）是《创世纪》中描绘的一位长着翅膀的守卫天使。此处引文为笔者从英文译出。参见《圣经》（中文和合本、英文新国际版），中国基督教协会，2007年，第6页。

② Heinz Politzer, *Franz Kafka: Parable and Paradox*, New York: Cornell University Press, 1962, p.93.

身体上紧束着睡衣"却无心睡眠，站在"高处"（二楼的窗户后面）向下"观察着一切"，同时也"忍受着一切"。他的行为虽说不是恶意的破坏，却与"兄弟"的理想背道而驰。

"帕拉斯"（Pallas）这个名字，源自古希腊神话中的帕拉斯·雅典娜（Pallas Athena），那位与"智慧"和"战争"有着密切联系的女神。按照皮拉基斯人的说法，"雅典娜"（Athena）出生之后由河神特里同抚养长大，特里同之女帕拉斯（Pallas）是她的玩伴，两人是一对好"姐妹"。因宙斯丢盾牌的缘故，帕拉斯被雅典娜"误杀"了。雅典娜非常悲伤，制作了帕拉斯的雕像，雅典娜因此得名为"帕拉斯·雅典娜"。联系帕拉斯与雅典娜的故事，我们不妨猜测，韦斯与施马尔这对并非血亲的"兄弟"，似乎是帕拉斯与雅典娜故事的再次演绎，或许被逮捕的施马尔最终改名为"韦斯·施马尔"（Wese Schmar），而这个名字同样将"智慧"与"战争"联系起来。

卡夫卡在帕拉斯的名字前还冠以 Private 这一称谓。这不仅意味着，作为"个人"（private person），他对保护自己隐私的重视，以及对窥视他人隐私有着特殊的癖好，他翻起的衣领和紧束的睡衣表明了这一点。同时，Private 一词也暗指了帕拉斯曾经所担负着的某种"职责"（Private 也是一种军衔），"退休了的"帕拉斯，依然保持着旧有的习惯，未能根除自己内心对战争的狂热。叙述者呼吁读者探究一下人性，而"人性"中始终存在着一种紧张的对立关系。在帕拉斯身上，"人性"表现为"被看"的恐惧与"窥探"的欲望，两者间的紧张关系导致了"人性"的沉默，正是由于这种沉默，帕拉斯间接地谋杀了韦斯。退隐后的帕拉斯，已经无力担负起守护秩序和人性的职责，在那耸人听闻的好奇心中，"城市屏障"彻底地瓦解了。

在故事中，谋杀者与被害者的关系显然十分密切。施马尔确切地知道韦斯下班的时间、办公室和家的具体位置、家庭生活的一些细节以及他妻子的名字，作为伴随文本的标题赋予他们"兄弟"的关系。而"兄弟谋杀"（Ein Brudermord）这一标题，更是直接指向了《旧约》中的原型：该隐与亚伯。在德语读者眼中，这种联系是非常直观的，在由马丁·路德翻译的德语版《圣经》中，关于该隐与亚伯故事的标题为"该隐的兄弟谋杀"（Kains Brudermord）[①]。该隐和亚伯同是人类始祖亚当和夏娃之子，该隐为兄，是种地的；亚伯为弟，是牧羊的。他们以各自所生产之物向上帝献祭，上帝看中了亚伯和他的供物（羊），而未看中该隐和他的供物（地里的出产）。因嫉妒而愤怒的该隐杀了他的弟弟亚伯，上帝便对该隐进行了诅咒。这是人类历史上兄弟相残的原型。

如果将《兄弟谋杀》与《圣经》中"该隐的兄弟谋杀"对应起来，那么韦斯扮演的应该是亚伯的角色，施马尔扮演的则是该隐的角色，帕拉斯则占据着上帝的视角。然而，这种看似可靠的对应关系，实际上却是极不稳定的。

首先，与亚伯和该隐这一对原型的不同之处在于，韦斯与施马尔并不一定是同一父母所生，从文本中也找不到任何可证明两人是血缘兄弟的线索。相反，有迹象表明，他们只不过是亲密的朋友。施马尔亲切地称呼韦斯"老夜游神，朋友，啤酒店里喝酒的伙伴"，

---

① Martin Luther, *Die Bibel nach Martin Luther*, Deutsche Bibelgesellschaft, 2014, s.6.

而曾经的"朋友"如今却毫无由来地变成了"敌人"。

其次，尽管帕拉斯拥有上帝般的全知视角，他始终身居高处并向下观察着一切，却没有能力对谋杀者进行审判。他只是"站在他那两扇突然敞开的房门当中"对施马尔喊道："我看到了一切！什么也没有放过。"这句话与其说是姗姗来迟的出于道德义愤的控诉，毋宁说是帕拉斯"感到心满意足"时的宣泄，他的言语中甚至洋溢着对谋杀者强烈的赞赏意味。由此看来，卡夫卡对《旧约》的借用，反讽了上帝的失落。上帝不仅无法对个人实施拯救，甚至在一定程度上充当了谋杀者的帮凶。对于卡夫卡而言，退隐后的上帝不再意味着拯救的希望。

在这样的背景下，随着事件的展开，作品标题的意义向度也发生了根本性的改变。"兄弟谋杀"不再是指向通常意义上的家庭内部，而是转向了人类对其同伴的致命袭击。施马尔通过杀死他的亲密朋友，讽刺了普遍的人类手足之情，最鲜明地表现为施马尔谋杀完成之后的情绪高涨："谋杀乃至高无上的幸福！解脱了，从别人的鲜血中流出的狂喜！"

"手足之情"这一观念，在启蒙运动期间广泛流传，并发展成为德国古典主义时期的"人道主义"。在席勒看来，欢乐是"永恒的大自然中强有力的发条"，在它"温柔的羽翼之下，人人都彼此结为兄弟"。[①] 而在卡夫卡笔下，欢乐被扭曲成伴随人类同胞的毁灭而来的狂喜。当这种兴奋过去之后，幻灭的结果立即显现出来。面对"朋友"血迹斑斑的尸体，施马尔希望它能够立即消失，但这是

---

① 席勒：《欢乐颂》，叶隽编选：《席勒诗选》，王国维等译，长春：时代文艺出版社，2012 年，第 12-17 页。

不可能的："不是我们想要的都实现了，不是所有的梦想都开花结果了，你坚实的遗体躺在这里，已经对每一脚踢都漠不关心了。"在歌德的诗作《普罗米修斯》中，我们听到了类似的声音："你大概曾错误地估计：／我该憎恶生命，／我该逃入荒漠，／因为并非一切如花的梦／都能成熟？／我坐在这儿造人，／按照我的形象，／造出一个种族，和我相像，／好叫他们去受苦，哭泣，／享受，欢乐，／并且对你不敬，／像我一样！"① 歌德笔下的普罗米修斯，是人类创造力的化身，他的梦想是有力地肯定人类的生命；卡夫卡却让这些话从施马尔的口中宣泄而出，与普罗米修斯的意愿相反，施马尔的愿望是彻底消灭他的"兄弟"。

在《兄弟谋杀》中，卡夫卡借用丰富的古典资源，对人类互相残杀的现状进行了强烈批判，尤其是当时正值第一次世界大战，这场战争的动机与施马尔谋杀的动机如出一辙，都是毫无由来的非理性。

由于《兄弟谋杀》中表现出了鲜明的非理性因素，因而成为诸多论者将卡夫卡与弗洛伊德联系起来的证据。卡夫卡对弗洛伊德无疑极为熟悉，在 1912 年 9 月 23 日的日记中，卡夫卡就表示："在写作（《判决》）期间，许多情感同时涌现出来，比如，喜悦，我可以给马克斯的《阿卡迪亚》提供某些优秀的作品；当然，也想到了弗洛伊德……"② 实际上，不仅卡夫卡"想到了弗洛伊德"，就连读者在阅读卡夫卡的其他作品时，也时常"想到了弗洛伊德"。诚如

---

① 歌德：《普罗米修斯》，飞白译，上海辞书出版社文学鉴赏辞典编纂中心编：《歌德作品鉴赏辞典》，上海：上海辞书出版社，2014 年，第 9–11 页。

② Franz Kafka, *Tagebücher: 1910-1923*, hg. Max Brod, Frankfurt am Main: Fischer Taschenbuch Verlag, 1983, s.215.

叶廷芳先生所言：弗氏理论为卡夫卡"'寻找自我'扩充了一条重要渠道"。[①] 在读者的印象中，弗洛伊德俨然成了一位与卡夫卡有着紧密联系的"朋友"，而要从《兄弟谋杀》中辨识出弗氏理论的色彩也并非难事。

当韦斯被谋杀后，从帕拉斯"强忍着胡乱吞下这一切恶果"，到结尾处施马尔"好不容易才抑制住了这最后的呕吐"，这一明显的生理反应表明，三者之间必然存在着某种曾经完整而如今破碎了的机体联系。有论者据此认为："《兄弟谋杀》为我们呈现出一种精神结构的三重概念，它与弗洛伊德的'本我、自我和超我'的理论密切相关。"[②] 这种论断的合理之处在于，《兄弟谋杀》的确存在着卡夫卡"想到了弗洛伊德"的痕迹，但若要深究卡夫卡具体想到了弗洛伊德的"什么"，这种论断就不免草率了些。《兄弟谋杀》创作于 1917 年，而弗洛伊德的"本我、自我和超我"理论要迟至 1923年才在《自我与本我》一书中明确提出。从时间上我们便能推断，卡夫卡创作这篇作品时所想到的只能是弗洛伊德前期的"无意识"理论。

在"前期"的弗洛伊德看来，"意识""无意识"与"前意识"，三者共同构成了个人基本的心理结构。[③] 其中，"意识"处于整个结构的表层，它遵循"现实原则"，协调人与自身以外的世界的联系，这种协调机制必然要求其对自身进行约束，因此，在人类的日常生

---

① 叶廷芳：《〈卡夫卡全集〉总序》，叶廷芳主编：《卡夫卡全集》第 1 卷，北京：中央编译出版社，2015 年。

② Suzanne Wolkenfeld, "Psychological Disintegration in Kafka's 'A Fratricide' and 'An Old Manuscript'", *Studies in Short Fiction*, 1976, 13(1), p.28.

③ 叶秀山、王树人主编：《西方哲学史》（学术版）第七卷，南京：江苏人民出版社，2005 年，第 739 页。

活中，它对潜藏在"无意识"中的本能欲望进行必要的压抑。卡夫卡笔下的受害者韦斯正是"意识"的代表，但他全然没有"意识"到潜在的危险，只是"糊里糊涂"地眺望天空，"糊里糊涂"地脱下帽子，他根本无法凭借"理性"去探究深邃的"无意识"力量，更遑论对其进行压抑。这种"意识"的有限性，在他身上体现为："天空毫无动静，没有任何东西能够指明即将发生的事情；一切都停留在毫无意义和玄妙莫测的位置上。"

而处于整个心理结构深层的"无意识"，正是"意识"所无法感知到的一股毫无意义且玄妙莫测的力量，是人的本能欲望的驻留场所。"无意识"在"意识"薄弱的环节处蛰伏，时刻寻求着喷发能量的突破口，故事中的施马尔是其代表。施马尔的谋杀动机，乍看之下被叙述者有意抽空了，实则进一步说明了，他根本不需要现实层面的谋杀动机，他唯一的动机就是"无意识"本身所遵循的"快乐原则"，他在杀掉韦斯后高喊着的"杀人者乃最高的幸福"，正是"无意识"在得到释放后的快乐呼声。

"前意识"则是介于"意识"与"无意识"之间的过渡力量，个人在日常生活中的信仰、理想、良知等都处在这一层面，它承担着调节"意识"与"无意识"的职责，在协助"意识"正常活动的同时，对"无意识"力量进行必要的压抑和释放，以达到整个心理结构的平衡。然而在故事中，代表"前意识"的帕拉斯却"退休了"，压抑机制的失效，使得介于"意识"与"无意识"之间的"屏障"被轻易地突破了，"无意识"力量被彻底地释放出来。

在弗氏理论的观照下，得出的结论往往是：《兄弟谋杀》是对成问题的个人心理结构的描述。但是在这样一种结论中，我们明显能够感觉到某种匮乏，而这种匮乏感正源自卡夫卡对弗洛伊德的"暧昧"态度。换言之，卡夫卡严格地按照弗氏的理论建构了这一文本，当我们在精神分析的视野中解释《兄弟谋杀》时，情况反倒变成了用《兄弟谋杀》来佐证精神分析。由此，我们来到了卡夫卡与弗洛伊德的岔路口。

在故事的三个主要人物中，受害者韦斯是最后一个出场的，在他出场前，叙述者特别地提到了"门铃"（Türglocke）这一意象：

> 终于，韦斯办公室前面的门铃响了起来。对于一般的门铃而言，这响声未免太大，它响彻了整个城市，直冲云霄，而韦斯，这个勤勉的上夜班的人，依旧看不清那条小巷，只在铃声的提示下，从屋里走了出来；铺石路面立即响起了他那从容不迫的脚步声。①

叙述者将"铃声"直接与"云霄"（Himmel）②联系起来，使《兄弟谋杀》蒙上了一层"命运"的阴影，仿佛是来自"命运"的某种"召唤"。借助"铃"（glocke）这一意象，我们可以将《兄弟谋杀》与《乡村医生》联系起来。在《乡村医生》中，医生正是响应了"夜铃"（Nachtglocke）的"召唤"，离开了自己的家，来到病人（小男孩）的家里，却再也无法返回。而在《兄弟谋杀》中，"门铃"将韦斯从办公室中"召唤"出来，踏上了回家之路，却在

---

① Franz Kafka, *Drucke zu Lebzeiten*, hg. Wolf Kittler, Hans-Gerd Koch, Gerhard Naumann, Frankfurt am Main: S. Fischer Verlag, 1994, s.293.
② 在德语中 Himmel 一词，从字面上可以理解为"天空，云霄"，也可以引申为"天堂"，而后一种理解，赋予了文本宿命论的色彩。

半路被谋杀了。两处的"铃声"都赋予故事同样的悲剧色彩：前者让乡村医生的"身体"在严寒中流浪；而后者则使韦斯成了寒夜里游荡的"灵魂"。

响亮的铃声，韦斯"从容不迫的脚步声"，施马尔"像拉小提琴似的在他的靴底上抹擦刀口"所发出的声音，以及施马尔杀人后的一长串富有诗意的演说，所有这些声音的综合，仿佛为我们呈现出一部命运式的交响曲，或是一出风格宏大的音乐剧。卡夫卡有意倒置了"门铃"的作用，本该向屋内的人发出的提醒，如今却为屋外的人通风报信：在门铃的提示下，帕拉斯打开了窗，并把头探出窗外观望；韦斯太太不再向窗外张望，她关上了窗；而施马尔则跪了下来，把脸和双手紧贴路面。

有论者在解读《乡村医生》时指出，"夜铃"的意象，是卡夫卡对弗洛伊德在《梦的解析》中"教皇梦"的刻意模仿，它被放置在文本的中间和末尾，对于《乡村医生》一文的"来源和构建"具有深层的揭示意义。① 同样地，《兄弟谋杀》中的"门铃"也被放置在文本的中间位置，从而将整个故事"串"了起来。而这两个文本的相似之处，不仅在于相同的意象来源和构建方式，其更为内在的互文性在于，卡夫卡对弗洛伊德的态度。

在《乡村医生》中，医生对病人说："年轻的朋友，你的错误在于没有总体的视野。"有论者指出，从字面上看，"年轻的朋友"（Junger Freund）暗指了荣格与弗洛伊德（Jung-Freud），这句话可

---

① 转引自赵山奎：《传记视野与文学解读》，北京：北京大学出版社，2012 年，第 158 页。

被视为卡夫卡对荣格－弗洛伊德的精神分析所开的一个玩笑。[①] 从故事情节上看，医生用传统的方法检查病人，病人的身体却是健康的；而当他用一种新的方法再次检查时，他从病人那里"发现"了一个伤口，却依然无法治愈病人。这一种全新方法的失效，暗含了卡夫卡对弗氏精神分析理论的揶揄。

在《兄弟谋杀》中，卡夫卡同样内置了一个不无严肃的笑话。施马尔杀害韦斯后喊道："韦斯，老夜游神，朋友，啤酒店里喝酒的伙伴，你正渗入这条街下面的黑色的泥土里。"从语言游戏层面看，卡夫卡利用"朋友"（Freund）、"敌人"（Feind）与"弗洛伊德"（Freud）在德语中相近的发音和拼写，从而将它们等同起来。而杀死"朋友"，就变成了杀死"弗洛伊德"，进而意味着把"弗洛伊德"视为自己的"敌人"。从情节层面看，弗洛伊德就是故事中的韦斯，二者都试图以"理性"来说明"非理性"，但他们的尝试最终被卡夫卡证明是无效的："一切都停留在自己毫无意义和玄妙莫测的位置上。"更富戏剧性之处在于，卡夫卡通过让代表"无意识"的施马尔对韦斯进行谋杀，从而让"无意识"理论之父死于"无意识"之手。通过这种方式，卡夫卡不但证明了"无意识"力量的强大，"理性"探究的有限性也得到了有力彰显。在故事的内部，随着施马尔谋杀了韦斯，两人最终变成了"敌人"。而在故事之外，卡夫卡也不再把弗洛伊德视作自己的"朋友"，两人在精神探索之路上的分岔，也随之变得清晰起来。

最后，值得注意的是，故事中叙述者似乎无处不在，他掌控着

[①] 赵山奎：《传记视野与文学解读》，北京：北京大学出版社，2012 年，第 164 页。

全篇的节奏。故事开头的客观语调表明，《兄弟谋杀》在形式上属于一份具有官方性质的"报告"："情况表明，谋杀是以下列方式进行的。"但读者在阅读这份报告的过程中将不难发现，其间夹杂着大量叙述者自身的主观感受，比如："夜风寒冷，令人全身战栗""一种类似被剖开肚皮的水耗子发出的声音""像坟墓上的草坪一样覆盖在这对夫妇身上的皮大衣"，等等。客观叙述与主观沉思交替地在文中出现，旨在提醒读者，最重要的不是谋杀者的动机，而是叙述者的动机。换言之，这份报告的内容并非对外部境况的描述，而是展现了叙述者内心世界的微观图景。

叙述者的身份，类似于一名隐身的犯罪调查记者，这篇作品由此表现出典型的犯罪新闻的特征。短促的句子结构，现在完成时态，未经修饰的信息，耸人听闻的细节，冷静的叙述距离，公开的情感介入，这些特点的融合使得故事具有强烈的戏剧性。程式化的人物，长时间的悬念，大量的动作，极端的悲情，近乎歇斯底里的独白，这一切都构成了高度夸张的叙述进程。而随着谋杀犯被捕，"施马尔艰难地忍住了最后一丝恶心，把嘴贴在警察的肩膀上，警察轻手轻脚地把他带走了"，剧情在最后一句不完整的句子中戛然而止。

在故事的所有人物中，帕拉斯占据的位置在视觉上最接近叙述者，而在道德层面，这两者却最为遥远。帕拉斯是故事中唯一一个被叙述者毫不留情地批判的角色。叙述者对帕拉斯冷酷、病态的好奇心表现出强烈的反感，以至于当帕拉斯看着施马尔可怕的谋杀准备时，叙述者对这一行动进行了直接而情绪化的评论："他为何甘心忍受这一切？探究一下人性吧！"

作为卡夫卡表面上的代言人，叙述者并未像对待帕拉斯那样对韦斯表示出不满。更确切地说，他似乎对韦斯抱有相当大的同情，他对行动和结局的态度都是为了引起读者的共鸣。然而，若据此将叙述者和角色之间的关系完全归于道德情感上的认同，则失之偏颇。因为叙述者是以一种特定的意识和眼光来看待世界的，而这显然是韦斯所缺乏的。因此在谋杀发生的那一刻，叙述者能够完全与无辜的受害者保持距离，并以一种令人深感厌恶、对同理心具有强大破坏力的方式，对韦斯的濒死经历进行描述："韦斯发出一种类似于被剖开肚皮的水耗子所发出的声音。"这个类比在叙述者和谋杀者的道德情感之间创造出一种认同感。也就是说，叙述者此时似乎在分享施马尔毁灭一个好人时的喜悦。这种情绪实际上是构成这篇作品试图建立的价值体系的一个关键部分。

在谋杀韦斯的过程中，施马尔似乎使人类的兄弟情谊变成了一个空洞、荒谬的想法，从而以极端的方式证实了叙述者自身对现代生活无情和非人道的诠释。与此同时，"谋杀"也可以被解释为叙述者对兄弟理想的明显荒谬之处的批判，他试图通过摧毁理想的一个化身来克服假定中的虚无成分。事实上，这是否就是施马尔作案动机，叙述者既没有明确说明，也没有给予暗示，因而其意识的性质仍然是一个谜。而从施马尔故意杀死亲密的朋友以及对谋杀快感的肯定中，我们至少有理由推断：由于某种不明的原因，施马尔对这种亲密关系感到窒息；通过实施这一罪行，施马尔试图从这种关系中解脱出来。从这个角度看，叙述者能够与施马尔产生一定程度上的认同，从而有意地塑造出一种风格来反映后者的价值观，尤其是作为一种解脱和释放了的对刺激体验的渴望。

第二节　死亡想象与梦的"接力"

卡夫卡的绝大多数作品，往往具有"梦"的特质。但在他留下来的所有作品中，直接以"梦"为标题的只有《一场梦》。卡夫卡显然对《一场梦》极为青睐，曾先后 4 次将其发表或出版。1916年 11 月或 12 月初，《一场梦》首次发表在海因茨·巴格（Heinz Barger）编的《1917 年新青年年鉴》（*Der Almanach der Neuen Jugend auf das Jahr 1917*）；1916 年 12 月 15 日，《自卫》杂志的编辑们将其收录进《犹太人的布拉格》（*Das jüdische Prague*）一书；1917 年 1 月 6 日发表在《布拉格日报》；1919 年卡夫卡将其收录于《乡村医生：短故事集》。①

由于《一场梦》并未留下手稿，而故事的主人公约瑟夫·K.（Josef K.）又与《审判》的主人公同名，故有学者据此将《一场梦》视为《审判》的一部分，从而断定该篇作品的创作时间大约在1914—1915 年间。实际上，这种说法并不可靠。

首先，从创作时间上看，长篇小说《审判》是卡夫卡在 1914年 8 月至 1915 年 1 月间写下的，此后卡夫卡便停止了这部长篇小说的创作。作为《审判》的一部分，《在法的前面》早在 1915 年 9月 7 日就首次发表于《自卫》杂志，如果《一场梦》也是《审判》中的一部分，那么我们不禁要问：卡夫卡为何要在时隔一年之后才首次将其发表？难道是因为他对《一场梦》并不满意？答案显然是

---

①　前两次的出版物上标注的时间都是 1917 年，但实际发行的时间并不一致。参见 Joachim Unseld, *Franz Kafka: A Writer's Life*, trans. Paul F. Dvorak, Riverside: Ariadne Press, 1994, p.375, 376, 378.

否定的。《一场梦》在卡夫卡生前多次发表，这已经表明了他对这篇作品的满意程度。

其次，《一场梦》与《乡村医生：短故事集》中的大多数作品有着风格和技巧上的共通之处。卡夫卡在 1916—1917 年间的创作，大多采用了第三人称全知视角，叙述者的理解超过了故事中的人物；而《审判》中采用的是第三人称有限视角，叙述者并不比主人公获得更为超前的理解。我们推断，卡夫卡创作《一场梦》的时间要晚于《审判》，而且极有可能是在 1916 年春天。因为在 1916 年 6 月 21 日致信马丁·布伯时，马克斯·布罗德就曾建议将这篇作品在《犹太人》月刊上发表。[①]

由此看来，情况很可能是：在将《审判》搁置了一年之后，卡夫卡"重新"启用了"约瑟夫·K."这个名字，而约瑟夫·K.的"一场梦"，在某种程度上可以说是卡夫卡与《审判》的"诀别"之作，卡夫卡的艺术世界也由此迎来了新的生命。

在卡夫卡未完成的 3 部长篇小说中，《审判》显得尤为特别，因为它是其中唯一"有头有尾"的一部。而《审判》的结局，正关乎约瑟夫·K.的"死亡"。在《审判》中，卡夫卡特别提到了约瑟夫·K.的两个"生日"。在小说第一章的开头，约瑟夫·K.在自己 30 岁生日的早晨"醒来"；而在小说的最后一章，约瑟夫·K.在自己 31 岁生日的前夕，像一条狗一样地"死去"。"生日"往往意味着对"出生"场景的庆祝，而在小说的结尾，"生日"同时又与"死亡"场景联系在一起，约瑟夫·K.最终被封闭在了"死亡"的

---

① 但是马丁·布伯最终婉拒了这篇作品。参见 Joachim Unseld, *Franz Kafka: A Writer's Life*, trans. Paul F. Dvorak, Riverside: Ariadne Press, 1994, p.173, 331.

内部，从而再也无法"出生"。以这种方式，卡夫卡试图让我们注意到，"生／死"的关键正在于能否"醒来"。

由此，我们可以将《审判》视为约瑟夫·K. 在"醒来"之后直至无法"醒来"的人生旅程，《审判》所描述的也正是一个向"死"而"生"的世界。而在约瑟夫·K."醒来"之前的旅程，正是《一场梦》中所描述的那个"死"的世界。

在"死"的世界里，约瑟夫·K. 看到了一座没有碑文的坟墓。"坟墓"（Grabe）这一意象，似乎是从《兄弟谋杀》中流溢出来的。考虑到卡夫卡有意将《兄弟谋杀》置于《一场梦》的"前面"，"坟墓"这一共通的"死亡"图景，成了我们探寻两者之间隐秘联系的一个路标。

在《兄弟谋杀》中，韦斯从办公室里出来，"从容不迫地"走在回家的道路上，他却没能成功地返回家中，而是在半路上被施马尔所杀，走进了死亡的坟墓。当韦斯太太将身体"扑倒"在韦斯的尸体上时，故事的叙述者评论道："这穿睡衣的身躯是属于韦斯的，而那件像一座坟墓上的草坪般覆盖在这对夫妇身上的皮大衣则属于这一群人。"而在《一场梦》中，约瑟夫·K. 先是看到好几条"人为的、不切实际的、迂回曲折的"[①] 道路，然后在其中一条路上"摇摇晃晃地"滑行，仿佛在"湍急的河流"上漂浮着。他看到远方有一座坟墓，恨不能立即就滑到那儿去歇歇脚，而当他再次眺目远望

---

① 本节关于《一场梦》的引文均出自叶廷芳主编：《卡夫卡全集》第 1 卷，北京：中央编译出版社，2015 年，第 163–164 页，同时参考德文本（Franz Kafka, *Drucke zu Lebzeiten*, hg. Wolf Kittler, Hans-Gerd Koch, Gerhard Naumann, Frankfurt am Main: S. Fischer Verlag, 1994, ss.295-298）对译文略有改动，因小说篇幅不长，为免烦琐，不再另注。

时却发现，远处那座若隐若现的坟墓突然出现在了他身旁。约瑟夫以为是他在朝着坟墓飞奔，却忽略了另外一种可能，其实是坟墓在向他迅速地靠近。他脚下的道路之所以向前飞奔，倒像是路旁的草地在向后飞驰所造成的视觉幻象。约瑟夫·K. 突然一个踉跄，跪倒在草地上的坟墓前。

在两个文本之间，卡夫卡操练着他的"变形"策略。《兄弟谋杀》中走在路上的"韦斯"（Wese），在《一场梦》中被拆解为约瑟夫·K. 脚下那条如"河流"（Wasser）般湍急的"道路"；原本覆盖在坟墓上面的"草坪"（Rasen），在梦里则变成了坟墓下面"飞驰"（rasten）着的"草地"（Gras）；而那座突然出现在约瑟夫身旁的道路边的坟墓，无疑指涉了韦斯在半路上被施马尔所杀的情节；这座坟墓对约瑟夫·K. 的吸引力，也丝毫不亚于帕拉斯对谋杀行动的强烈兴趣。帕拉斯不曾意识到，埋葬着韦斯的新筑起的坟墓也属于人群中的自己；而约瑟夫·K. 也原本以为，梦里这座新筑起的坟墓是属于别人的，直到他从墓碑上发现了自己名字中不可或缺的一部分——一个大写的字母"J"。

此前已经谈到，在《兄弟谋杀》中，我们无法从情节中找到实施谋杀的具体缘由，施马尔对韦斯的谋杀，显然缺乏可靠的内部动机。而事实上，叙述者的意图，根本不在于让读者看出谋杀的内部动机，而是聚焦于造成谋杀的间接力量。在《兄弟谋杀》的结尾，叙述者看到"警察步伐轻盈地把他（施马尔）带走了"，画面由此定格在了剩下的人群身上，从而将矛头指向了造成"死亡"的间接性力量。正是旁观者的放纵与漠视，才在人群中筑起了一座新的坟墓。

因此，在《兄弟谋杀》中，卡夫卡实际上是对实现个人救赎的外部力量进行了否定。与之相反，在约瑟夫·K.的梦里，卡夫卡借助"艺术家"这一形象，表露了自己织就"死亡"图景的内在动机，即对实现个人救赎的内部力量进行了肯定。

"艺术家"（Künstler）这一形象，在卡夫卡的笔下具有多种类别，例如此后创作的"饥饿艺术家"和"女歌唱家约瑟芬妮"等。而卡夫卡笔下最早的"艺术家"形象，则出现在《审判》中，他与《一场梦》中的那位艺术家存在着某种联系。

《一场梦》中的这位艺术家，"只穿着裤子和一件没扣好纽扣的衬衫；头上戴着一顶天鹅绒便帽"。艺术家刚一出场，约瑟夫·K."立即"就将他认了出来，仿佛两人似曾相识。而约瑟夫·K.的确在更早的时候，即在《审判》中专程拜访过一位"艺术家"，是一位艺名为蒂托雷里的"画家"（Maler）。约瑟夫·K.初次见到画家蒂托雷里时，他"光着脚，穿着一条肥大的黄色亚麻布裤子，腰上系着一条长长的裤带，带子末端不停地摆动"，"想扣好睡衣的纽扣，却总也扣不上……因为最上面的那颗扣子刚刚掉了"。尽管画家蒂托雷里的着装与约瑟夫·K.在梦中所见到的艺术家略有差异，两者却有着极为神似的一面。梦中的那位艺术家"手里拿着一支普通的铅笔，一边靠近一边用笔在空中写画着"；而画家蒂托雷里也曾在约瑟夫·K.的面前"伸出一只手，在空中挥舞着"。如此看来，约瑟夫·K.在自己的梦中与画家再次相遇了。这种相遇，意味着卡夫卡对自我存在境况的反思。画家蒂托雷里曾向《审判》中的约瑟夫·K.展示了一幅"未完成"的"肖像画"。画中的两个形象，分别构成了对约瑟夫·K.存在状态的揭露与训导。

肖像画中的第一个形象，是一位坐在高靠背椅上的法官，他一只手紧紧抓住扶手，"气势汹汹地想站起来"。当约瑟夫·K. 询问画中法官的名字时，画家蒂托雷里却回答："我不能告诉您。"有证据表明，那位法官正是约瑟夫·K. 本人。因为在见到画家之前，他曾向一位驼背女孩表明来意："我想请他（蒂托雷里）画像。"出乎意料的是，原本随意捏造的借口，却在他"不知不觉"中悄然进行着。因此，画中那位"气势汹汹"的法官，其实是他自己的一个"镜像"，是对他关于"法"的不满和无知状态的描摹。而对约瑟夫·K. 的"诉讼"，实际上也是由他自己在"不知不觉"中发起的，是约瑟夫·K. 的"自我审判"。画家之所以向他展示这幅画，目的在于让他从当前的"镜像"中"发现"自己的境况。但是，即便他凭借"双眼"对"画/镜"中人"观看"了一番，却仍然无法从中看出自己，约瑟夫·K. 所陷入的"自欺"的状态，不可谓不深沉。

画中的另一个形象，是在椅背后面正中央站着的一位女神，她"眼睛上蒙着布，脚后跟上长着翅膀"。在《一场梦》中，当约瑟夫·K. 梦见自己在道路上"飞驰"的时候，他就像画中的女神那样"脚后跟上长着翅膀"；而当他在梦中被"几面旗帜遮住了视线"，从而无法不见远处的坟墓时，他的状态同画中的女神那样"眼睛上蒙着布"。在"不知不觉"的梦境中，约瑟夫·K. 将自己与画中那位女神对应起来，而据画家所说，这位女神是"正义"与"胜利"的合体，她代表了"法"对约瑟夫·K. 的训诫。"法"是目力所不能及的，它只存在于双眼"看不见"的地方，而这个地方，我们名之为"死亡"；唯有"飞"向"死亡"，方能获得最终的"胜利"。

在约瑟夫·K. 即将离开时，他买下了画家蒂托雷里的三幅"风景画"，画的都是"完全相同"的"荒原景观"：两棵瘦弱的树，彼此相隔很远，长在深色的草丛中，背景是色彩斑斓的落日。这一景象实际上与约瑟夫·K. 梦中的氛围如出一辙，仿佛是他被埋葬后的景象。在《一场梦》的结尾，约瑟夫·K. "被这景象所陶醉，便醒了过来"。然而，他是否真的能够在现实的世界"醒来"，却是令人生疑的。诚如赵山奎所言："他的醒来也可能仍是梦中的'醒来'；他可能只是由此进入了另外一个梦境。"① 约瑟夫·K. 在一个又一个梦境中穿行的可能性，实际上为画家蒂托雷里所证实。他其实为约瑟夫·K. 画了几十幅这样"完全相同"的画作，这个场景也就成了约瑟夫·K. 所"看见"的最后一个场景，并且让他"陶醉"其中。这意味着，约瑟夫·K. 将被永久地"封闭"在自己的梦境中，而每一次看到艺术家，他都必然产生一种似曾相识之感，并立即将其辨认出来。约瑟夫·K. 的"死亡"之旅才刚刚开始。

属于约瑟夫·K. 的"肖像画"其实早已开始，但他只能观看到画作的局部，正如他在梦境中也只能看见墓碑上的局部字样（"这里安息着——J"），而永远无法看见画作与墓碑的全貌，因为它们只有在约瑟夫·K. 下到"另一个世界"之后才最终被完成。在某种程度上，卡夫卡就是他笔下的"艺术家"，《审判》就是他"未完成"的作品，而借助《一场梦》，卡夫卡在某种程度上"了结"了《审判》。更进一步地看，卡夫卡所留下的那些"未完成"的片断，在作者下到"另一个世界"之后，全都以"不可改变的"形态而趋近于"完成"，因而获得了比卡夫卡还要顽强的生命。那些残破却

---

① 赵山奎：《传记视野与文学解读》，北京：北京大学出版社，2012 年，第115 页。

自成一体的片断，如同"奥德拉德克"一般，咕噜咕噜地滚下了楼梯，一直滚到了我们的面前，它们当然不会伤害我们，却让我们感受到卡夫卡这位文学"父亲"难言的痛苦，当然还有我们自己在面对它们时难以理解的痛苦。

卡夫卡这位"艺术家"，其艺术的来源无不基于他对自己的理解。正是在更为纯粹的个人层面，卡夫卡的艺术具有了普遍的意义和价值。那么问题是，《一场梦》中的"梦"与"死亡"，对卡夫卡而言究竟意味着什么？对这个问题的回答，无疑关系到卡夫卡对"存在"的理解。

在叔本华看来，"人生是在痛苦和无聊之间像钟摆一样的来回摆动着"，而"人的最大罪恶就是：他诞生了"。[1] 既然"活着"就是人类的原罪，那么人类实现"拯救"的唯一方法，只能是走向"死亡"，成为"虚无"。而卡夫卡则在日记中写道："我们的拯救是死亡，但不是这一种死亡。"[2] 显然，在关于实现"拯救"的方式上，卡夫卡与叔本华达成了某种共识。但卡夫卡的后半句话，则又与叔本华的虚无主义有所区别。卡夫卡所谓的"不是这一种死亡"，赋予他笔下的"死亡"以一种形而上的意义。他在一则标题为《论假死》（Vom Scheintod）的笔记中写道：

> 任何曾经处于假死状态的人都可以讲述关于它的可怕
>
> 故事，但他说不出死后的情形，他实际上并不比任何人更

---

① 叔本华：《作为意志和表象的世界》，石冲白译，北京：商务印书馆，1986年，第427、352页。

② Franz Kafka, *The Blue Octavo Notebooks*, ed. Max Brod, trans. Ernst Kaiser, Eithne Wilkins, Cambridge: Exact Change, 1991, p.53.

接近死亡，从根本上说，他只是"经历"了一段不平凡之事，而平凡的日常生活对他来说却因此变得更有价值了。这与每个经历过不平凡之事的人是相似的。……我们可能偶尔会想要经历假死者的经历或摩西的经历，只要返回是有保证的，就像它是以一种有"安全保证"的方式进行着。事实上，我们甚至盼望自己的死亡，可是我们从来没有想过要活着躺在棺材里或留在西奈山上，毫无回来的可能……（这实际上与对死亡的恐惧无关）。①

在卡夫卡看来，"死亡"有着"真死"和"假死"两种形态，前者是生物学意义上的"死亡"，因而是"真"的；而后者并非生物学意义上的"死亡"，因而是"假"的。但是，尽管前者能够在"另一个世界"获得关键之物，却由于无法将它带回到这个世界，因而陷入了彻底的"虚无"；而后者虽然无法完整地获取那些关键之物，尘世的生活却在他得以返回后变得弥足珍贵，因而具有了对"此在"世界的"拯救"力量。从这个角度来看，"真死"反倒是人类存在的"非本真"形态，而"假死"却因此具有"本真"的存在意义。为了获得一种对"本真"存在的理解，卡夫卡渴望进行一次又一次危险的"死亡"之旅，同时又能够得到返回的保证。这种以"假死"的状态下到"另一个世界"的方式，实际上就是我们称之为"梦"的修辞术，"梦"也因此在卡夫卡笔下具有了存在论意义。

---

① Franz Kafka, *Hochzeitsvorbereitungen auf dem Lande: und andere Prosa aus dem Nachlaß*, hg. Max Brod, Frankfurt am Main: Fischer Taschenbuch Verlag, 1983, s. 314. 该篇标题并非卡夫卡本人拟定的，而是布罗德所加。

在《乡村医生：短故事集》中，卡夫卡多次运用了"梦"的修辞术。借助"梦"的力量，乡村医生不但从猪圈里"踢"出了一个成年的马夫和两匹"非尘世"的马，并且在瞬间抵达了病人的家里，又从病人身上"发现"了一个美丽的伤口，而这个"伤口"正是乡村医生成问题的"梦"[①]。在马戏表演正式开始之前,《在剧院顶层楼座》的那名年轻观众，正在清醒地做着他的"白日梦"，他幻想出的压抑景象反倒让自己轻快地登场，进而从容地实现自己拯救的欲望，相较于眼前现实的场景，他宁愿在自己的梦境中不断地下坠，在不断深入梦境内部的同时，"梦"也由此变得"沉重"起来。即便在看似真实、血腥的谋杀案中，卡夫卡同样融入了"梦"的色彩，异常响亮的门铃声似乎是要将那"梦"中之人唤醒，而混乱的秩序最终被那位"步伐轻盈"的警察重新确立起来。在这里，卡夫卡更是直接以"一场梦"为标题，让约瑟夫·K.在"梦"中窥见自己的死亡场景。

尽管卡夫卡在日记中记录下了许许多多的梦境，但我们从卡夫卡的创作中看到的"梦"，倒并不一定在他的睡梦中真实发生过，它们并非完全是他对梦的一种"改写"，因而更不可能完全是"对梦的直接誊写"。毋宁说，它们的形态更多的是源自卡夫卡的精心设计。为故事披上一层"梦"的外衣，能够让他的创作最大限度地突破现实层面的束缚，让一切不合理的事物在"梦"的掩护下，持续地冲击尘世的边界。借助"梦"的形式，卡夫卡得以持续地对不合理的事物进行言说，尘世的"本真"状态则在这一过程中显露

---

① 英语中的"伤口"（Trauma）与德语中的"梦"（Traum）只一个字母之差。

自身。

值得注意的是，卡夫卡完全是从个体的意义上理解"存在"的，他曾写道："德语中的'sein'一词，同时表示：动词'存在'和物主代词'他的'。"① 因此，对卡夫卡而言，"存在"即是"自我"的开敞，对"本真"存在状态的理解与对"自我"的理解是同一的。一方面，卡夫卡自觉地与自身拉开时空距离，将自身的状况对象化，从而获得一个"镜像"；另一方面，卡夫卡自觉地站在接受者的立场，对所获得的"镜像"进行审视，进而获得对"自我"的理解。实际上，卡夫卡的"自我"并不决然就是作为整体的"一"，它时常呈现出分裂的倾向。在更多情况下，卡夫卡的"自我"分裂成了"不确定"的"二"，构成了"主我"与"宾我"的纠缠。换言之，在"死亡"世界的图式中，卡夫卡既是谋杀者，同时又是被害者，两者共同构成了卡夫卡的隐秘"自我"。

《一场梦》中的约瑟夫·K.与艺术家，就是卡夫卡"自我"的不确定二分形态，作为"宾我"的约瑟夫·K.，被作为"主我"的艺术家所埋葬，从而将约瑟夫·K.所代表的某种东西从"自我"当中剔除出去，进而确认了艺术家的最终胜利。但是，卡夫卡显然意识到，作为"自我"的一部分，如果约瑟夫·K.无法从"死亡"的世界中返回，那么他所获得的"传说中的宝藏"将是无用的，"死亡"也就因此失去了反思的可能，而更危险的是，作为"自我"的另一部分，艺术家也将面临彻底堕入"虚无"深渊的危险。因此，为了实现"自我"在分离之后的再度合一，卡夫卡必须让约瑟

---

① Franz Kafka, *The Blue Octavo Notebooks*, ed. Max Brod, trans. Ernst Kaiser, Eithne Wilkins, Cambridge: Exact Change, 1991, p.90.

夫·K. "醒来"。

从这个角度看来，卡夫卡对"梦"这一形式的偏爱就变得可以理解。借助"梦"的修辞术，他随时都可以下到"冥界"中去，并且在游历中挖掘"宝藏"；借助"梦"的修辞术，他同样可以轻快地从"冥界"返回，并且如其所愿地将挖掘的"宝藏"带回到尘世。

结　语

　　通过对卡夫卡的最后一本书《乡村医生：短故事集》的解读，我们可以看到，卡夫卡的文学世界是一个错综复杂的空间。这种复杂性，一方面在于卡夫卡所处的时代充满了动荡和变革，这种动荡与变革体现在卡夫卡所经历的哈布斯堡王朝的毁灭与捷克共和国的建立、第一次世界大战、犹太复国主义问题、德语和捷克语的争执、新法与旧法之争、工业技术革新等社会、政治、历史层面；另一方面，卡夫卡所接受的思想、文化资源极为丰富，体现在他内化了的古希腊文化、犹太教文化、基督教文化、法哲学思想、叔本华的哲学、尼采的哲学、弗洛伊德心理学等，当然还有从文学领域接受了来自古希腊悲喜剧家、莎士比亚、但丁、塞万提斯、德语浪漫主义文学家等的影响。如此种种，正表明了卡夫卡是一位有着古今视野、博古通今的作家，亦是勾连古今、引传统入现代的大师，将他归入"说不尽"的作家行列，可谓实至名归。

　　然而，卡夫卡的作品并非对上述各种影响的径直接受，而是处处回应着时代的提问，时时对他所接受的资源提出质疑。更重要的是，卡夫卡的回应无不以一种晦暗不明的方式发生，这就要求他的读者从其作品的字里行间去阅读，以类似于阅读"经文"的方式去读。无怪乎有学者会感叹："当今西方学者对待这位现代作家所写文字所持态度之认真程度，似乎只有像荷马、柏拉图这样的古典作家或《圣经》才配得上。"[①] 尽管卡夫卡逝世已百年，但他却一再被拉回到我们阅读其作品时的字里行间，并且这种情况将会继续下去。从 1924 年 6 月 3 日至今的百年里，卡夫卡已被标记为死亡世界一个自由和有保障的公民，他被拴在一根链条上，这根链条的长度够他出入死亡世界的一切空间，但其长度毕竟是有限的，不容他越出死亡边界半步。同时，他又是我们尘世一个自由的和有保障的公民，他也被拴在一根类似的尘世链条上。他无法彻底下到另一个世界去，因为我们尘世的那根链条会勒紧他的脖子；他也无法完全返回，因为另一个世界的那根链条勒住了他。尽管如此，他拥有一切可能性，卡夫卡或许早就察觉到这一点；无论他承认与否，如今的整个情形应当归结于他第一次被缚时所犯的一个错误。这两根链条其实是同一根链条，它是被卡夫卡称为"祈祷之形式"的写作。这种"祈祷"颇具哈西德主义色彩，旨在创造一条通往灵性高处的道路。

卡夫卡以短故事开启了他的作家生涯，且他生前也只发表过短篇作品。因此，我们要尤为注意卡夫卡作为一位伟大的"短篇小说家"的身份。哈罗德·布鲁姆显然已经注意到这一点，并有意向读者作了提示，他将自己关于卡夫卡的批评文章收入了其批评文集《短篇小说家与作品》(*Short Story Writers and Short Stories*)，这已

[①]　赵山奎：《经典化之后的卡夫卡如何批评——以〈秃鹫〉的解读为例》，载《社会科学战线》，2021 年第 4 期。

经很能说明问题。学界对卡夫卡短篇作品的评价通常是：他的任何一个短篇都有发展为长篇小说的能力。我们认为，这一评价非但没有肯定，反倒贬低了他的短篇艺术，其暗含着的是对卡夫卡长篇创作之残破景象的惋惜。有学者指出："在当代文学的各种文体中……短篇小说就相对来说被忽略，中国是如此，西方也是如此。我们可以看到，中外经典作品中，长篇小说占有绝对的优势，大多数伟大作家的地位都是由其长篇小说的贡献而奠定的。中国当代文坛的作家们也倾向于长篇化写作，相比较而言，短篇小说越来越不受重视。"① 在多数人看来，似乎只有凭借长篇小说的成功，才有跻身小说家行列的资格，当代批评界所持的这种标准实在怪异。应当看到，短篇小说创作有其深厚的文学传统，亦不乏可与长篇小说家比肩的大师，比如爱伦·坡、果戈里、屠格涅夫、欧·亨利等。并且，在如今长篇小说越来越容易编织的时代，短篇作品的创作潜流亦从未停止过，在卡夫卡之后还诞生了大批优秀短篇大师，比如菲茨杰拉德、福克纳、海明威、博尔赫斯等。

仅就卡夫卡的创作而言，他的作品并不完全是为大多数读者而作，而是深深根植于他本人自我反思的需要。这种最为私人化的写作，其受众反而最为普遍。在人类漫长的历史中，最普遍化的写作类型恐怕是日记。有论者指出，卡夫卡的日记可以视为卡夫卡的"文学之梯"和"一部特殊的卡夫卡式的'作品'"。② 反过来看，卡夫卡的一篇篇短故事，在一定程度上可谓他的一则则日记，其所记

---

① 高玉、陈茜：《为什么短篇小说非常重要》，《文艺报》，2015 年 7 月 29 日，第 2 版。

② 赵山奎：《卡夫卡与卡夫卡学术》，杭州：浙江大学出版社，2018 年，第 36、39 页。

录的倒并不完全是卡夫卡生平所历经的具体事件，而更多的是卡夫卡对个体存在的思考。卡夫卡的第一本书《沉思》(*Betrachtungen*)，其书名便是明证之一；卡夫卡本人记录、誊抄并编号的 109 则片断更是将这种"沉思"的色彩发挥到极致，后世甚至将其取名为《箴言集》(*Aphorisms*)。从这一点来看，卡夫卡作品中时常出现的悖论就变得可以理解，因为卡夫卡本人并不旨在从这种思考中获得某种确定的结论，而更多的是展现一种"沉思"的过程，我们甚至可以将卡夫卡的作品称为一部特殊的"沉思录"。

总的来说，作为一种内在的思考方式，"沉思"最明显的特征就是：精神气质的一以贯之，以及所呈现的图像始终变动不居。二者的融合，正是卡夫卡独有的创作方式。这也使得卡夫卡的"沉思录"无一例外地属于"断片"(Fragment)，即便是学界最为关心的 3 部所谓的"长篇"作品（即《失踪者》《审判》《城堡》)，仍可视为卡夫卡的短篇艺术。

卡夫卡一再表明自己渴望写出"大而完整"的作品，他在日记中写道："我要是有一天能够写出一整部大而完整的东西来，从头到尾都构思得那么好，那么这个故事可能永远无法从我这里彻底地逃脱，而我可以静静地睁大眼睛，作为一个健康故事的血亲倾听它被朗读。但这样一来，故事的每个片断就会如无家可归一般团团转，并将我推向相反的方向。——如果这个解释是正确的话，我对此还是很高兴的。"[1] 我们总是理所当然地认为，卡夫卡所谓的"大而完整"就是指长篇小说，其实不然。历来对长篇小说与短篇小说

---

[1]　Franz Kafka, *Tagebücher: 1910-1923*, hg. Max Brod, Frankfurt am Main: Fischer Taschenbuch Verlag, 1983, s.105.

的区分是以篇幅为标准，篇幅长的就是长篇小说，篇幅短的就是短篇小说，篇幅不长不短的干脆叫作中篇小说。这种观点，实际上是对长篇与短篇作品的"误解"。关于这一点，艾丽丝·门罗（Alice Munro）就将自己被学界视为是中篇小说的作品定位为"稍长的短篇小说"①，旨在强调短篇小说截然不同于长篇小说的创作方式。而长篇小说的规模固然"大"，但并不必然"完整"。人们热衷长篇小说的最主要的原因在于，它似乎包罗万象，一定程度上模仿了人类所生活的世界，读者寄望于从长篇小说中获得一种更为真实的洞察力。但是，所有的艺术都无法像现实生活之流那样"一镜到底"，而电影中"一镜到底"的手法也仍然是对局部的展现。生活在尘世的人们根本不可能获得一种宇宙般的视野，西方近两百年来的艺术"有机论"神话，尤其是巴尔特的"艺术无噪声"论，实际上充满了裂缝和噪声。卡夫卡早已洞察了这一点，他在《地洞》中的言说即是证明。

卡夫卡所谓的"完整"，是就作品浑然一致的精神向度而言的，它在卡夫卡那里还有另一种说法，即"一气呵成"。那些"一气呵成"的故事无一例外地令卡夫卡本人感到满意。比如，卡夫卡于1912 年 9 月 22 日晚上 10 点至翌日清晨 6 点"一气呵成"的《判决》；而那些未能"一气呵成"的东西，则总是令他感到苦恼，即便他写的只是一封给女友菲莉斯的信。②意欲创作"大而完整"的作品，这本身就是一个遥不可及的神话。尽管卡夫卡时常在日记中

---

① 转引自李文俊：《西窗看花漫笔》，上海：上海辞书出版社，2014 年，第 69 页

② Franz Kafka, *Letters to Felice*, ed. Erich Heller, Jürgen Born, trans. James Stern, Elisabeth Duckworth, New York: Schocken Books, 1973, p.271.

提到自己精神脆弱，但我们不必信以为真。卡夫卡的精神力量不仅不低于常人，甚至要强大得多，例如，他在写作《城堡》时就展现出强大的控制力。但即便是精神力量强大如卡夫卡，仍不得不采用"分段建造"的办法，因此难免留下许多"缺口"。我们甚至有理由认为，如果卡夫卡只能在"大"与"完整"两者之间做出取舍，他将毫不犹豫地选择后者。西谚有云：罗马不是一日建成的。同样，"万里长城"也不是一日筑就的，这也是为何卡夫卡日复一日地沉浸于修筑那些短小精悍之物的原因。

卡夫卡的短故事集，无论是他生前已经出版的最后一本书（《乡村医生：短故事集》）和他的第一本书（《沉思》），还是那些他一度想要冠以"儿子们"（Die Söhne）或"惩罚"（Strafen）之名却未能实现的"书"，都是卡夫卡采用"分段建造"的策略修筑出来的"万里长城"。若读者只局限于他所写的某一篇作品，所见到的只不过是卡夫卡修筑的一面断墙；倘若把那些满是缺口的断墙并置在一处，情况就大不一样了。卡夫卡已经在其文学"地图"上为我们标示了他心中构想的那个"大而完整"的"万里长城"。通过对卡夫卡自选的短故事集进行整体上的考察，其所未能明言之物便在一种更为广阔的视野中显露出来。卡夫卡以短故事构筑的"万里长城"，正是他所谓的"不可摧毁之物"。

卡夫卡对中国文学业已产生了重要影响，并且这种影响将重新回到世界文学的涟漪中去。只要作为艺术与思想资源的卡夫卡并未被耗尽，这种运动便不会陷入停滞。发挥卡夫卡在世界文学尤其是中国文学中的"二次"影响，一个必不可少的条件，是在现有研究的基础上再度更新对卡夫卡的理解。卡夫卡的作品已成为文学经典，正说明它们的根已深入尘世的大地，我们相信，它们完全能够经受住后来者的持续敲击。

参考文献

（一）外文文献

[1] Abbott, A.E. Encyclopedia of Numbers: Their Essence and Meaning[M]. London: Emerson Press, 1962.

[2] Alt, Peter-André. Franz Kafka: Der ewige Sohn[M]. München: Verlag C. H. Beck, 2005.

[3] Bahr, Ehrhard, Hg. Was ist Aufklärung: Thesen und Definitionen[M]. Ditzingen: Reclam Verlag, 1974.

[4] Benjamin, Walter. Understanding Brecht[M]. Trans. Anna Bostock, London and New York: Verso Books, 1998.

[5] Binder, Hartmut, Hg. Kafka-Kommentar zu sämtlichen Erzählungen[M]. München: Winkler, 1975.

[6] Binder, Hartmut, Hg. Kafka-Handbuch in zwei Bänden[M]. Stuttgart: Kröner, 1979.

[7] Bloom, Harold, ed. Bloom's Modern Critical Views: Franz Kafka[G].

New York: Infobase Publishing, 2010.

[8] Bloom, Harold. Short Story Writers and Short Stories[M]. Philadelphia: Chelsea House Publishers, 2005.

[9] Brod, Max. Franz Kafka: A Biography[M]. Trans. G. Humphreys Roberts, Richard Winston, New York: Schocken Books, 1960.

[10] Bridgewater, Patrick. Kafka and Nietzsche[M]. Bonn: Bouvier Verlag, 1974.

[11] Canning, Peter M. Kafka's Hierogram: The Trauma of the "Landarzt"[J]. German Quarterly, 1984(57).

[12] Citati, Pietro. Kafka[M]. trans. Raymond Rosentbal, New York: Alfred A. Knopf, 1990.

[13] Corngold, Stanley, ed. The Commentators' Despair: The Interpretation of Kafka's "Metamorphosis" [G]. New York: Kennikat Press, 1973.

[14] Corngold, Stanley, and Ruth V. Gross, ed. Kafka for the Twenty-First Century[G]. New York: Camden House, 2011.

[15] Deleuze, Gilles, and Felix Guattari. Kafka: Toward a Minor Literature[M]. Trans. Dana Polan, Minneapolis: University of Minnesota Press, 1986.

[16] Dowden, Stephen D. Sympathy for the Abyss: A Study in the Novel of German Modernism: Kafka, Broch, Musil, and Thomas Mann[M]. Tübingen: Max Niemeyer Verlag, 1986.

[17] Duttlinger, Carolin. Kafka and Photography[M]. New York: Oxford University Press, 2007.

[18] Duttlinger, Carolin, ed. Franz Kafka in Context[G]. New York: Cambridge University Press, 2018.

[19] Emrich, Wilhelm. Franz Kafka: A Critical Study of His Writings[M]. trans. Sheema Zeben Buehne, New York: Frederick Ungar Publishing, 1968.

[20] Flores, Angel, ed. A Kafka Bibliography 1908-1976[G]. New York: Gordian Press, 1976.

[21] Flores, Angel, ed. The Problem of "The Judgement": Eleven Approaches to Kafka's Story[G]. New York: Gordian Press, 1977.

[22] Friedländer, Saul. Franz Kafka: The Poet of Shame and Guilt[M]. London: Yale University Press, 2013.

[23] Gilman, Sander L. Franz Kafka: The Jewish Patient[M]. New York and London: Routledge, 1995.

[24] Gray, Richard T. Constructive Destruction: Kafka's Aphorisms: Literary Tradition and Literary Transformation[M]. Tübingen: Max Niemeyer Verlag, 1987.

[25] Gray, Richard T., et al. A Franz Kafka Encyclopedia[M]. London: Greenwood Press, 2005.

[26] Gross, Ruth V., ed. Critical Essay on Franz Kafka[G]. Farmington Hills: Gengage Gale, 1990.

[27] Hardin, James, ed. A Companion to the Works of Franz Kafka[G]. New York: Camden House, 2002.

[28] Janouch, Gustav. Conversations with Kafka[M]. Trans. Goronway Rees, New York: New Direction, 1971.

[29] Kafka, Franz. Amerika: The Missing Person[M]. Trans. Mark Harman, New York: Schocken Books, 2008.

[30] Kafka, Franz. Aphorisms[M]. Trans. Michael Hofmann, Willa and Edwin Muir, New York: Schocken Books, 2015.

[31] Kafka, Franz. Briefe, 1902-1924[M]. Hg. Willy Haas, Frankfurt am Main: S. Fischer Verlag, 1958.

[32] Kafka, Franz. Briefe an Milena[M]. Frankfurt am Main: S. Fischer Verlag, 1983.

[33] Kafka, Franz. Das Schloß[M]. Hg. Malcolm Pasley, Frankfurt am Main: S. Fischer Verlag, 1982.

[34] Kafka, Franz. Der Process. Handschriften-Faksimiles mit diplomatischer Transkription in 16 Heften[M]. Hg. Roland Reuss, Peter Staengle, Frankfurt am Main: Stroemfeld Verlag, 1997.

[35] Kafka, Franz. Der Proceß[M]. Hg. Malcolm Pasley, Frankfurt am Main: S. Fischer Verlag, 1990.

[36] Kafka, Franz. Der Verschollene[M]. Hg. Jost Schillemeit, Frankfurt am Main: S. Fischer Verlag, 1983.

[37] Kafka, Franz. Diaries, 1910-1923[M]. Ed. Max Brod, trans. Joseph Kresh, Martin Greenberg, New York: Schocken Books, 1976.

[38]Kafka, Franz. Drucke zu Lebzeiten[M]. Hg. Wolf Kittler, Hans-Gerd Koch, Gerhard Naumann, Frankfurt am Main: S. Fischer Verlag, 1994.

[39] Kafka, Franz. Hochzeitsvorbereitungen auf dem Lande: und andere Prosa aus dem Nachlaß[M]. Hg. Max Brod, Frankfurt am Main:

Fischer Taschenbuch Verlag, 1983.

[40] Kafka, Franz. Letters to Felice[M]. Ed. Erich Heller, Jurgen Born, trans. James Stern, Elizabeth Duckworth, New York: Shcoken Books, 1973.

[41] Kafka, Franz. Letters to Friends, Family, and Editors[M]. Trans. Richard and Clara Winston, New York: Schocken Books, 1977.

[42] Kafka, Franz. Letters to Milena[M]. Trans. Philip Boehm, New York: Schocken Books, 1990.

[43] Kafka, Franz. Letters to Ottla and the Family[M]. Ed. N.N. Glatzer, trans. Richard and Clara Winston, New York: Schocken Books, 1982.

[44] Kafka, Franz. Letter to the Father / Brief an den Vater[M]. Trans. Ernst Kaiser, Eithne Wilkins, New York: Schocken Books, 2015.

[45] Kafka, Franz. Nachgelassene Schriften und Fragmente II[M]. Hg. Jost Schillemeit, Frankfurt am Main: S. Fischer, 1992.

[46] Kafka, Franz. Tagebüecher: 1910-1923[M]. Hg. Max Brod, Frankfurt am Main: Fischer Taschenbuch Verlag, 1983.

[47] Kafka, Franz. The Castle[M]. Trans. Mark Harman, New York: Schocken Books, 1998.

[48] Kafka, Franz. The Complete Stories[M]. Ed. Nahum N. Glatzer, New York: Schocken Books, 1971.

[49] Kafka, Franz. The Metamorphosis and Other Stories[M]. Trans. Willa and Edwin Muir, New York: Schocken Books, 1995.

[50] Kafka, Franz. The Octavo Notebooks[M]. Ed. Max Brod, trans.

Ernst Kaiser, Eithne Wilkins, Cambridge: Exact Change, 1991.

[51] Kafka, Franz. The Sons[M]. New York: Schocken Books, 1989.

[52] Kafka, Franz. The Trial[M]. Trans. Breon Mitchell, New York: Schocken Books, 1998.

[53] Kauf, Robert. Verantwortung: The Theme of Kafka's Landarzt Cycle[J]. Modern Language Quarterly, 1972, 33(4).

[54] Kirchberger, Lida. Franz Kafka's Use of Law in Fiction[M]. New York: Peter Lang Publishing, 1986.

[55] Ladendorf, Heinz.Kafka und Die Kunstgeschichte[J]. Wallraf-Richartz-Jahrbuch, 1961(23).

[56] Lucht, Marc, and Donna Yarri, ed. Kafka's Creatures: Animals, Hybrids, and Other Fantastic Beings[M]. Idaho: Lexington Books, 2010.

[57] Luther, Martin, Die Bibel nach Martin Luther[M]. Deutsche Bibelgesellschaft, 2014.

[58] Maimonides, Moses. A Maimonides Reader[M]. Ed. Isadore Twersky, New Jersey: Behrman House, Inc., 1972.

[59] Mitchell, Breon. Franz Kafka's 'Elf Söhne': A New Look at the Puzzle[M]. German Quarterly, 1974, 47(2).

[60] Neider, Charles. The Frozen Sea: A Study of Franz Kafka[M]. New York: Russell & Russell, 1962.

[61] Osborne, Charles. Kafka[M]. New York: Barnes & Noble Inc., 1967.

[62] Page, T. E., ed. Plutarch's Lives, VII[M]. London: William

Heinemann Ltd., 1958.

[63] Pasley, J. M. S. Franz Kafka: 'Ein Besuch im Bergwerk'[J]. German Life and Letters, 1964, 18(1).

[64] Pasley, J.M.S. Two Kafka Enigmas: 'Elf Söhne' and 'Die Sorge des Hausvaters' [J]. Modern Language Review, 1964, 59(1).

[65] Politzer, Heinz. Franz Kafka: Parable and Paradox[M]. New York: Cornell University Press, 1962.

[66] Preece, Julian, ed. The Cambridge Companion to Kafka[M]. New York: Cambridge University Press, 2002.

[67] Richter, Helmut. Franz Kafka: Werk und Entwurf[M]. Berlin: Rütten & Loening, 1962.

[68] Robertson, Ritchie. Kafka: Judaism, Politics, and Literature[M]. Oxford: Clarendon Press, 1985.

[69] Simons, Menno. The Complete Works of Menno Simon[M]. Indiana: John F. Funk & Brother, 1871.

[70] Sokel, Walter H. Franz Kafka[M]. New York and London: Columbia University Press, 1971.

[71] Sokel, Walter H. The Myth of Power and the Self: Essays on Franz Kafka[M]. Michigan: Wayne State University Press, 2002.

[72] Solomon, Norman. Judaism: A Very Short Introduction[M]. New York: Oxford University Press, 2000.

[73] Spector, Scott. Prague Territories: National Conflict and Cultural Innovation in Franz Kafka's Fin de Siècle[M]. Oakland: University of California Press, 2000.

[74] Stach, Reiner. Kafka: The Decisive Years[M]. Trans. Shelley Frisch, New Jersey：Princeton University Press, 2013.

[75] Stach, Reiner. Kafka: The Early Years[M]. Trans. Shelley Frisch, New Jersey：Princeton University Press, 2017.

[76] Stach, Reiner. Kafka: The Years of Insight[M]. Trans. Shelley Frisch, New Jersey: Princeton University Press, 2013.

[77] Tambling, Jeremy. Lost in the American City: Dickens, James, and Kafka[M]. London: Palgrave Macmillan, 2001.

[78] Unseld, Joachim. Franz Kafka: A Writer's Life[M]. Trans. Paul F. Dvorak, Riverside: Ariadne Press, 1994.

[79] Wolkenfeld, Suzanne. Psychological Disintegration in Kafka's 'A Fratricide' and 'An Old Manuscript'[J]. Studies in Short Fiction, 1976, 13(1).

（二）中文文献

［1］阿尔特. 卡夫卡传［M］. 张荣昌, 译. 重庆: 重庆大学出版社, 2011.

［2］奥古斯丁. 忏悔录［M］. 周士良, 译. 北京: 商务印书馆, 2015.

［3］本雅明. 启迪: 本雅明文选［M］. 汉娜·阿伦特, 编, 张旭东, 王斑, 译. 北京: 生活·读书·新知三联书店, 2014.

［4］本雅明. 无法扼杀的愉悦: 文学与美学漫笔［M］. 陈敏, 译. 北京: 北京师范大学出版社, 2016.

［5］比尔梅. 当代艺术的哲学分析［M］. 孙周兴,李媛,译. 北京:
　　商务印书馆,2016.

［6］博尔赫斯. 讨论集［M］. 徐鹤林,王永年,译. 上海:上海译文
　　出版社,2015.

［7］博尔赫斯. 探讨别集［M］. 王永年,等译. 上海:上海译文出
　　版社,2015.

［8］伯纳德特. 道德与哲学的修辞术:柏拉图的《高尔吉亚》和《斐
　　德若》［M］. 赵柔柔,李松睿,译. 上海:华东师范大学出版社,
　　2016.

［9］伯纳德特. 生活的悲剧与喜剧:柏拉图的《斐勒布》［M］. 郑
　　海娟,译. 上海:华东师范大学出版社,2016.

［10］布朗肖. 从卡夫卡到卡夫卡［M］. 潘怡帆,译. 南京:南京大
　　学出版社,2014.

［11］布鲁姆. 如何读,为什么读［M］. 黄灿然,译. 南京:译林出
　　版社,2011.

［12］布鲁姆. 西方正典［M］. 江宁康,译. 南京:译林出版社,
　　2011.

［13］布罗德. 灰色的寒鸦:卡夫卡传［M］. 张荣昌,译. 北京:十
　　月文艺出版社,2010.

［14］残雪. 灵魂的城堡［M］. 上海:华东师范大学出版社,2008.

［15］杜小真. 福柯集［M］. 上海:上海远东出版社,1998.

［16］段方. 卡夫卡的神话与现实［J］. 国外文学,2001(4).

［17］方智. 世界通史［M］. 北京:当代世界出版社,2015.

［18］弗莱. 批评的解剖［M］. 陈慧,袁宪军,译. 天津:百花文艺

出版社，2002.

［19］弗洛伊德. 精神分析新论［M］. 郭本禹，译. 南京：译林出版社，2014.

［20］弗洛伊德. 梦的解析［M］. 贾宁，译. 南京：译林出版社，2015.

［21］盖伊. 现代主义：从波德莱尔到贝克特之后［M］. 骆守仪，杜冬，译. 南京：译林出版社，2017.

［22］高玉.《城堡》："反懂"的文本与"反懂"的欣赏［J］. 外国文学研究，2010（1）.

［23］高玉.《城堡》无主题论［J］. 浙江师范大学学报（社会科学版），2015（4）.

［24］高玉. 经典文本也有分裂与解构性：以卡夫卡《城堡》为例［J］. 西南大学学报（社会科学版），2015（2）.

［25］高玉. 论《城堡》时间的后现代性［J］. 国外文学，2010（1）.

［26］高玉. 论两种外国文学［J］. 外国文学研究，2001（4）.

［27］黑格尔. 美学（第一卷）［M］. 北京：商务印书馆，2011.

［28］胡志明. 卡夫卡现象学［M］. 北京：文化艺术出版社，2007.

［29］吉尔曼，桑德尔. 卡夫卡［M］. 陈永国，译. 北京：北京大学出版社，2010.

［30］姜智芹. 经典作家的可能：卡夫卡的文学继承与文学影响［M］. 北京：商务印书馆，2012.

［31］卡夫卡. 卡夫卡全集［M］. 叶廷芳，主编. 北京：中央编译出版社，2016.

［32］康德. 康德著作全集（4）［M］. 李秋零，主编. 北京：中国人

民大学出版社,2005.

[33] 昆德拉. 被背叛的遗嘱[M]. 余中先,译. 上海:上海译文出版社,2015.

[34] 李军. 出生前的踌躇:卡夫卡新解[M]. 北京:北京大学出版社,2011.

[35] 李忠敏. 宗教文化视阈中的卡夫卡诗学[M]. 北京:中国社会科学出版社,2012.

[36] 连晗生. 卡夫卡的《邻村》:兼论本雅明和布莱希特的分歧[J]. 上海文化,2015(3).

[37] 林和生. 犹太人质的悲与欣:卡夫卡的旷野漂流[M]. 重庆:西南师范大学出版社,2015.

[38] 柳冬妩. 解密《变形记》[M]. 广州:花城出版社,2014.

[39] 刘小枫. 沉重的肉身:现代性伦理的叙事纬语[M]. 北京:华夏出版社,2015.

[40] 刘小枫. 柏拉图四书[M]. 上海:上海三联书店,2015.

[41] 卢梭. 社会契约论[M]. 李平沤,译. 北京:商务印书馆,2011.

[42] 罗宾斯. 探索文本的纹理[M]. 霍成举,译. 上海:华东师范大学出版社,2012.

[43] 罗伯逊. 卡夫卡是谁[M]. 胡宝平,译. 南京:译林出版社,2013.

[44] 罗瑶. 残雪与卡夫卡小说比较研究[M]. 北京:人民出版社,2006.

[45] 孟华. 比较文学形象学[M]. 北京:北京大学出版社,2001.

［46］默里. 卡夫卡［M］. 郑海娟，译. 北京：国际文化出版公司，2006.

［47］尼采. 查拉图斯特拉如是说［M］. 孙周兴，译. 北京：商务印书馆，2010.

［48］帕维尔. 理性的梦魇：弗朗茨·卡夫卡传［M］. 陈琳，译. 北京：法律出版社，2013.

［49］平野嘉彦. 卡夫卡：身体的位相［M］. 刘文柱，译. 石家庄：河北教育出版社，2002.

［50］上海辞书出版社文学鉴赏辞典编纂中心. 歌德作品鉴赏辞典［M］. 上海：上海辞书出版社，2014.

［51］施密特. 启蒙运动与现代性：18世纪与20世纪的对话［G］. 徐向东，卢华萍，译. 上海：上海人民出版社，2005.

［52］孙彩霞. 宗教精神的失落：谈《乡村医生》反讽《圣经》的主题［J］. 外国文学动态，2000（3）.

［53］孙纯，任卫东."中国"的多重面相：卡夫卡作品中的"中国"空间［J］. 外国文学，2017（5）.

［54］孙周兴. 未来哲学序曲：尼采与后形而上学［M］. 上海：上海人民出版社，2016.

［55］所罗门. 犹太人与犹太教［M］. 王广州，译. 南京：译林出版社，2014.

［56］瓦根巴赫. 卡夫卡传［M］. 孟蔚彦，译. 北京：中国社会科学出版社，1992.

［57］吴金涛. 卡夫卡与现代主义文学研究［M］. 西安：西北大学出版社，2007.

［58］席勒. 席勒诗选［M］. 叶隽，编，王国维，译. 长春：时代文艺出版社，2012.

［59］亚里士多德. 物理学［M］. 张竹明，译. 北京：商务印书馆，2011.

［60］雅诺赫. 卡夫卡口述［M］. 赵登荣，译. 上海：上海三联书店，2009.

［61］印芝虹. 卡夫卡的呐喊：谈谈卡夫卡的短篇《在顶层楼座》［J］. 当代外国文学，1990（2）.

［62］叶廷芳. 论卡夫卡［G］. 北京：中国社会科学出版社，1988.

［63］叶廷芳. 现代文学之父：卡夫卡评传［M］. 海口：海南出版社，1993.

［64］叶秀山，王树人. 西方哲学史（学术版），第七卷［M］. 南京：江苏人民出版社，2005.

［65］曾艳兵. 卡夫卡与中国文化［M］. 北京：首都师范大学出版社，2006.

［66］曾艳兵. 卡夫卡研究［M］. 北京：商务印书馆，2009.

［67］曾艳兵. 卡夫卡的眼睛［M］. 北京：商务印书馆，2012.

［68］赵山奎. 传记视野与文学解读［M］. 北京：北京大学出版社，2012.

［69］赵山奎. 卡夫卡与卡夫卡学术［M］. 杭州：浙江大学出版社，2018.

［70］赵山奎. 学术史语境中的卡夫卡"遗嘱"［J］. 外国文学，2017（4）.

［71］赵山奎. 注意卡夫卡的一则自传记述［J］. 现代传记研究，

2019（2）.

［72］赵毅衡. 当说者被说的时候：比较叙述学导论［M］. 成都：四
川文艺出版社,2013.

［73］张闳. 钟摆,或卡夫卡［M］. 福州：福建人民出版社,2010.

［74］张莉. 卡夫卡与20世纪后期中国小说［M］. 北京：中国社会
科学出版社,2012.

［75］张汝伦.《存在与时间》释义［M］. 上海：上海人民出版社,
2014.

［76］张玉娟. 卡夫卡艺术世界的图式［M］. 杭州：浙江大学出版
社,2009.

［77］周泓远. "大法无法"：浅析德里达《在法的前面》中的解构策
略［J］. 外国语言文学,2015（4）.

后　记

　　这本书是由导师高玉先生和我合作完成的。2016年秋，我有幸入老师门下攻读比较文学与世界文学硕士学位，入学后上的第一堂课就是老师所开设的"西方现代主义小说研究"课程。老师开设这门课程已有十多年，研读的对象一直都是卡夫卡，他要求学生在细细读过《城堡》之后各撰写一篇相关的论文，轮流在每周二上午的课上进行汇报，再由老师逐一点评、讲解。在此之前，我的兴趣基本停留在荷马、但丁、塞万提斯、莎士比亚、拉伯雷等古代作家的作品上，而卡夫卡只不过在外国文学史教材那一长串令人目不暇接的名单里出现过，并未引起我太多注意。老师的课令我大开眼界，研究卡夫卡的念头就是从那时萌发的。

　　老师对卡夫卡颇有研究，近年先后发表了多篇卡夫卡研究成果：《〈城堡〉："反懂"的文本与"反懂"的欣赏》发表于《外国文学研究》2010年第1期，《论〈城堡〉时间的后现代性》发表于《国外文学》2010年第1期，《经典文本也有分裂与解构性——以卡夫卡〈城堡〉为例》发表于《西南大学学报（社会科学版）》2015年第 2 期，《〈城堡〉无主题论》发表于《浙江师范大学学报（社会科学版）》2015 年第 4 期，等等。在为准备课程论文而查找期刊文献的过程中，我还看到不少单位署名为浙江师范大学的论卡夫卡《城堡》的文章，其中大多是源自老师指导的课程论文。这么多人在进入学术大门之前，竟然要先通过卡夫卡之门，现在想来真是不可思议，卡夫卡竟成了我们这些人面对的第一个学术"守门人"。老师如今已不再为硕士生开设这门课程，我有幸成为聆听这门课程的最后几届学生之一，这本书亦是老师多年来在卡夫卡研究中颇费心力的见证。

本书从构思到定稿的整个过程都凝聚着老师的心血。最初商定研究方向时，老师就对我指出了卡夫卡对于世界文学，尤其是中国当代文学的重要性，并问我能否就卡夫卡做一篇学位论文，我回答试试看。后来，我读到了老师发表在《文艺报》上的文章——《为什么短篇小说非常重要》，很受触动，又在阅读《卡夫卡全集》和相关文献的过程中逐渐发现，国内外学界对卡夫卡的"最后一本书"，即《乡村医生：短故事集》的研究很欠缺且不够重视，这与卡夫卡本人的看法相左。跟随这两条线索，我才得以进入对《乡村医生：短故事集》的解读。老师一直关心我撰写论文的进度，每次谈话都就我提出的疑难予以解决，因而我撰写学位论文的整个过程还算顺利。论文后来被评为浙江师范大学"2019 年度优秀硕士学位论文"，这与老师的悉心指导是分不开的。

在我继续跟随老师攻读博士学位时，他向我指出了原有论文中依然存在的不少问题，建议我用一本书的篇幅对这些遗留的问题进行修改和补充。由于老师当时承担着国家社科基金重大和重点项目，极为忙碌，这本书便交由我主笔。对于我这样年轻的研究者而言，主撰这本书是个不小的挑战，不仅需要极大的勇气和耐心，更需要独到的理解力和感悟力。在这两个方面我其实都还很欠缺，好在有老师的支持与鼓励。

在撰写这本书稿时，老师多次同我交流观点。诸如，我最初的设想是只就《乡村医生：短故事集》中的 14 篇作品进行解读，老师提醒我注意各个短故事之间的联系，建议我增强各章内部及各章之间的系统性和整体性。此外，鉴于国内对卡夫卡作品的译介还有待完善，不少误解也时有发生，老师建议我在解读《乡村医生：短故事集》之余，再详细考证其中 14 篇作品的创作和发表情况，对卡夫卡的创作过程进行简要梳理，以期提供相对可靠的参考。老师的这些真知灼见大多在本书中有所体现。没有老师的指导和建议，仅凭我这个初学者是无法完成这项重要任务的。需要特别说明的是，在同我交流时，老师还有不少洞见，只因我学力有限而未能很好地将之吸纳进来。

在撰写本书的过程中，我还得到了其他师友的鼓励和帮助。赵山奎教授多次叮嘱我要好好学习德语，多读外文文献，并慷慨地将自己的外文资料出借或赠予我，为本书的写作大开方便之门，在此向他致以谢意。本书在某种程度上可视为我硕士学位论文的扩展和延伸，再次感谢在我硕士学位论文开题、中期及答辩等环节提供帮助的各位老师，他们是担任答辩委员会主席的南京师范大学汪介之教授，母校浙江师范大学的郭晓霞教授、江玉娇教授、范煜辉老师、朱利民老师、王生国老师、匡虹霓老师、安宁老师等，诸位前辈向我提出了宝贵的意见和修改建议。

感谢时任上海外滩美术馆教育主管的郑佩菡女士，她在 2022 年夏天让我有机会为阿岱尔·阿德斯梅的艺术展览"御旨"做一个小型讲座，讲座主题为"《御旨》与难以逃离的系统"，这激发了我对卡夫卡相关作品的重新解读，新的思考也部分反映在了本书中。

感谢浙江工商大学出版社编辑的辛勤工作与默默付出，他们严谨且出色的工作态度感染了我。

需要说明的是，本书肯定还存在不少问题，尽管有一些是我已经意识到了的，但一时也不能很好地解决，只好就教于各位方家。

张　翼

2024 年 6 月